농부 이해극의 유기농, 통일농업, 발명 이야기

미련해서
행복한 농부

미련해서 행복한 농부

농부 이해극의 유기농, 통일농업, 발명 이야기

지은이 이해극
초판 1쇄 발행 2019년 8월 30일

펴낸곳 도서출판 따비
펴낸이 박성경
편집 신수진, 차소영
디자인 이수정
출판등록 2009년 5월 4일 제2010-000256호
주소 서울시 마포구 월드컵로28길 6 (성산동, 3층)
전화 02-326-3897
팩스 02-337-3897
메일 tabibooks@hotmail.com
인쇄 · 제본 영신사

ISBN 978-89-98439-70-5 03810
값 17,000원

농부 이해극의 유기농, 통일농업, 발명 이야기

미련해서
행복한 농부

이해극 지음

따비

나는 농부입니다

사람의 일생은 사는 법을 배우는 시간의 연속이다. 시간 만큼은 모든 이에게 공평하다. 그렇다면 우리는 인생을 어떻게 살아야 할까.

나는 지난 반세기 동안 겨울이 오면 반드시 봄이 오고, 분명히 싹이 튼다는 신앙 같은 믿음을 가지고 씨를 뿌리는 농부로 살아왔다. 돌이켜보니 나보다 더 행복한 인생을 살아온 사람이 있을까 싶다.

내가 지금 사는 곳은 박달재에 인접한 충북 제천시 봉양읍 장평리다. 어느 노래 구절처럼 굽이굽이 온통 고개와 산

뿐인 산촌 마을이다. 그러나 미꾸라지에게는 진흙 구덩이가 천국인 것처럼 농사꾼인 나에게는 이곳이 심신 모두 잠시도 떠날 수 없는 천국이다. 이곳에서 나는 세상 어느 곳보다 아름답고 풍요로운 천국의 삶을 빚고 있다.

나는 1970년대 해군에 입대하였다. 유일하게 바다와 접하지 않은 충청북도 제천시(당시 제원군)에서 태어났으니, 군 복무 기간 동안 바다 구경이나 실컷 하고, 제대하면 농사를 짓겠다는 생각으로 해군에 자원입대했다. 그리고 바다 위에서 농부의 꿈을 키웠다.

한 번 출항하면 갈매기도 날지 않는 망망대해 한가운데에서 한 달을 넘게 보내는 일은 몹시도 지루했다. 이즈음 〈고향역〉이라는 노래가 유행하여 검푸른 바다를 바라보며 목이 쉬어라 부르기도 했다. 하지만 대부분의 시간은 영농 서적 읽기와 제대 후에 지을 농사 설계에 골몰하며 지냈다. 또한 육지에 상륙하면 새로운 영농 서적을 구하러 다녔고, 시간만 나면 밤낮 책을 뒤적였다. 내 나이 스물한 살 때였다.

제대 후 만난 한 권의 책이 나를 유기농 농부가 되도록 이끌었다. 송태우 선생이 쓴 《병든 대지를 소생시키는 길》이었다. 이 책을 통하여 땅을 죽이고 인간을 죽이고 결국 지구를 존폐 위기로 내모는 화학농법을 쓰는 한, 나는 농부

이전에 죄인이라는 것을 깨달았다. 그리고 지금까지 수십 년 동안 유기농업을 실천하며 땅을 살리는 것이 작물을 살리고 사람을 살리고 지구를 살리는 일이라는 것을 입증해 왔다고 자부한다.

내가 처음 농사를 짓고자 했을 때, 주변에서는 왜 남들이 기피하는 힘든 농업을 선택했는지 의아해했다. 내 대답은 늘 같다. 농부는 쉬고 싶을 때 언제든지 쉴 수 있는 홀가분한 자유인. 그러니 나는 그저 자유인으로, 자연을 따라 농사를 지으면서 살고 싶은 것이다.

초록 들판은 내가 한시도 떠난 적이 없고, 떠날 수도 없는 놀이터다. 좋아하는 것에 무슨 이유가 있을까? 저승에 극락이 있든 없든, '개똥밭에 굴러도 이승이 천국'이라는 말은 분명 나 같은 사람을 두고 한 말일 것이다.

남들 눈에는 불행해 보였을지 모르는 피카소도 자신의 심연에서 행복했을 테고, 3극점 7대륙 최고봉을 모두 정복한 허영호 후배도 남들이 뭐라건 행복했을 것이다. 생명을 걸고서라도 자신이 행복한 길을 가는 것이다. 그저 저 좋아하는 것을 하는, 누구도 못 말리는 행복한 집착이다.

남들이 고관대작을 꿈꾸거나 말거나 나는 농(農)이라는 업(業)을 선택한 자체만으로도 이미 성공한 셈이고, 이 분야에서 성취할 일만 남았다. 평생을 보아도 지치지 않는 초록 들판에서 뒹굴며 제 갈 길을 가는 것이니 얼마나 가뿐하고 기분 좋은 농부의 인생인가!

그렇다면 나는 어떤 농부일까?

우리는 선조로부터 물려받은 것을 후손에게 온전히 물려주어야 한다. 우리 세대가 생물도 미생물도 살지 않는 땅, 농약과 제초제에 오염되고 자갈투성이가 된 황무지나 물려주는 염치없고 이기적인 선조로 남을 수는 없는 일 아닌가.

그러니 농부 이해극은 다음 세대에 무엇을 남겨줄 것인가를 생각하지 않을 수 없었다. 내가 해낸다면 이를 계기로 유기농을 지향하는 농업 동지들이 힘을 얻고 도전할 것이며, 마침내 우리가 함께 이 땅을 건강하게 후손에게 물려줄 수 있을 것이라고 믿는다.

종자 무게가 0.001그램밖에 안 되는 셀러리가 다 자라면 1킬로그램 이상이 된다. 농부들은 새싹이 난다는 믿음과 희망으로 씨앗을 뿌린다. 그래서 씨앗을 뿌리는 순간만큼은 행복하다. 자연에 대한 신뢰가 있기 때문이다. 내가 농부로 살면서 절대적으로 믿는 것은 '흙은 거짓말을 하지 않는다.'는 사실이다. 예부터 "하농은 풀을 기르고, 중농은 곡식을 기르고, 상농은 흙을 가꾼다."고 했다. 선견지명이 담긴 말이다. 농부가 진짜 바라보아야 할 것은 그날그날 양식이 될 곡식이 아니라 곡식을 붙잡고 있는 흙이다. 이런 까닭에 나는 입버릇처럼 "하나님은 속여도 흙은 못 속인다."고 말해 왔다. 그런데 흙이 정직하다는 것을 깨닫는 데는 긴 세월이 필요하다.

봄에 심은 국화의 꽃을 보려면 소쩍새가 울 때까지 인고의 세월로 기다려야 한다. 이미 척박해진 땅을 원래대로 되살리는 데에는 그보다 더 오랜 시간이 필요하다. 왕도가 없다. 토양 1센티미터가 생성되는 데는 수만 년이 걸린다고 한다. 그런데 인간의 마음은 조급해 몇 년을 못 기다리는 것이 우리 현실이다.

육백마지기 농사 첫해, 강풍으로 농사를 망쳤다. "내 그럴 줄 알았다, 이해극이 망했다." 하는 별별 이야기가 들려왔다. 하지만 나는 얻은 것이 아주 많았고, 포기하지 않았고, 잡초라는 귀한 조력자를 찾았다. 그리고 마침내 육백마지기는 윤기 흐르는 드넓은 초록 들판이 되었다.

성공과 실패를 가늠하는 기준이 폭넓고 다양해져야 세상이 좀 더 너그러워질 것이라고 생각한다. 모든 것을 돈이 되느니 마느니로 판단된다면 세상 살기가 너무나 초조하고 각박해질 것이다. 재미있고 행복하게 사는 것이 인생 목표라면서, 수단에 불과한 돈이 전부인 양 사는 이상한 세태가 스스로를 행복이라는 목표에서 멀어지게 만들고 불행하게 만든다.

지금 나는 제천에 1만 2,000평 시설하우스를 포함해 1만 9,332제곱미터, 그리고 해발 1,200미터 고지의 강원도 육백 마지기에 9,000제곱미터 규모의 자동화 시설하우스를 포함해 4만 7,000제곱미터 규모의 농장에서 친환경 농산물을 재배하고 있다. 농업 생산 기반으로는 시설하우스 외에 저온 저장고 4동, 트랙터 5대, 3개소의 농업용 저수조 500톤을 30여 년에 걸쳐 구비했다.

제천 농장에서는 유기농 인증 농산물로 연간 브로콜리 24톤, 건고추 2톤, 오미자 2톤 등을 생산하고 있으며, 육백 마지기 농장에서는 무농약 인증 농산물로 토마토 50톤, 셀러리 10톤, 양상추 10톤, 고랭지 무 400톤가량을 생산하고 있다. 이렇게 생산된 작물 전량은 20년 이상 지속적으로 거래해온 5~6개의 유기농산물 유통회사에서 가져간다.

내가 이렇듯 쾌적하고 여유롭게 영농을 할 수 있는 것은 자동화, 기계화, 생력화를 목표로 취미처럼 즐기는 영농을 해왔기 때문이다. 1974년 농사 첫해부터 농업 현장의 문제점을 개선, 개발, 발명으로 해결하는 재미는 덤이었다. 내가 생각하는 개발은 기계의 범주를 넘어 농업 전반을 포함하는 것이다. 화학비료에 완전히 망가진 육백마지기를 다시 살려내 연간 450여 톤의 고랭지 작물을 생산하는 옥토로 만들어내는 것도 개발과 같은 맥락에 있는 것이었다.

새내기 농부 시절, 한국 농업계 류달영 박사, 송태우 선생 같은 분들로부터 지속가능한 생태계 보전과 안심 농산물 생산으로 국민 건강을 도모해야 한다는 유기농업의 가르침을 얻어 인생의 좌표로 삼았다. 그러니 이제 자연과 공존하며 행복하게 살아온 나의 경험을 우리 농업 후계자들에게 전수하는 것은 당연한 일이다.

이러한 생각으로 육백마지기에서 학생 연수를 시작하였다. 현장 연수의 핵심은 수많은 악조건과 위기를 극복하기 위해서는 희망을 잃지 않아야 한다는 사실을 알게 하는 것이다. 나와 함께 시간을 보낸 연수생들이 돌아갈 때는 이렇게 말한다.

"현장 교수님처럼 하면 세상에서 못살 사람이 하나도 없을 것 같습니다."

"저도 해낼 수 있을 것 같습니다."

이제 나의 이야기를 우리 농장 연수생들을 넘어 모든 농부와 나눔으로써 함께 힘을 모으고 용기를 얻게 하는 매개가 되길 바란다.

그동안 살아온 시간을 돌아보는 책을 내면서, 감사의 말씀을 올려야 할 사람이 한두 분이 아니다. 너무 많은 분들이라 본문에서 언급하는 것으로 대신하고자 한다. 그렇지만 그중에서도 빠뜨리면 안 되는 이가 딱 한 사람 있으니, 바로 나의 아내 윤금순이다. 그는 아내로서 내조할 뿐 아니라 유기농업의 동지이자 농장 운영의 동반자로 나의 인생 전체를 지탱해주었다. 그 고마움과 미안함을 이루 말할 수 없다.

물론, 힘든 일이 많다. 오랜 시간 동안 관행농업으로 오직 증산에만 매달려온 우리 농업 현실 속에서 유기농 농부로 산다는 것은 생각보다 더 힘들고 녹록지 않은 일이다. 그럼에도 나는 행복한 농부다.

2019년 8월
청옥산 육백마지기에서
이해극

차례

1장

나의 발명 이야기

옛말에 목마른 사람이 우물을 판다고 했다. 겪어보니 백 번 지당한 말이다. 나 역시 첫해부터 지금까지 40여 년 동안 농사를 지으면서 영농 현장의 힘든 농작업을 어떻게 하면 개선할 수 있을까 늘 고민해왔다. 그리고 이러한 고민은 농업 생산성을 높이려는 노력과 함께였고, 개선, 개발, 발명을 취미처럼 즐겁고 재미있게 이루어가는 원동력이었다.

농촌 총각이 장가가기 어렵다는 것은 어제오늘 이야기가 아니다. 그 주된 원인은 농작업 환경이 너무 열악하다는 것. 한마디로 농사짓기가 너무 힘들다는 말이다. 뙤약볕 아래 고생은 감수하더라도, 경제적으로 먹고사는 것 자체가 점점 어려워지고 있다. 예전에는 흉년이 들면 수요공급 법칙에 따라 농산물 값이 올라서 그나마 수입이 보전되었지만 지금은 세계화, 자유무역 등의 영향으로 모자라는 양을 외국에서 수입해 오니, 농촌경제가 안팎으로 어려워질 수밖에 없다.

그러니 악성 노동에 안정된 소득도 보장되지 않는 농촌에 선뜻 시집올 처자가 있을 리 만무하다. 대통령도 나서서

'돌아가는 농촌'을 만들겠다고 호언했지만 구호만 요란할 뿐, 돌아가 살 만한 조건과 가치를 만들지는 못했다. 아프리카 초원의 사자도 먹잇감이 없으면 이동하는 법, 돌아가기에는 우리 농촌이 아직 살기가 너무 힘들다.

농사를 짓기 시작하면서 가장 먼저 느낀 것은 농업은 다른 산업 분야에 비해 자동화나 기계화 속도가 현저히 떨어진다는 사실이었다. 과학과 기술이 발전해도 농사만은 사람 손이 없으면 할 수 없는 게 현실이다. 농업 분야에서는 현대화니 자동화니 하는 말이 무색하리만큼 기존의 방식을 유지하고 있는 것이다.

농사 초년 시절, 좌충우돌 비닐하우스를 짓고 고추 농사를 시작했지만 비닐하우스 농사는 노지에서 짓는 농사보다 사람 손이 훨씬 많이 필요했다. 순식간에 온도가 변하는 하우스 특성 때문에, 온도가 너무 높아져 작물이 타 죽을까, 너무 낮아져 얼어 죽을까, 눈이 쌓여 하우스 지붕이 무너져 내릴까, 노심초사 낮이고 밤이고 지켜보아야만 했다.

어떻게 하면 사람이 아닌 기계의 힘을 빌릴 수 있을까 하는 고민은 이러한 절실한 필요에서 시작되었다. 필요가 발명의 어머니라는 말은 나에게 꼭 들어맞는 말이다. 기존에 있던 것을 개선·개발하고, 없는 것을 발명하는 일은 머리 좋은 사람이 하는 것도, 돈이 많은 사람이 하는 것도 아니다. 정말 필요한 사람이 그 필요에 맞게 무언가를 만들어낼 때 쓸모가 극대화된다.

이렇게 해서 태어난 것이 온도 경보기, 적설 경보기이고, 세계에서 처음이라는 자동 개폐기다. 더 나아가 직접적으로 농사 일손을 덜어주는 모종 식혈구부터 피복 작업기, 변온 발아기까지, 지금까지 농가에서 효자 노릇을 하는 여러 발명품이 나올 수 있었다. 물론 수없이 많은 실패가 있었다. 실패하고 또 실패하고, 그러다 보니 성공도 따라온 것이다. 발명은 혼자 했지만 그 혜택은 함께 나눌 수 있으니 나에게 이보다 의미 있고 기쁜 일이 없다.

나는 이런 경험을 바탕으로 가나안농군학교 등에서 '고정관념 탈피와 창의력 개발'이라는 제목으로 강의를 하고 있다. 일선 현장에서 발견되는 현실적인 문제점을 개선하려는 의지를 갖는 것이 창의력의 시작이고 발명의 시작이다. 나는 강의를 통하여 이러한 발명 풍토를 일상화하는 것이 국가 경쟁력이라고 강조한다.

1993년 이후, 농민발명가협회 회장을 하면서부터는 발명에 뜻을 둔 많은 사람을 만나고 있다. 안타까운 것은, 조금만 보완하고 발전시키면 크게 쓰일 만한 가능성이 있음에도 누군가에게 비웃음이라도 살까 싶어 고안한 것을 내놓지도 못하고 중도에 포기하는 사람이 많다는 것이다. 오히려 침

소봉대하여 작은 것도 크게 부풀려 생각할 필요가 있는 것이 발명인데 말이다.

주변에 주눅 들면 안 된다. 한 번에 성공할 수는 없고, 성공하더라도 그것은 잘못될 가능성이 크다. 실패에 실패를 거듭하고 나서야 비로소 온전한 성공이 기다리고 있다. 여기에서 내가 만든 발명품 이야기를 하는 이유는 누가 뭐라 하든 개의치 않고 실패에 실패를 거듭하고 나서 이룬 결실이라는 것을 알리고 싶기 때문이다. 나는 농사가 좋다. 농부가 천직이다. 발명을 해서 기계를 팔아먹고 싶은 생각은 추호도 없다. 농사를 좀 더 과학적이고 효율적으로 지을 수 있다면, 그리고 그것을 다른 농부들과 공유하여 함께 더 행복한 농부가 될 수 있다면 그것으로 족하다.

나는 평소 '성공'이라는 말을 잘 쓰지 않는다. 하루가 다르게 발전하는 기술 진보의 시대에 어디까지가 성취이고 성공인지 규정하기 어렵기 때문이다. 그런 의미에서 '성공'이라는 단어를 '성취 과정'으로 대체하고자 한다. 시간이 지나고 보면 성공이라 부르는 어떤 목표를 이룬 것보다는 목표를 이루기 위해 시련을 극복하며 나아가는 과정이 더 의미 있고 흥미로웠기 때문이다.

개발 1호, 귀로 보는 저·고온 온도 경보기

1973년 초겨울, 이듬해 1월에 고추 파종을 하기 위해 난생처음 비닐하우스를 지었다. 당시에는 비닐하우스가 드물었다. 경기도 수원에 있던 농촌진흥청 시설원예연구소에 시범 온실 정도가 있을 뿐이었다. 지금 흔하게 시공하는 철제 파이프 비닐하우스는 아예 있지도 않았다.

비닐하우스 뼈대를 세우기 위해서는 나무를 써야 했는데, 내 고향 제천은 철원 버금가게 추운 곳이라 남쪽 지역에서 흔히 보는 대나무도 구할 수가 없었다. 이 지역에서 구할 수 있는 나무는 박달재 깊은 산골짜기에서 회초리처럼 매끈하게 자라는 참나무와 벚나무 정도였다.

일단 비닐하우스를 짓기 시작했다. 직경 3~7센티미터, 길이는 5~6미터쯤 되는 기다란 나무를 폭 6미터쯤 되는 온실 양쪽에 50센티미터 간격으로 박은 다음 상단부를 휘어서 맞잡아 묶는다. 이렇게 아치형 터널을 만들고 나서 그 위에 비닐 막을 씌우니 한나절 만에 아쉬운 대로 온실 하나가 완성되었다.

이렇게 지은 내 첫 비닐하우스는 외관은 볼품없었지만 제 구실을 톡톡히 해냈다. 추운 겨울인데도 해만 내리쬐면 비닐하우스 내부 온도가 섭씨 30~40도까지 오르는 데다 바람 한 점 없으니, 마을 어른들의 감탄이 이어졌다. 전쟁 당시를 떠올리는 분도 있었다. "6.25사변 때 이런 거라도 있었으면 얼어 죽는 사람들이 없었을 텐데. 피난길에 얼어 죽은 사람들이 부지기수였거든." 나의 100평짜리 온실 광장은 겨울 동안 어른 아이 할 것 없이 동네 사랑방 노릇을 톡톡히 했다.

1974년 1월 20일, 드디어 비닐하우스에 고추 씨앗을 파종하는 날이 되었다. 바깥 기온은 무려 영하 17도, 나는 이날을 위해 온돌방 아랫목에서 5일 동안 고추 씨앗의 싹을 틔웠다. 그러고는 드디어 햇볕으로 따뜻하게 달궈진 온상에 고추 씨앗을 뿌리게 된 것이다.

고추씨는 보통 곡우 절기인 4월 20일 전후에 노지에 파종한다. 이와 비교하면 무려 90일이나 빨리 파종을 한 셈이다. 그러니 어른들에게는 얼마나 생뚱맞고 무모해 보였을까. 이를 지켜보던 아버지의 걱정이 이만저만이 아니었다. "해극아, 이맘때면 여기 기온이 영하 30도까지 떨어지는데 모종이 그 추위를 견뎌내겠어?" 의욕에 넘치는 맏아들이 다부지게 서두르는 걸 말릴 수도 없고, 그렇다고 그냥 두고 보기도 불안했던 아버지의 말씀이었다. 나이가 들수록, 경험이 많을수록 실패를 예견하게 되고, 철부지들의 새로운 시도를 지켜보자면 걱정스럽고 불안하게 마련이다.

"아버지, 밤에 얼어 죽지 않게 촛불이라도 켜서 지키는 건 제가 할 테니까, 아버지는 낮에 너무 뜨거워서 고추가 타 죽지 않게만 잘 살펴주세요."

아버지는 추위에 작물이 견딜지 걱정이었지만 비닐하우스는 사실 냉해보다 고온 피해가 훨씬 크고 빈번하다. 낮에 해가 내리쬘 때 1시간만 방심해도 콩나물 삶기듯 해서 농사를 망치게 되는 것이다. 비닐온실 보급 초창기인 1970년대 중반 나는 해군에 복무 중이었는데, 휴가를 얻어 현장실습을 나갔다가 고온 피해의 실상을 목격한 적이 있다. 비닐온실이 보급되던 남쪽 부산과 마산 등지에서도 각종 모종을 기르던 많은 농가가 잠깐 방심하는 사이에 고온 피해로 1년 농사를 망쳤다는 소식이 종종 들렸다.

묘작이 반작이라는 말이 있다. 모종을 잘 기르면 농사의 반은 지은 것이라는 뜻이다. 그런 만큼 모종이 일순간에 망가지면 한 해 농사가 허사가 되어버리고 또다시 1년을 기다려야 한다. 그게 농사다. 모종을 망친다는 것은 농사에 심각한 타격을 넘어 농사 자체를 불가능하게 만드는 것이다. 때문에 농사의 시작인 품종 선택과 육묘는 실패가 있어서는 안 되는 중대한 과정이다. 그것은 마치 장맛비 속에서 한 개비밖에 남지 않은 성냥불이 꺼지는 것과 같아서, 만사가 시작부터 허사가 되는 격이다.

매사에 꼼꼼하기로 유명한 아버지께서 낮 동안 온상을 차질 없이 관리해주실 것은 의심의 여지가 없었다. 하지만 만에 하나라도 잘못되면 아들의 희망을 꺾는 것이 되니 얼마나 자책하실 것이며, 결과적으로 무모하고 야심차게 계획한 나의 영농에도 결정적 차질이 생길 것이 분명했다.

나는 그 해결책으로 온도가 너무 높아지거나 낮아지면 자동으로 알려주는 경보기를 만들어 온상 내에 설치하기로 마음먹었다. 알고 보면 제작 방법은 단순하다. 초등학교 자연 시간에 배운 공작 수준에 불과한 것이다. 우선 건전지와 경보벨을 구입하고, 수명이 다해 고장 난 점등 램프(초크 다마라고 불렀다.) 두 개를 구했다. 그 안에 바이메탈이라는 것이 들어 있는데, 온도에 민감하게 수축·팽창하는 성질이 있어서 다리미 등의 스위치 회로에 사용되는 금속이다.

그 바이메탈 전극을 한 개는 고정 전극 바깥쪽으로, 한 개는 안쪽으로 구부려 넣었다. 이렇게 하는 이유는 전극이 추울 때는 수축하고 더울 때는 팽창하여 전기회로가 연결되게 하기 위해서였다. 그런 다음 두 개의 램프는 병렬로, 벨과 건전지는 직렬로 결선하면 끝이다.

이제 원하는 온도에 경보가 울리도록 조정하는 일이 남았다. 찬물과 더운물에 넣어서 온도계를 기준으로 영상 10도에 저온 경보가, 영상 40도에 고온 경보가 울릴 수 있도록 접점의 간극을 조정해 경보기를 완성했다. 제작비 몇백 원으로 피해 방지용 경보기가 훌륭하게 완성된 것이다.

"해극이는 고물을 가지고도 저렇게 신통한 것을 만드네."

경보기를 테스트할 때 온도 변화에 반응하여 삐~삐~ 울리는 벨소리를 듣고 구경 나온 동네 사람들이 신기해했다. 사실 이 간단한 구조를 가진 전기 장치는 내가 해군기지 교육단에서 배운 전기 기초 지식을 농업 현장에 응용한 첫 번째 결실이었다. 이 장치가 비상시에 경보를 울려 비닐온상에 심은 모종이 저온, 고온 피해를 입지 않도록 예방할 수 있을 것이다.

당시 봉양 농촌지도소에 근무하던 박종규 소장이 내가 만든 '신통한' 경보기 소문을 듣고 궁금하여 찾아오셨다. 박 소장은 제천농고 선배 되시는 분으로, 군대 가기 전까지 청소년 4H 활동을 열심히 했던 나를 아주 좋아해주셨던 분이다.

"자네가 신통한 경보기를 만들었다는 얘기를 듣고 왔어. 그게 어떤 거야?"

나는 온도 감지기를 보여드리려고 박 소장을 온상으로 안내했다. 그런데 그는 온도 감지기가 아닌 다른 곳에 눈을 먼저 돌렸다. "아니 고추씨를 벌써 뿌렸어?" 경보기가 문제가 아니라 너무 일찍 뿌린 고추씨 파종에 대한 걱정을 먼저 하셨다. "따뜻한 부산에서도 아직 고추씨 파종을 안 했을 텐데……. 여기가 아주 추운 곳인데 너무 이른 게 아닐까?"

고추 생육에 필요한 적정 온도가 25도 내외이므로 과학 영농에 근거한 농촌지도자답게 몹시도 추운 제천에서 모종이 살아남을 수 있을지를 우려하고 또 실패를 예측한 것이다. 하지만 나는 군대에 있을 때부터 확신이 있었다.

"71년 12월 순항 훈련으로 태국 탈르어 지방에 들렀을 때 보니까 고추가 몇 년이나 컸는지 6, 7미터는 됨직했어요. 고추나무 한 그루에서 고추 두 포대는 따겠더라구요."

"열대 지방에는 고추나무가 있다더니 거짓말이 아니었군."

"온도만 맞으면 몇 년이고 잘 자라는 초목이라는 걸 제 눈으로 확인했어요. 우리나라에선 추울 때 생육 기간만 연장시키면 분명 다수확이 가능할 것 같아서 과감하게 시도해 보았습니다. 설령 잘못된다 해도 아직 시간적 여유가 있으니까 다시 시작해도 될 테구요."

온실에 방문하는 사람마다 근심과 걱정이 한가득이었지만 이미 씨앗은 땅속에서 강한 생명력으로 미동을 하고 있었다. 고정관념을 허문다는 것은 '무식하면 용감하다'는 말에 다름 아니다. 남들이 보기에 무식하게 덤벼들었던 일이 기존 농사의 고정관념을 깨는 결과를 낳았으니 말이다. 어쨌거나 실패를 하더라도 그것을 계기로 나는 한걸음 앞으로 나아갈 것이다. 최소한 어떤 원인으로 실패했는지는 알게 될 테니 말이다.

"자네 그 '해봐야 안다'는 도전정신과 긍정적 사고는 여전하구먼."

나는 박 소장 앞에서 성냥불과 얼음물을 이용해 고온과 저온에서 작동되는 경보기를 시험해 보였다.

"버리는 폐품을 활용한 온도 변화 경보기라……. 고물 활용 치고는 신기하네. 이거 말이야, 4H 청소년 경진대회 때 와서 제작 방법과 기능에 대해 연시로 후배들에게 알려주면 좋겠네."

"예, 기꺼이 그렇게 하겠습니다."

그 후 나는 늦깎이로 청소년 활동을 연장하여 제천군에서, 나아가 충청북도에서 개발품 연시 부문에서 수상하고, 농촌진흥청 중앙 연시 부문에서도 2위로 입상을 했다. 나중에 들으니 심사위원들이 "무언지는 잘 모르겠지만 하도 신통해서 후한 점수를 주었다."고 했다. 하긴 수명을 다해 버려진 폐점등 램프로 농작물 피해를 방지할 수 있는 경보기를 만들어보겠다고 생각한 지원자는 내가 유일했을 것이다.

경보기 안전장치와 아버지의 자상한 보살핌으로 우리집 온실 속 고추 묘는 혹한의 추위 속에서도 한 뼘 정도 자라나 이미 숱한 꽃망울과 하얀 꽃을 피우고 있었다. 다른 농가에서는 이제 고추 싹이 나오고 있을 때였다. 별 탈이 없다면

21세기를 불과 5년 앞둔 오늘, 한민족의 생명창고라고 불리우는 우리의 농업은 과연 어떤 모습인가? 그 중요성이 막대함에도 불구하고 낮은 소득과 불편한 작업환경, 열악한 주거환경 등으로 천덕꾸러기 취급을 받고 있는 것이 우리농업의 현 주소이다. 한때

화려한 인기를 누렸던 농업고등학교는 이제 미달을 겨우 면할만큼 초라한 모습으로 전락했고 농업을 하겠다는 젊은이들은 주위에서 손에 꼽을만큼 찾아보기 어렵게 되었다.

하지만 우리의 농업이 비관적인 것만은 아니다. 아직은 우리

의 농촌을 지키며 농업의 발전을 위해 정열을 쏟고있는 농업인들이 더 많기 때문이다. 이농의 가장 큰·원인으로 지적되는 낮은 소득, 불편한 작업환경에 정면으로 대응, 편리하고 수익높은 농촌을 건설해가는 선진 농업인들이 더 많기 때문이다.

4

《월간 농업경제》(1997. 3)에 실린 기사. 돈을 벌기 위해서가 아니라, 힘든 농작업을 좀 더 편하게, 좀 더 안전하게 하려다 보니 적설 경보기, 정식 식혈기, 번온 발아기, 자동 개폐기 등을 만들어낸 농민 발명가가 되었다.

리하고 수익높은 농촌으로"

이해극

농민발명가

충남 제천의 이해극씨.
그는 농업인이자 발명가로
농업인들 사이에 명성이 자자하다.
강원 평창의 6백마지기 농장을 풍년으로 이끈
타고난 농업인이자 한국농업의 자부심
하우스 자동개폐기를 발명한 천부적인

이 자자하다. 황무지로 유명한 강원도 평창군 6백마지기 농장을 풍작으로 이끈 타고난 농업인이자 한국농민의 자부심이라는 평가를 받고있는 하우스자동개폐기를 발명한 우리나라의 대표적인 농민발명가이기 때문이다.

이해극씨는 현재 6백마지기 농

장 외에
에 7천여
며, 사단
회장으로
민신문 :
농업경영
전국농업
사, 충북

고소득을 위한 농법, 고수익을 위한 농업경제   ISSN 1228-158X

월간 농업경제 1997.3
Magazine for Economic of Agriculture

특집 / 잡초를 잡아라
경엽처리 제초제의 올바른 사용방법
돼지바이러스성 설사병의 발생현황과 예방
양봉, 투자한 만큼 고소득 올린다
농민발명가 이해극 씨의 농업인생 발명인생

해극씨
전위한 수단
하고 수익높은 농
는 선진 농업인들
한사람이다. 이해
농장을 경영하는
를 발명하는 발명
인들 사이에 명성

노지에서 재배하는 고추의 떡잎이 벌어질 때쯤이면 나는 풋고추를 수확하고 있을 것이었다. 해군 시절 군함 위에서 세운 영농 계획의 실행은 나에게 두 배의 설렘과 감동으로 다가오고 있었다.

이렇게 우리 가족의 관심과 보살핌으로 90일을 온상에서 자란 고추 묘는 예상보다 빠르게 열매를 맺기 시작했다. 앞산 진달래가 활짝 피는 4월 20일경, 그러니까 이웃집에서 감자와 고추씨를 노지에 파종할 무렵이다.

그해 5월 초에 모종 굳히기를 하지 않고 경솔하게 정식한 첫 모종은 심한 동해 피해를 입었다. 하지만 이를 경험으로 심은 나머지 모종은 생육이 좋아서 잘 자랐다. 남들보다 90일 먼저 파종하여 6월 초에 고추를 수확하였으니 풋고추 판매만으로 그해 동생들의 학비와 영농비를 충당할 수 있었다.

나는 이런 경험을 바탕으로 1985년에 1회 전국 고추증산 대회에서 고추 증산왕으로 선정되었다.

눈의 무게를 재는 밤의 불침번, 적설 경보기

온도 경보기와 함께 필요했던 것이 적설 경보기였다.

나무로 지은 온실은 표면이 울퉁불퉁 고르지 않아서 눈

이 오면 잘 흘러내리지 못하고 쌓이기 일쑤였다. 습기를 잔뜩 머금은 찰진 함박눈은 한밤중에 소리 없이 내려 도둑눈이라고도 불린다. 더욱이 제천은 유난히 눈이 많이 와서 자칫 눈이 쌓이면 그 무게로 새내기 농부의 유일한 희망마저 무너져 내릴 위험이 겨울 내내 도사리고 있었다. 언제 올지 모르는 함박눈을 밤새도록 감시할 수는 없는 노릇, 비닐하우스에 불침번이 필요했다. 그래서 만든 것이 적설 경보기다.

지금은 상용화된 것으로, 가게 출입문 같은 데 매달아 문을 여닫을 때 멜로디가 울려 손님이 왔음을 알리는 신호 용도로 쓰는 것이 리드 스위치인데, 내부 자석의 반발 작용을 이용한 장치다. 적설 경보기는 이 기능을 이용하여 만든 것이다. 눈이 일정량 이상 쌓이면 그 무게 때문에 리드 스위치와 비대칭으로 설치된 적설판이 중심을 잃고 이탈하여 꺼져 있던 회로가 작동하고 경보음을 내도록 한 것이다.

2,000원 정도의 적은 돈으로 만든 이 간단한 기계는 눈으로 인한 온실 붕괴 사고를 미연에 방지하여 큰 피해를 막을 수 있게 해주었다. 더구나 오작동률이 0퍼센트였으니, 적설 경보기를 설치한 후 우리 가족은 눈이 와도 걱정 없이 잠을 잘 수 있게 되었다.

자전거의 변신, 모종 식혈구

어떤 모종이라도 이랑 위에 곧게 일직선으로 심어야 줄을 띄울 때 수월하고 포기마다 고르게 자란다. 특히 무나 배추, 양상추, 셀러리 같은 채소는 수확을 할 때 국화빵처럼 모양과 크기, 중량이 일정해야 값을 훨씬 잘 받을 수 있다.

경매나 시장에서 농산물에 공산품 같은 잣대를 들이대니 농민은 고달프다. 그러나 하소연은 볼멘소리일 뿐, 그에 부응하는 수밖에 도리가 없다. 그런 점에서, 모종을 심을 때 포기 사이 정식 간격을 일정하게 맞추는 것은 품질 향상과 수익 증대에 직접 연관되는 일이다.

그러나 막상 정식 작업을 해보면 쉬운 일이 아니다. 여간 숙련된 사람이 아니고서는 대부분 줄이 삐뚤삐뚤하고 심는 간격도 넓었다 좁았다 일정하지가 않다. 특히 나이 드신 분들은 거리 감각이 무뎌져서 그 차이가 더 심하다. 심는 간격이 넓다 하면 다음엔 너무 좁아지고, 좁다 하면 너무 넓어진다. 이렇게 심는 거리를 맞추느라 애를 쓰다 보면 작업 속도가 느려지고 간격 재다가 볼일 다 본다.

손해는 그뿐만이 아니다. 일을 시키는 사람은 속이 터지고 지적을 당하는 사람은 주인이 마음에 들지 않으니 심기가 불편한 악순환이 모종을 심는 내내 계속된다. 논에서 모내기하듯이 줄을 댈 수도 없는 것이 밭작물인데, 간격을 딱 딱 맞추어서 정식하라는 요구는 달인이 되라는 요구와 다름없다. 이것을 강요하는 사람은 자기 욕심만 채우는 나쁜 놈인 것이다.

어떻게 하면 이랑에 일정한 간격으로 모종을 심을 거리와 깊이를 가늠할 수 있을까? 고심 끝에 번뜩 좋은 생각이 떠올랐다. 나는 내친 김에 제천 시내에 있는 고물상을 찾아갔다. 고물 자전거를 구하기 위해서였다.

"자전거를 사러 왔는데요, 앞바퀴 핸들 쪽만요."

"써커스 묘기에 쓸라고?"

고물상 아저씨의 지레짐작에 웃음이 났다.

"아저씨, 뒷부분은 필요 없으니 앞부분만 산소 절단기로 매끈하게 잘라주세요."

"내가 고물상 하다 희한한 사람을 다 보네."

고물상 주인이 희한해하면서 내가 원하는 대로 솜씨 좋게 자전거 앞부분을 절단해주었다.

"아저씨, 바퀴 직경이 60센티미터니까 3.14를 곱하면 총 둘레가 2미터 51센티미터이고, 이걸 육등분해서 42센티미터 간격으로 삥 둘러서 이 파이프를 용접해주세요."

"젊은 놈이 와서 늙은이를 헷갈리게 하네. 그건 자네가 계산해서 표시를 해놔."

직경 3센티미터짜리 파이프를 길이 4센티미터로 절단하여 굴렁쇠 원형 바퀴의 가장자리에 빙 둘러 돌출파이프를 용접하고 나니 흡사 배의 방향타 같은 모양으로 그럴싸해졌다.

"이렇게 굴리고 가려구요."

돌출부가 생긴 자전거 바퀴를 땅 위에 굴리자 터덕터덕 요동을 치며 바닥에 표식이 만들어졌다.

"맨바닥에 굴리고 갈 것을 브레이크 걸리게 왜 용접을 했나? 그냥 굴려야 잘 굴러가지. 딱한 사람이네."

영문을 모르겠다는 고물상 주인에게, 사실은 이게 고추 심는 구덩이를 일정하게 표시해줄 용도로 만든 거라고 설명을 하니 무릎을 쳤다.

"아하! 맞아! 그거 참 좋은 생각이네. 왜 그런 생각을 여태 아무도 못 했지? 이거 내가 만들어 팔아야겠다."

고물상 아저씨가 의욕을 보이니 한걸음 더 나섰다.

"기왕 만드시려면 한 바퀴가 돌 때마다 터치체크가 되도록 바큇살을 하나 붙여서 피아노 소리가 나게 해주세요."

"그건 왜?"

주인 얼굴에 다시 의문이 맺혔다.

"한 이랑에 몇 바퀴가 굴렀는지 알면 심는 포기 수가 저절로 계산이 되잖아요. 그러면 모종판을 이리저리 옮기는 불편을 줄일 수 있구요."

"옳지! 참말 그렇네."

이제 고물상 아저씨가 나보다 더 신이 났다. 이 기계를 만드는 사람이 있으면 다른 농부들도 혜택을 보겠구나 싶으니 나는 더 신이 나서 설명을 덧붙였다.

"이걸 똑바로 굴리고 가면 심는 거리가 일정해지고, 심는 속도도 두세 배 이상 빨라질 거예요. 그러니 이 기구를 한 나절만 이용해도 만든 값이 빠질 걸요."

"이걸 만들어 얼마를 받으면 될까?"

아저씨는 벌써부터 계산이 앞섰다.

"농부들 위해서 너무 비싸게 팔지는 마세요. 한 번 만들면 여간해서는 고장 없이 백 년은 쓸 테니 아저씨는 두고두고 좋은 사람으로 기억될 거예요. 좋은 일 하시고 돈도 많이 버세요."

다음 날, 어제 만들어 온 돌출 자전거 바퀴를 가지고 곧장 밭으로 갔다. 기구를 두둑 위로 굴려가자 철길처럼 똑바르게 일정한 간격으로, 비닐 구멍까지 뚫어주었다. 대성공이었다. 작업 능률은 평소보다 3배 이상 빨라졌고 일하는 사람이 신이 나는 것은 덤이었다. 이 기구는 기능 그대로 '정식 식혈기'라는 이름을 갖게 되었다.

이후 배추, 고추, 양상추, 브로콜리, 셀러리 등 다양한 작목에 맞추어 여러 규격의 식혈기를 만들었다. 2014년 6월에 육백마지기에 셀러리를 정식할 때는 3,000평에 달하는 면적을 6명이 하루 만에 끝냈다. 마침 산을 좋아하는 서울농대 출신 강승봉 씨가 육백마지기에 올라와서 모종 운반을 도와주었다.

"회장님, 고물자전거가 하는 일이 정말 일당백이네요. 여섯 사람이 하루 3,000평에 모종을 심었다고 말하면 세상에 믿을 사람이 있을까요? 다 거짓말 뻥이라고 할 걸요." 그러나 분명 사실이었다. 장정인 그는 아주머니들이 모종을 어찌나 빨리 심던지 모종 나르다 혀가 빠질 뻔했단다.

불과 몇 천 원을 들여 만든 폐자전거 정식 식혈기는 처음 만든 1974년부터 지금까지 모종 정식 작업에 없어서는 안 되는 효자 노릇을 톡톡히 하고 있다. 작업이 쉬워져서 시간과 인건비를 줄이는 것뿐만 아니라 작물의 상품성을 높이는 데에도 크게 기여해서, 못 잡아도 수억 원의 비용 절감과 수익 증대를 가져왔다. 무엇보다 고장이라고는 전혀 없는 간단한 농기구로 앞으로도 50년은 족히 사용할 수 있을 것이다. 요즘에는 바퀴를 알루미늄으로 만들고, 돌출부 체결을 용접이 아닌 나사못으로 해 제작비가 덜 든다.

봄이면 들판마다 정식 식혈기를 이용하여 모종을 심는 모습을 볼 수 있다. 이것을 바라볼 때 나는 행복하다.

씨앗 인큐베이터, 변온 발아기

1980년대 중반까지는 고추 농사에서 토종 고추 종자인 영양 수비초, 괴산 청룡초, 안동 붕어초 등을 주로 심었다. 그 토종 종자는 맛은 월등하지만 소출이 적은 게 흠이었다. 때문에 당시는 고추 값이 비싸서 가정에서는 지금의 10분의 1 정도밖에 소비할 수 없었다. 더욱이 농가에서는 고추 종자를 받아서 다음 해 농사에 이용하였으니 자연 퇴화로 인한 열성 품종이 되었다.

이렇게 고추 수확량 감소가 심할 때에 흥농, 중앙종묘회사에서 다복, 홍일품 등 웅성불임(male sterility)을 이용한 1대 교잡 종자를 처음으로 선보였다. 다복, 홍일품은 맛도 좋고 수확량도 많은 인기 품종이었다. 하지만 한 숟가락에 이틀 품값이 되는 비싼 종자대가 문제였다. 수백 년 동안 제 종자를 받아서 쓰던 대부분의 농가는 종자 지출 비용이 생기는 것을 부담스러워했다. 그래서 재래 토종 종자를 그대로 사용하는 경우가 많았다. 하지만 나는 학교에서 1대 교잡의 우수성을 배워서 알고 있는지라 비싼 값을 치르더라도 종자를 구입해서 고추 묘를 생산하기로 마음먹었다.

농산업에 있어 품종 선택은 매우 중요하다. 산돼지를 아무리 좋은 사료를 먹여 키운다 해도 잘 자라지 않는 것과 같은 이치다. 종자 비용 지출은 잡종 강세의 순기능으로 단위면적당 수확량 증가를 가져올 것이며 지출의 몇 배가 되는 수익을 낼 것이 분명했다.

하지만 종자 값에 비싼 돈을 치르는 것은 아버지의 걱정을 샀고, 마을 사람들은 농사를 잘못 지었다가는 종자 값도 못 건지겠다고 혀를 찼다. 이렇게 금싸라기 같은 고추 종자를 애지중지 모시고 세심하게 싹을 틔우고 정성껏 기르는 것은 당연히 내 몫이었다.

될 성부른 나무는 떡잎부터 알아본다는 말이 있는 것처럼, 육묘 과정에서 싹을 틔우는 것은 무엇보다 중요하다. 대부분의 종자가 그렇듯 고추 종자도 표피에 발아를 억제하는 물질이 있어서 한나절 정도 물에 담가 표피의 끈적끈적한 물질을 잘 씻어내야 발아가 잘된다.

더 세밀하게 보자면 가지, 토마토, 고추의 적당한 발아 온도는 25~30도다. 그러나 온도를 일정하게 유지하는 것보다 25도에서 16시간, 30도에서 8시간 동안 유지되도록 온도 변화 처리를 해주면 발아율과 발아 세력이 좋아진다. 자연의 섭리처럼 낮에 해당하는 8시간 동안만 고온을 유지하는 것이다.

목돈을 들여서 종자를 구입하였으니 변온 처리에 공을 들이지 않을 수 없었다. 지금은 종묘상들이 발아기로 싹을 틔워서 농가에 보급하고 있지만 1975년 당시에는 '종자 발아기'라는 용어 자체가 없었다. 그래서 그동안 궁리해왔던 변온 발아기를 직접 만들기로 결심했다. 필요가 다시 일을 시작한 것이다.

재료는 단열이 잘되는 스티로폼 상자(담배 육묘 상자로 쓴 것이었다.) 2개, 300원짜리 열선 3세트, 그리고 온도 조절기 1개가 전부였다. 우선 아래쪽 판에 2장의 열선을 넣고 과도한 열 발생을 막기 위해 220볼트(V) 열선을 직렬로 연결했다. 그리고 위판은 나머지 하나의 열선을 아래판 열선과 병렬로 연결한 다음 온도 조절기와 직렬로 연결하였다. 제작은 두어 시간 만에 간단히 끝났다. 이제 시간에 맞추어 25도와 30도를 구분하여 설정하고, 고추 발아에 최적의 환경을 제공할 수 있게 되었다. 당연히 목표한 성과를 거둘 수 있었다.

발아기 크기는 기껏해야 0.2제곱미터 정도에 불과하다. 발아기 하나에 하루 종일 전기를 공급해도 하루에 1킬로와트(Kw)를 넘지 않을 것이다. 지금 전기요금으로 계산해도 60원이 채 안 된다. 그런데 이 작은 변온기 하나로 씨앗들은 일제히 싹이 트고 하얀 뿌리가 힘차게 나온다. 매년 씨앗 파종을 기점으로, 1년 농사의 봄이 유쾌하게 시작되는 것이다.

1인 3역 일관 피복 작업기

1973년에는 경운기가 벤츠 자동차보다 귀했다. 그런 만큼, 1980년대 중반까지 경운기는 내가 애지중지 아끼는 만능 일꾼이었다. 군에서 제대하고 첫 농사를 지을 때부터 십수 년 동안 나의 충실한 일꾼으로 고장 한 번 없이 농사일에 밤낮으로 매진해준 것이다. 양수 작업부터 농작물 운반, 쟁기질에 로터리 경운까지, 경운기는 수족처럼 나와 동고동락해 온 듬직한 동반자였다.

하지만 비가림 하우스 농작업을 하려면 새로 나온 16마력 4륜구동의 앙증맞게 생긴 꼬마 트랙터가 필요했다. 그동안 써온 경운기는 소를 몰고 가는 것처럼 뒤따라 걸어가면서 모든 작업을 조종해야 한다. 그러니 농번기에 로터리 경운 작업을 할라치면 무시로 튀어 오르는 돌덩이에 정강이가 멀쩡한 날이 없었다. 경운기와의 보행 작업은 위험을 감수해야 하는 힘든 동행이었다.

이에 비해, 새로 나온 4륜구동 트랙터는 월등하게 힘이 좋고 탱크마냥 견인력까지 좋은 데다 모든 작업을 운전석에 앉아서 조종하니 일단 돌멩이 사례를 피할 수 있다. 기능 또한 말할 것도 없다.

그동안 내 경운기는 내 농사는 물론 인근 논밭갈이, 로터

리 경운, 이랑 짓기 등 수많은 일을 해냈다. 그 뒤를 따라다
닌 거리를 재보면 몇 천 킬로미터는 족히 될 것이다. 그야말
로 내 농사 인생의 천년지기인 셈이다. 그러니 트랙터를 이
용하는 것이 사람 관계로 치면 토사구팽을 하는 듯해 기분
이 묘하고 미안한 마음이 들었다. 하지만 뗏목으로 강을 건
넜다고 고마운 마음에 뗏목을 메고 산을 넘을 수는 없는 법
이다.

말을 타면 종을 두고 싶다더니, 트랙터를 구입하자마자
견인력이 막강한 트랙터의 장점을 살려서 한 번에 세 가지
일을 처리할 수 있는 '일관 작업기'를 구상하기 시작했다. 트
랙터가 일을 할 때 쇄토(흙을 부숨)와 휴립(두둑 만들기), 그리
고 비닐을 씌우고 흙을 덮는 것까지 한 번에 할 수 없을까
하는 궁리하기 시작한 것이다.

나는 설계도를 들고 기계 분야에 통달한 재주 많은 고
영재 씨를 찾아갔다. 농기구점을 운영하는 고영재 사장은
1960년대 방앗간 원동기 수리부터 시작하여 수십 년의 경
륜을 가진 기계쟁이였다. 내가 필요에 의한 아이디어로 주섬
주섬 그린 설계도를 건네며 대강의 개발 요지를 설명했다.
농기구점에서도 아직 이런 작업기를 만들어본 적이 없어서
서로의 경험과 생각을 종합하여 궁리한 끝에 그는 전문가답
게 자르고, 뚫고, 달구어 휘고, 붙여서, 단 이틀 만에 결함이

라고는 찾아볼 수 없는 일관 작업기를 완성해냈다.

일관 작업기가 하는 일은 이러했다. 우선 로터리 경운으로 퇴비와 흙을 섞어준다. 그러면서 흙덩이를 부수는 쇄토 기능을 기본으로 갖는다. 그다음으로는 배토기로 흙을 모아서 모양을 잘 잡아 두둑을 만들어준다. 거기서 끝나는 게 아니라 잘 만들어진 두둑에 비닐 피복과 복토를 하게 된다. 이렇게 트랙터 주행과 동시에 여러 가지 일을 한 번에 할 수 있도록 만든 종합 농기구가 탄생한 것이다.

기계를 처음 만들 당시에는 이랑을 바꿀 때마다 비닐 피복기 부분을 일일이 사람이 들어서 접어주어야 하는 불편함이 있었지만, 2007년도 이후에 유압 실린더가 보급되면서 기능을 보완하여 더욱 손쉽게 일관 작업을 할 수 있게 되었다. 그 성능은 부지런히 걷는 정도의 속도로, 최소한 하루 3,000평 이상의 작업을 소화할 수 있는 수준이었다. 그동안의 작업과 비교하면 대략 3배에서 5배 정도 능률이 향상된 것이다.

지금은 이 기계를 이용하여 하우스를 포함한 3만~4만 평에 이르는 농지에서 식은 죽 먹기로 수월하게 작업하고 있다. 능률이 뛰어난 일관 작업기를 개발한 이후 어느 때고 토양 수분이 적당할 때에 순발력 있게 휴립, 피복을 할 수 있게 된 것이다. 그러니 당연한 이야기지만, 적당한 때에 정

한 번 주행을 하면 쇄토, 휴립, 그리고 비닐 피복과 복토 1인 3역을 동시에 해내는 일관 작업기.

식한 작물의 생육 또한 월등히 촉진되었다.

이 일관 작업기가 필요하다는 생각은 내가 했지만 만든 것은 고영재 사장이었다. 세상은 아는 만큼 보이는 법이고, 아무리 똑똑한 척해도 혼자서 해결할 수 있는 문제는 별로 없다. 내가 혼자서 생각하고 혼자서 만들어보겠다고 머리를 싸맸다면 일관 작업기 같은 기계는 만들지 못했을지도 모른다. 사회 속에서 어울려 살고, 머리를 맞대고, 각자 아는 것을 꺼내고 합쳐야 또 다른 새로운 것들을 만들어낼 수 있다. 이래서 우리는 사회 속에서 어울려 함께 살아야 하는 것이다.

비닐하우스 환기창 때문에 다친 아내

1973년 겨울에 처음으로 지은 육묘용 비닐하우스를 시작으로, 1980년의 대나무 온실 시대를 지나 1990년대가 되자 철제 파이프로 지은 비닐하우스의 시설 면적이 3,000평이 되어 있었다. 처음 나무로 지은 100평의 육묘 하우스에 비하면 무려 30배나 확장된 것이다.

아버지가 일찍 돌아가시고 동생들의 연이은 교육, 결혼 등으로 지출이 많았지만, 농사 시작 첫해부터 십수 년을 한결같이 하늘이 도와준 덕분에 마을 앞의 반듯한 정사각형 농지를 3,000여 평 마련하여 전체에 비닐하우스를 시공할 수 있었다. 당시에는 제천 부근에서 단일 규모로는 최대 규모였다. 1985년에 제1회 전국 고추 증산왕으로 선정된 후 4년 연속 고추 현장 평가회를 개최하는 동안 상전벽해로 변한 것이다. 현장을 방문한 수천 명의 사람들이 고추밭이 변모해가는 것을 눈으로 목격하고 감탄했다. "이 정도 되면 진짜 농사짓는 맛이 나겠네!"

이때부터 나의 숙원이자 모든 하우스 농가의 숙원인 하우스 자동 개폐기를 궁리하기 시작했다. 비닐하우스 농사는 작물이 생육하는 데 필요한 자연적·인공적 요건을 최적화할 수 있다. 때문에 노지 농사에 비하여 생산성이 몇 배나 높을 뿐만 아니라 안정적으로 농작물 생산을 할 수 있다. 그러니 고생만 하고 남는 게 없는 농사가 아니라 고생한 만큼 잘 사는 농사를 짓는 길이기도 하다.

그러나 이것이 시설물이다 보니 강풍이나 폭설 피해를 입기도 하고, 작물이 생육하는 동안 시설물 환경 관리에 만전을 기해야 한다. 그중 특히 작물이 생육하는 데 필요한 적정 온도 관리와 환기 관리가 무엇보다 중요한데, 이를 위해 꼭 필요한 것이 비닐하우스의 환기창을 수시로 여닫는 일이다.

비닐하우스에서 키우는 일반 작물뿐만 아니라 포도 같은 과수도 더운 날씨에 하우스 창을 1시간만 닫힌 채 두면 몇 년 공들여 키운 정성이 허사가 되고 만다. 무더위 때문에 끓는 물에 데쳐낸 것처럼 못 쓰게 되고 폐농의 수순을 밟게 되는 것이다. 이때의 절망감은 '농사는 백일 정성도 무효, 아니 삼 년 정성도 무효'라는 것을 뼈저리게 느끼게 한다. 거짓말같이 들릴 이 사태는 당해본 사람이 아니면 알 길이 없다.

그러니 비닐하우스 농사를 짓기 시작하면 언제고 비닐하우스 문을 열었다 닫았다 할 수 있도록 긴장을 늦출 수가 없다. 그런데 이것이 말 그대로 비가 오나 눈이 오나 추우나 더우나 사시사철 사람 손으로 일일이 해야 하는 일이므로, 비닐하우스 일 가운데에서도 가장 힘든 악성 노동이었다. 특히 비 오는 날은 파이프가 미끄러워서 개폐 손잡이를 놓치기라도 하면, 되돌아가려는 빠른 회전 관성으로 얼굴을 찢기거나 손과 턱을 다치는 일이 다반사다. 오죽하면 "인대가 늘어나려거든 하우스 농사를 짓는 농부에게 시집가라." 는 말이 생겼겠는가.

비가 내리는 어느 날이었다. 하우스에 갔던 아내가 이마에 피를 흘리며 창백한 얼굴로 돌아왔다. 보나마나 치마 비닐을 닫다가 당한 사고임에 틀림없었다. 남자인 나도 한두 번 겪는 일이 아니었다.

"어쩌다 그랬어, 내가 하면 되는데……." 지혈을 해주면서 속 들여다보이는 위로를 하자니 아내 보기가 미안하고 민망했다.

비는 여전히 억수같이 쏟아지는데 아내는 한동안 멍하니 하늘만 아무 말 없이 바라보고 있었다. 아내의 침묵이 길어질수록 조바심이 났다. 목수 집에 도끼가 없다더니 아내가 날마다 그 위험한 비닐하우스 개폐 작업을 하는 것을 보고도 왜 지금까지 개선할 생각을 하지 못했을까, 자책이 들었다. 주자십회(朱子十悔)의 '담장을 고치지 않아서 도둑을 맞은 뒤에 후회하는' 꼴이 되고 만 것이다.

아내와 결혼하고 처음으로 나의 무능함이 한탄스러웠고 가슴이 아팠다. 7남매 중 장남에게 시집와서 고생한 아내가 호강은 고사하고 이 지경이 되었으니, 나는 주눅이 들고 작아졌다. 지금에 와서 고생시켜 미안하다는 말이 무슨 소용이 있겠으며 무슨 면책이 되겠는가.

소나기가 더욱 거세게 내리기 시작했다. 이 비가 더 오기 전에 비설거지를 하러 갔다가 당한 변이었다. 거세지는 비를 보면서 이 문제를 해결해야겠다는 열망도 따라서 거세졌다. 나는 당장 비닐하우스 자동 개폐기를 만들어야겠다는 생각으로 골똘해졌다. 그리고 무작정 시작했다.

우선 한국원예기술센터에 자문을 구했다. 별다른 답을 들을 수 없었다. 그 외에도 여러 사람에게 자문을 구했지만 아직까지 개발된 사례가 없을 뿐 아니라 개발을 한다 해도 유용할 것인지에 다들 회의적이었다. 그때만 해도 새로운 농기계 개발은 일본이나 네덜란드, 미국과 같은 선진국에서나 가능한 일이라고 생각했고 우리가 먼저 개발할 수 있다는 생각조차 하지 못할 때였다. 아무 대답을 얻지 못했지만 포기가 되지 않았다.

'미국은 달나라도 가는데 땅 위에서 무엇을 못 하겠나!' 나는 집으로 돌아오면서 자문자답을 했다. 비닐하우스 자동 개폐기를 만들어야겠다는 생각은 '필요하니 하면 되지.' 하는 생각으로 그동안 해온 농기계 발명과는 차원이 달랐다. 내가 이걸 못 하면 비닐하우스 농사를 접는다는 각오로 시작한 일이었다.

나는 또 한 번 필요에 목마른 농부가 되었다. 이번에는 운 좋게도 매사에 탐구심이 강하고 아이디어가 참신한 셋째 동생 해완과 함께였다. 우리 두 사람은 '자동 개폐기 개발'이라는 우물을 함께 파기 시작했다. 우선 해완과 함께 개발 목표와 개념을 정리했다. 첫째, 감전사고가 없어야 한다. 둘째, 비닐이 아래로 늘어지는 것에 대비해 최대한 가벼워야 한다. 셋째, 조작이 쉬워야 한다. 넷째, 정전이 되었을 때 수동으로 개폐가 가능해야 한다. 우리의 논의는 이렇게 네 가지 정도로 1차 요약되었다.

가장 큰 문제는 220볼트 감전사고의 위험이었다. 당시 농림부 연감(농업백서)을 보면 감전사고로 사망하는 농민이 전국적으로 연간 150명에서 250명 가까이 되었다. 작물을 키우는 농사 현장이 물과 떼려야 뗄 수 없는 곳임을 감안할 때, 전기 사고의 가능성도 그만큼 높아질 수밖에 없다. 과거 군 생활을 할 때 같은 전기과 동료가 고전압에 3도 화상을 입고 생사를 오가면서 헬기로 후송되는 것을 본 적이 있다. 이 기억으로 인해 나는 전기는 더할 나위 없이 편리한 것이지만 동시에 얼마나 위험한 것인지도 절감하고 있었다. 예전에 아버지가 마을 앞 개울에서 당신이 손수 만든 배터리로 메기며 피라미를 기절시켜 잡던 기억도 전기 감전이 위험한 것이라는 경험으로 남아 있다.

전기교육단에서 배운 감전 치사 전압은 30볼트, 0.01암페어(A)다. 가정용 상용 전압이 통상 220볼트로 치사 전압의 7배가 넘으니 늘 습기를 머금은 농사 현장에서 감전되었는데 죽지 않았다면 오히려 기적인 셈이다.

벼농사용 모터 펌프는 몇 천 평의 논에 한두 대면 족하다. 하지만 하우스용 자동 개폐기는 사정이 다르다. 길게 지어진 측면 양쪽 끝에 하나씩만 달아도 우리 하우스 10개에 20대의 모터가 필요하다. 이중 비닐 개폐까지 계산한다면 무려 40대의 모터가 필요하다는 계산이 나온다.

더 큰 문제는 이 개폐기가 365일 노천에서 눈비를 그대로 맞으면서 작동해야 한다는 것이다. 개폐기 본체의 누전은 두고서라도 수십 대의 개폐기에서 거미줄처럼 늘어진 전선 피복물이 벗겨질 것은 불을 보듯 뻔한 일이었다. 실제로 개발 이후에 자동 개폐기가 전국에 보급되자 쥐나 개가 전선 피복을 갉아 먹은 사례도 허다했다.

우선 10연동 하우스 좌우측 20개소의 치마 비닐 개폐 자동화가 실현되면 고생하는 아내를 편하게 해줄 것이다. 또한 남편인 나의 구겨진 체면도 단번에 만회해줄 것이다. 하지만 몇 십 대의 모터 중 단 한 개라도 누전으로 인한 감전사고를 일으킨다면 치명적으로 내 아내나 또 다른 사용자 그 누구든 사망에 이를 수도 있는 것 아닌가.

그러한 사망 사고의 위험 때문에 농림부 산하 농기계연구소나 일반 기업체들이 개발을 하지 않는 것인가 하는 생각이 들기 시작했다. 하지만 이런저런 상황을 고려한다면 내가 가장 싫어하는 '포기' 말고는 답이 없었다. 그동안 그래왔던 것처럼 '그럼에도 불구하고' 기가 막힌 묘안을 찾아 개발해내야 할 과제였다.

세계 최초의 감전 안심 자동 개폐기

비닐하우스 동력 개폐기의 가능성은 감전 위험이 없는 자동차용 모터에서 시작되었다. 나는 우선 자문을 구할 겸 자동차 부속 가게를 운영하던 대화상사 노병찬 사장을 찾아갔다. 내가 고추 증산왕으로 선정되고 나서부터 나를 고추 박사라 부르는 사람이었다.

"이 박사가 아침부터 웬일이야?"

"자동차에 쓰이는 모터 중에 가장 작고 힘이 센 모터가 어떤 거야?"

"어디에 쓰려고?"

"비닐을 자동으로 걷고 닫는 동력 개폐기를 만들어보려고."

"힘이 세고 가벼운 모터라, 눈이나 비가 올 때 쓰이는 차량용 윈도 와이퍼 모터가 있긴 한데, 적용이 가능한지는 모르겠네."

그는 동진정공이라는 회사에서 만든 윈도 와이퍼 모터를 내주었다.

"차량 배터리로 가동되니 직류 12볼트나 24볼트겠지?"

"그럼, 당연하지!"

감전사고 없는 자동 개폐기 개발! 왠지 시작부터 기분이 좋았다.

모터를 사 온 즉시, 여기저기 굴러다니던 감속 장치로 실험 모델을 만들었다. 그러고는 우리 비닐하우스 중에 가장 긴 117미터 길이의 하우스 측면 파이프에 실험용 동력 개폐기를 달고 직류 24볼트 전원을 연결했다. 현장감 넘치는 집 앞 비닐하우스에서 실험을 하니 거창한 연구소나 실험실의 부하 측정기 따위는 아예 필요도 없는 것이다. 이보다 더 맞춤한 시험 장소가 또 어디 있겠는가.

저게 진짜 될까 싶은 의구심에 가득 찬 눈으로 따라 나와 구경하던 아내가 기겁을 해서는 꿩 사냥하는 매처럼 내

팔을 잡아당겼다. "아휴, 그렇게 불꽃이 팍팍 튀는데 전기를 끄지도 않고 맨손으로 전선을 연결하면 어떡해요. 저이가 죽으려고 작정을 했네!"

"당신 과부 안 만들라니 걱정 놓으셔. 이 전기는 말이야, 자동차 배터리로 아주 낮은 전압이야. 이렇게 마이너스 플러스 두 단자를 잡고 죽으려고 해도 죽을 수 없지. 이 개폐기로 죽을 사람은 아마 아무도 없을 거다!"

시퍼런 전기 스파크에 놀란 아내가 가슴을 쓸어내리는 동안에도 전원을 연결한 시험 제작 동력 개폐기는 117미터 길이에 2미터 높이의 측면 비닐을 거뜬히 감고 올라갔다. 그러고는 열려 있는 리드 스위치 상단에서 멈춤 신호를 받고는 자동으로 점잖게 정지하였다.

"마누라 오른팔 인대 다 늘어난 다음에서야 만들 게 뭐람!" 내심 좋으면서도 사고가 난 후에 개발한 것을 원망하는 아내의 행복한 투정이었다.

"해극이는 애처가야. 마누라 죽을까봐 사람 안 죽는 기계를 만들었다는구먼." 동네 사람들의 이야기가 틀린 말은 아니었다. 총각도 장가가기 힘든 세상인데 이 나이에 새장가는 전설일 테니 말이다.

1985년에 처음 나의 유기농 농장에서 고추 평가회를 개최한 이래 해마다 전국에서 1,000명에서 3,000명이 우리 농장을 견학, 방문하고 있다. 나의 농사 방법이 해마다 획기적으로 달라지거나 발전하는 것도 아닌데 전국에서 연례행사처럼, 또는 호기심에, 또는 자문을 구하러, 농사를 자랑하러, 농사를 망쳐서 등 여러 이유로 우리 농장으로 향하는 것이다.

자동 개폐기가 설치된 후에 처음 방문한 사람들은, 실용성만 생각했지 모양이라고는 메주덩이처럼 못생긴 개폐기가 상하 왕복으로 작동하는 것을 보고 탄성을 질렀다. "이 회장! 당신 대한민국 아주머니들한테 훈장 받게 생겼네." 대부분의 농가는 남편들의 출타가 잦아서, 남은 농사일과 조치는 고스란히 여성들 몫이었다. 그래서 하우스 개폐가 자동화되면 우선 여성들이 편해질 거라는 말이었다.

필요가 낳은 자동 개폐기가 세상에 나온 지 불과 며칠 만에, 보는 사람마다 만들어달라는 성급한 요청이 쇄도했다. "나, 저 자동 개폐기 열 대만 만들어주면 안 될까?"

하우스 일 중에서도 가장 번거롭고 힘든 악성 노동에서 벗어나고픈 것이 공통적인 바람이었다. 그런데 '열려라 참깨' 동화 속 주문처럼 100미터가 훨씬 넘는 하우스 비닐을 정교하게 여닫는 자동 개폐기를 보면서 자신들이 일일이 수동으로 하는 방식이 얼마나 맥 빠지는 일인지를 실감하는 듯했다. 공교롭게도 우리 자동 개폐기가 개발된 1990년 이후

한국의 비닐하우스 시설 면적이 5,000만 평이나 늘었다고
한다.

자동 개폐기에 대한 소문은 순식간에 전국으로 퍼져나
갔다. 농민신문과 각종 농업 잡지는 물론 MBC, KBS를 비
롯한 각종 언론에서도 농사일을 방해할 정도로 취재 열기
가 뜨거웠다. 특히 MBC 최천규 피디는 1980년부터 십수 년
동안 재미있고 신나게 농사짓는 현장을 취재해왔던 막역한
동생 같은 사람이다. 자동 개폐기 개발 초기에 국내 방송사
중 처음으로 취재를 온 그는 촬영을 끝내면서 말했다.

"해극이 형님이 하는 유기농이니 뭐니 고상한 농사는 아
직까지 땅속 작용을 몰라 못 미더웠는데, 저렇게 불꽃이 튀
어도 감전사고로 죽지 않는 것만큼은 내 눈으로 확실히 봤
네. 앞으로는 돌팔이 형님이라고 놀리지 않을게요."

그렇지만 나에게는 '돌팔이 형님'이라는 별명이 딱 어울
린다. 돌팔이라는 별명은 얼마나 자유분방한가. 어떤 관습
과 격식에도 얽매이지 않고 빈약한 지식과 역량일지라도 기
특한 발상으로 쓸모 있는 것들을 만들어내고 결과적으로
인류사회에 유익을 줄 수 있다면 '돌팔이'라는 별명이 더없
이 정다운 것이다.

자동 개폐기는 농업 영역에서 식물과 전기, 기계의 종합
응용과학으로 태어났다. 하지만 나는 농사도, 전기도, 기계

도 자신 있게 통달한 것이 하나도 없다. 내 전문 분야인 농업에서조차 배우면 배울수록, 알면 알수록 의문투성이다. 돌팔이라는 말이 오지랖 넓게 이것저것 두루 섭렵했다는 의미도 포함한다고 볼 때에도 나한테 딱 맞는 별명이다.

아내의 고생에 자극을 받아 시작하여, 감전사고에 대한 안전을 전제로 개발한 저전압 자동 개폐기는 국내를 포함하여 전 세계에 100만 대 이상이 보급되었다. 그동안 감전으로 인한 인명 사고는 단 1건도 없었고, 앞으로도 없을 것이다. 남들이 알든 모르든 나는 개발 종주국의 개발 당사자로서, 농민으로서 큰 자부심을 느낀다.

사람과 작물에게 다 좋아야 한다

내가 농사에 필요한 기계를 이것저것 개발하자 이것을 자신의 농사에 이용하고 싶어하는 농부가 종종 찾아왔다. 그러면 나는 기꺼이 제작 방법을 알려주었다. 도면과 회로를 복사해주고 내 의도를 정확히 전달하여 그들이 쉽게 같은 기계를 제작할 수 있도록 최대한 도왔다.

하지만 이번 자동 개폐기는 조금 수준이 달랐다. 양극과 음극 단 두 가닥의 전선만으로 개폐축이 열릴 때는 시계 방향으로, 닫힐 때는 시계 반대 방향으로 회전해야 할 뿐만 아니라 개폐기가 끝까지 열리거나 닫혔을 때 자동으로 정지하는 기능까지 갖추어야 한다. 그러다 보니 양극 전기만 한쪽으로 통과시키는 반도체 소자인 정류기(다이오드)가 전기회로에 필수적으로 들어가고, 개폐기를 자동으로 제어할 컨트롤 장치가 부가적으로 있어야 하는 등 전기 지식이 없는 농민이 자가 제작하기에는 한계가 있었다. 다시 해완과 의논을 했다.

"해완아, 저렇게 보는 사람마다 이구동성 자동 개폐기를 만들어달라고 부탁을 하니 우리 농민들에게 좋은 일도 하고 돈도 벌어, 그 돈으로 더 좋은 일을 할 수 있도록 일을 한번 해보지 않겠니?"

해완은 부산에 있는 전기·전자 분야의 직장에서 십수 년 종사한 전문가인데, 그때는 부부가 고향인 제천으로 다시 돌아와서 어려움 없이 살고 있을 때였다. 우리는 어린 시절에 함께 머리를 맞대고 동네 친구들이 부러워할 정도로 멋있는 달구지와 썰매, 스케이트 같은 것을 만들었던 추억을 떠올리며 즐거운 마음으로 자동 개폐기 개발에 착수했다.

해완은 강고하고 급한 나와 달리 다섯 동생 가운데 가장 사려 깊고 진중한 성격을 가졌다. 더욱이 철도청 전기 공무원이셨던 아버지의 영향으로 우리 형제들은 어릴 때부터 라디오, 테스터, 리퍼, 롱로즈 플라이어 등을 보아왔고, 군대와 사회에서도 우연하게 전기 기초 지식과 경험을 섭렵한 전기통 가족인 셈이니 자동 개폐기와 제어기 개발에 속도가 붙었다.

우선 150만 원으로 개폐기의 몸체 목형과 부속 자재를 주문했다. 그리고 우리는 컨트롤러 제작에 머리를 맞대었다. 자동 개폐기가 기계적 손과 발이라면 컨트롤러는 전기적 두뇌다. 뇌에 문제가 생기면 수족이 정상적으로 기능하지 못하는 것처럼, 운전의 핵심은 두뇌인 컨트롤러다. 손발에 다소 문제가 있더라도 두뇌가 온전하면 개선될 수 있다. 하지만 뇌에 문제가 생기면 식물인간이나 다름없다.

나는 현장 농부로서 언제나 식물 생육에 최적의 환경을 만든다는 목표를 지향했다. 자동 개폐기 개발 역시 마찬가지였다. 전기 동력으로 단순히 하우스 비닐을 열고 닫는 기능만 구현한다면 그것은 단순 개폐로 노동력을 절감하는 기계 위주의 관리일 뿐이었다. 언제 열고 닫느냐의 문제를 과학적 기준 없이 단순히 재배자의 기분에 따라 경험적으로 해결한다면 작물이 생육하는 최적의 온도를 유지하는 데 반드시 오차가 발생할 것이다.

기왕에 내친걸음, 여기에서 한걸음 더 나아가고 싶었다. 하우스에서 키우는 작물마다 각기 다른 생육 적정온도를 이해하고 각각의 작물에 대해 최적의 환경을 제공하는 자동 개폐기를 구현하고 싶었다.

나는 그동안 이어온 온실 작물 재배라는 현장 경험을 토대로 작물 특성과 생리, 비닐하우스 안에서의 대류 현상과 원리 등 인공적 환경 부분의 체험적 자료를 발굴·취합했다. 동생 해완은 작물과 전자 제어의 상관관계를 집합하여 제어 목표의 가닥을 잡아나갔고, 우리의 토론은 계속되었다.

"너희 형제는 하루 종일 얘기하고도 밤늦게까지 무슨 할 말이 그렇게도 많으냐?" 2000년 연엽초조합 중앙회장을 지낸 이해권 형님이 몇 달째 날마다 밤늦도록 머리를 맞대는 우리 형제를 보고 한 말이었다.

인류 최초로 비행기를 만든 라이트 형제도 아마 이렇게 신나고 재미있게 밤을 지새웠을 것이다. 우리 형제가 밤마다 지속하는 긴밀한 협력은 차후 지금보다 훨씬 정교한 비닐하우스 환경 제어로 틀림없이 이어질 것이었다. 그 결과 한국 농산물 품질 향상과 증산에 기여하고, 연료비와 병해 발생 방지, 그리고 획기적인 노동력 절감을 가져올 것이었다. 우리는 하우스 재배 농민들을 악성 노동에서 해방시킬 수 있다는 희망과 확신으로 자동 개폐기의 구현에 한발씩 다가가고 있었다.

해완은 내 설명을 기반으로 인공적 환경인 비닐하우스와

작물의 생리 조건을 총체적으로 파악하고 교류(AC), 직류(DC), 고전압, 약전압(강압 트랜스, 다이오드, 센서, 저항, 기판 등) 소재를 두루 응용하여 부품을 취합하고 순발력 있게 컨트롤러 제작에 착수했다.

비록 볼품은 없었지만 세상에 처음 모습을 드러낸 이 시스템(제어기)에 나는 '생육 적온 비례제어 전자동 개폐기와 컨트롤러'라는 다소 장황한 이름을 붙였다. 자동화란 단순히 기계적 동작만을 의미하는 것이 아니라, 인간의 한계를 단 0.1밀리미터라도 뛰어넘는 발상이 있어야 한다. 그래야 자동화에 품격이 생기는 것이다.

2~3월 이른 봄, 외부 온도는 영하의 날씨라도 해만 뜨면 하우스 내부 온도는 잠깐 사이에 한여름의 한증막처럼 40~50도를 훌쩍 넘는다. 이때 농부들은 환기와 온도 조절을 위해 수시로 치마 비닐을 여닫는 일을 반복한다. 이렇다 보니 그날그날 기상에 따라 적절한 온도를 유지할 수 있도록 관리하기 위해서는 개폐 작업에만 종일 매달려야 한다.

문제는 또 있다. 하우스 내부 온도가 올라가서 급하게 치마 비닐을 열면 갑자기 유입되는 찬 공기로 인해 작물이 아주 심한 스트레스를 받는다. 이런 환경이 반복되면 작물도 사람과 똑같이 감기에 걸려서 기형이 되거나 급성위조증 등으로 생육이 정지되고 쪼그라든다. 식물은 주로 잎 뒷면의 기공으로 호흡을 하는데 이 기공의 공변세포는 수분의 팽압에 의해 개폐되기 때문에, 환기를 하는 데는 바람직하게는 20~30분, 더 바람직하게는 그 이상의 완만한 시간이 필요하다. 농사꾼에게 '물 주기 3년, 환기 관리 10년'이라는 말이 그냥 나온 것이 아니다. 기술적으로 환기가 그만큼 어렵다는 것이다.

이제 개폐 시스템의 제작 목표가 정해졌다. 비닐하우스에 설치한 온도 센서가 목표 장소(식물 위치)의 온도를 감지하여 그 지시값으로 개폐기를 자동으로 동작시킨다. 단, 온도 상승과 하강에 비례하여 천천히 온도가 변화하도록 계단식으로 완만하게 제어한다. 이것이 해완과 내가 이루고자 한 최종 제작 목표였다. 기계적 제어를 넘어서 적당한 온도를 스스로 찾고 자동으로 하우스 비닐을 열고 닫을 수 있도록 구현하는 것이 진정으로 과학영농의 길이라고 믿었던 것이다.

해완은 '사람 위주-기계 위주'의 기존 하우스 관리에서 발생하는 문제점을 소상히 파악했다. 그러고는 작업실 벽에 "사람과 작물에게 다 좋은 환경!"이라는 문구를 붙여놓고 우리 형제 최대의 목표인 식물 위주 자동화 과제를 차분하게 풀어나갔다. 개발 연구실 겸 제작실은 1960년대 부모님이 누에를 길러 우리 7남매 학비를 마련했던, 살림집 동편에 있는 9평 남짓한 허름한 잠실과 바로 옆에 붙어 있는 고추 비닐하우스였다. 비닐하우스에서 비닐 개폐기를 만들고 있으니 세상에 단 하나밖에 없는 최상의 연구실이고 최적의 실험실인 셈이었다.

구현 방식은 이러했다. 가령 재배자가 25도를 기준으로 온도 폭을 3도로 정했다면 28도에 열리고 22도에 닫히는 것이다. 그리고 하우스 안과 밖의 온도 차이를 개폐기의 작동 시간과 대기 시간, 그러니까 외부 찬 공기가 온실 내부에 유입된 후 평균 작물의 적온 상태에 도달하는 데 걸리는 시간을 구분하여 설정한다. 이렇게 하여 빈번하고 반복적으로 이루어지는 기계 작동을 줄이고 작물 최적의 환경을 유지하는 것이 가능해졌다.

또한 전기적으로 제어를 할 때 개폐기에 비닐이 감기는 속도와 연동해야 하기 때문에 분당 회전 수를 얼마로 할 것인지가 고민이었다. 나는 급격한 온도 변화를 최대한 완만하게 분당 최저 1.5~2회전이 적당하다고 생각했다. 하지만 해완은 소나기 같은 갑작스러운 비 피해를 당하지 않으려면 3~4회가 적당하다고 주장했다. 느릴수록 좋다는 것도, 너무 느리면 침수 피해에 대응하기 어렵다는 것도 둘 다 맞는 말이긴 하다.

빗속에서 비닐하우스 환기창을 닫으려다 다친 아내 때문에 발명한 자동 개폐기의 초기 모델.

감전사고를 대비하여 저전압 직류 전원을 동력원으로 채택한 자동 개폐기는 기계 1대당 백열등 하나 정도의 전력을 소모한다. 48와트(w) 내외의 기가 막힌 초절전형 동력 개폐기가 탄생한 것이다. 따라서 가정용 220볼트 1킬로와트로 무려 20대의 개폐기를 작동할 수 있었기 때문에 농가가 별도로 전력을 증설하는 추가 비용 부담을 할 필요가 없었다.

길이 110미터 비닐하우스에 설치된 자동 개폐기가 48와트 소비 전력으로 치마 비닐을 완벽하게 열고 닫는다. 그런데 어찌나 조용한지, 사용자가 작동이 되는지 알 수 없을 정도였다. 의도를 모르고 바라보는 농민들이 답답해했다. 해완이 멜로디 메모리칩을 보완했다. 개폐기가 작동하는 시간 동안 경쾌한 멜로디가 발생하도록 하여 운전 작업자가 개폐 동작을 인지할 수 있도록 한 것이다. 29년이 지난 지금 생각하니 아득한 전설 속 이야기 같다.

처음에 단순 자동 개폐기를 구상했을 때는 한나절 만에 개발이 이루어졌다. 그로부터 6년이 지난 후 SBS 발명 관련 프로그램에 출연했을 때야 알게 된 사실은 전 세계 어디를 뒤져보아도 찾을 수가 없는 발명품이라는 것이었다. '세계 최초의 발명'이라는 게 이렇게 싱거울 줄, 당사자인 우리도 몰랐다.

"주로 연구는 어디서 합니까?" 당시 사회자인 손범수 씨가 물었다.

"특별히 연구소라 할 것이 없구요, 안방과 화장실, 비닐하우스, 논밭 전체, 발길 닿는 곳이 연구소입니다." 내 대답에 관중석에서 박장대소가 터졌다.

기계와 전기 상식이 어느 정도 있는 사람이 본다면 대단할 것도 없는데 어느 누구도 이 분야를 개발하지 않은 것이 이상했다. 특히 연구소 같은 곳에서 첨단 제작 기기와 축적된 기술로 진작 개발해주었더라면 훨씬 오래 전부터 우리 농민들이 편리하고 쾌적한 환경에서 농사를 지을 수도 있었을 텐데 말이다. 실제 농사 현장에 어떤 어려움이 있으며 어떤 필요가 있는지 살피고 필요에 맞는 개발이 추진되어야 하는데 기관과 현장이 원활하게 소통되고 있지 않다는 반증인 셈이다.

비닐하우스 자동 개폐기가 잠수함입니까?

자동 개폐기 개발에 성공했지만 거기서 끝이 아니었다. 당시에 농업 기계를 제작 판매하려면 반드시 농촌진흥청 농업기계화연구소에서 형식승인을 받아야 했다. 하지만 우리처럼 세상에 없는 기계 제품을 만들면 성능 시험을 할 체제나 시험용 기계가 없다. 우리는 자동 개폐기 성능 평가를 받기 위해 자체적으로 시험용 기계 제작에 들어갔다.

제품의 성능 시험 목적은 간단하다. 기기의 지속적인 운전이 가능한가, 어떤 부하에서 모터가 소손되며 기어가 파손되는가에 대한 내구력 평가다. 만에 하나 허술한 농기구가 전국 농가에 보급되면 그로 인하여 농가에 피해가 생길 것을 미연에 막고자 함일 것이다.

그때 내가 운영하던 비닐하우스는 땅이 생긴 모양대로 온실을 짓다 보니 117미터나 되어서 이보다 더 긴 하우스는 전국에 거의 없었다. 그러니 성능 시험 장소로 제격이었고, 이미 20퍼센트 과부하에 지속적으로 무난히 가동되는 현장 시험 결과를 갖고 있었다. 성능 시험기는 그야말로 형식 승인을 받기 위한 도구일 뿐이었다.

그런데 농기계연구소의 시험 합격 조건에 생각지도 못한 복병이 있었다. 우리가 주된 성능이라고 생각했던 것은 정전이 되었을 때 작동하는 수동 운전 장치, 그리고 기어 파손과 모터 소손에 대비한 내구성 검사였다. 하지만 이런 성능들은 부차적인 것이었고, 생뚱맞게도 방수 시험이라는 황당한 과제가 기다리고 있었다.

1차 시험 조건은 2미터 깊이의 물탱크에 자동 개폐기를 집어넣고 2시간 가동에 10분 정지를 반복하는 것이었다. 이러한 방수 시험을 통과해야 개폐기를 세상에 출시할 수 있다는 것이다. 살다 보니 별 희한한 일도 다 겪는가 보다.

"지금 무슨 잠수함 성능 시험을 하는 겁니까? 도대체 이런 괴상한 시험 규정을 만든 사람이 누굽니까?"하도 어이가 없고 부아가 치밀어서 담당자에게 다그쳤다.

"우루과이라운드(UR) 협정을 맞아 국제화에 대비하려면 이 정도 수준은 되어야 합니다."

이 얼마나 어이없는 짓인가. 자동 개폐기 세계화의 경쟁력이 방수 시험이라는 게 도대체 무슨 논리인지 알 수 없었다.

이런 불합리한 기준으로 정부는 우리나라 농업 경쟁력을 더욱 약화시키자는 것인가 하는 생각이 들고 울화가 치밀었다.

당시 수입자유화, 농업보조 폐지, 이중곡가제 폐지, 영농 자금 융자 중단 등 선진국들이 자기네한테 유리하게 만든 불공정 협정에 근거한 갖은 악재가 겹쳐, 우루과이라운드에 대한 한국 농업인의 감정은 가히 공포 수준이었다. 이러한 때에 한국 농업 존폐의 긴장감으로 자발적 활로를 찾고자 고심하는 농민을 격려하고 지원하기는커녕 까다로운 규제로 한술 더 떠 한국 농업을 아예 벼랑으로 내몰려 한다는 느낌을 지울 수 없었다. 농민을 지원해야 할 공직 기관이라는 곳이 엎어진 사람을 지르밟고, 우는 아이 뺨을 때려서야 되겠는가.

농업 분야만이 아니다. 세계 최초, 최상의 기술이 실정에 맞지 않는 제도와 환경으로 인하여 선진국에 넘어가고 개발자는 유랑을 하는 경우가 지금도 허다하다. 자동 개폐기를 2시간씩이나 물속에서 가동하면 모터에서 발생하는 열과 기어의 마찰 저항 때문에 당연히 개폐기 내부 온도가 상승할 것이고, 가동을 중지하면 팽창된 내부 공기가 수축되면서 물의 침투가 일어날 것이 불 보듯 뻔했다.

자동 개폐기가 수중 펌프나 시계처럼 물속에서 상시 운

전해야 하는 장치라면 모를까, 일부러 떨어뜨리려고 고안한 기준이 아니라면 도무지 납득할 수 없는 일이었다. 그야말로 '돌팔이 농부'가 농업기계화연구소보다 앞서 이런 개발을 이룬 것을 못마땅해하는 감정이 섞이지 않고서는 있기 어려운 일이었다. 자동차 배터리를 응용해서 만든 개폐기가 수중 방수 시험을 통과해야 한다면 자동차도 2미터 물속에 넣고 시험을 하고, 엔진 부분을 전부 밀폐 방수해야만 승인한다는 억지 논리인 것이다.

하지만 우리는 중도에 포기할 수 없었고 우여곡절 끝에 우리가 만든 동력 개폐기로 방수 시험을 통과했다. 그다음부터는 일사천리였다. 시제품이 완성되고 회사 법인을 설립했다. 이름은 해완의 제안에 따라 '우리농업'이라 지었다. 닥쳐올 우루과이라운드가 한국 농업에 어떤 충격을 줄지 모르겠으나 '우리'라는 공동체는 이에 맞서 나갈 결속의 기반이라고 생각했다.

자동 개폐기가 공개되었을 때, 듣도 보도 못한 기계에 대해 농민들은 '괜히 편하자고 전기 동력에 의존하다가 정전되면 망하는 농사'라는 부정적인 생각이 지배적이었다. 그러니 정전되었을 때 과연 수동으로 개폐가 가능한지, 48와트라는 적은 소비전력으로 정말 100미터나 되는 개폐 파이프와 비닐을 고장 없이 내구력 있게 들어 올릴 수 있는지 의구심이 가시질 않았다.

일반적 관행을 넘어서는 개발품에 대해서는 칭찬과 비판이 동시에 나오게 마련이다. 칭찬으로 격려받고, 비판과 충고를 적극적으로 수용하여 보완해가는 것이 개발의 일반적인 과정이다. 처음에 우리가 만든 개폐기의 이름은 'Vent Master'로, 환기를 자동으로 해준다는 의미를 부여했다. 이미지를 부각하려는 의도였다. 하지만 사람들의 관심은 그것보다 고작 48와트밖에 안 되는 모터가 무슨 힘이 있어서 100미터나 되는 하우스 비닐을 들어 올릴까에 있는 것 같았다. 대부분의 농가는 비닐하우스가 부서지는 한이 있어도 개폐기는 힘이 좋아야 한다는 생각이 강했다. 그래서 힘이 세다는 이미지를 강조하기 위해서 제품명을 '천하장사'라 바꾸어 농민들의 걱정을 덜기로 했다.

우리가 고안하고 개발한 발명품의 특허 요지와 상세한 설명을 농업계 언론에 전면 공개했다. 우리가 손해를 보더라도 선의의 경쟁을 통해 누구라도 더 좋은 제품을 개발하는 것이 열악한 한국 농촌을 조금이라도 개선하는 길이라고 믿었고 그것만으로도 만족할 수 있었다. 더욱이 나는 자유분방하고 자랑스러운 농부이지 이 분야가 생업이 아니었다. '좋은 것을 더욱 좋게'라는 공익적인 4H 슬로건에 부합하게 함께 발전하는 것이 더 좋은 길이라는 생각을 갖고 있었다.

규정이 농민 목숨보다 중요한가

농업기계화연구소의 난해한 형식 승인 절차를 마치고 얼마 지나지 않아서 당시 온실 업계에서 명성이 있는 풍념산업의 김봉춘 회장에게서 연락이 왔다.

김 회장은 한국농자재협의회 회장을 지낸 분으로 1990년대 한국 연동 하우스 시공으로 온실 현대화에 크게 기여한 분이다. 그는 농촌진흥청에서 개최하는 원예시설 현대화 전시회에 우리가 개발한 자동 개폐기 시스템을 출품 전시할 것을 제안하였다. 당시 자동 개폐기는 우리 제품이 유일했다.

그때 우리가 만든 자동 개폐기는 리드 스위치 부분이 바람의 영향으로 오동작하여 내장형 마이크로 스위치로 교체해야 하는 약간의 결함이 발견된 상태였으나 전시 출품에는 문제가 없었다. 세상에 없었던 자동 개폐기의 출현은 시설하우스 농민들이 가장 바라던 핵심 자동화 부분이었기 때문에 전시회는 마치 우리 자동 개폐기 시스템을 홍보하기 위한 전시장 같았다.

전시회가 끝날 즈음 경기도 평택 어소리 마을을 중심으로 750동의 대규모 시설하우스 단지 조성에 설치할 자동 개폐기 1,500대의 주문이 들어왔다. 문제는 다른 곳에 있었다. 시설 단지 보조 지원 부서인 농어촌공사 담당자가 우리 자동 개폐기는 적용이 불가능하다는 연락을 해왔다. 우리는 어소리 시설작목반장인 김완중 씨와 함께 농어촌공사를 방문했다. 부적합 판정의 이유는 납득하기 어려운 것이었다.

"무슨 결함과 이유로 우리 자동 개폐기가 어소리 단지에 적용될 수 없다는 말씀입니까?"

"우리농업 자동 개폐기는 원동기에 저전압 직류 모터를 사용하는 바, 불필요한 다운트랜스 전력 손실이 발생하지 않습니까?"

우리 자동 개폐기는 원동기에 저전압 직류 모터를 사용하여 220볼트의 전압을 24볼트로 낮추는 다운 트랜스 방식을 쓰고 있기 때문에 전력 손실이 발생한다는 것이었다.

"불필요하다는 말은 생명보다 돈이 중요하다는 말인가요? 우리는 사용 농민의 감전 사망 사고 방지가 최우선이기 때문에 저전압 모터를 원동기로 채택한 것입니다. 과장님 주장대로라면 농민들의 감전 안전을 위한 변압기도 사용할 수 없다는 겁니까?"

불필요하다는 것은 생명보다 돈이 중요하다고 말하는 것과 다르지 않았다. 농민의 감전사고 위험 방지는 무엇보다 우선해야 하는 것이다. 그런데 그것이 전력 손실을 가져온다고 말하는 것 자체가 모순이다. 이로 인해 발생하는 전력 손실은 거의 제로에 가까웠으니 말이다.

"좌우지간 220볼트 전압을 24볼트로 낮추어 사용하면 1퍼센트라도 전력 손실이 발생하는 것이 분명한 사실입니다."

맞는 말이다. 그러나 변압으로 인한 제로에 가까운 전력 손실로 대신 농민의 안전을 지키는 것과, 전력 손실 없는 220볼트 전압을 사용하여 농민을 감전사고의 위험으로 내모는 것, 어느 쪽이 더 큰 비용이 드는 일인가! 항상 물과 함께인 농업 환경과 감전사고의 상관관계가 완전히 무시된, 너무나 궁색한 소리였다.

이때 어소리 시설작목반장 김완중 씨가 기가 막힌 제안을 했다. "그럼 이렇게 합시다. 저전압 자동 개폐기는 적용할 수 없다니 우리가 어떻게 해서든 과장님 말씀대로 220볼트 개폐기를 설치하겠습니다. 대신 만에 하나 감전사고가 일어난다면 그에 대한 책임을 과장님이 지겠다는 각서 하나만 써주십시오."

이 솔로몬과 같은 지혜 덕분에 우리 자동 개폐기가 세상에 나올 수 있게 되었다. 우리는 국내뿐 아니라 전 세계에 수출하는 감전사고 제로의 한국산 자동 개폐기를 현장에 적용하는 발판을 마련하였다. 뿐만 아니라 개발 종주국으로서의 위상을 가질 수 있게 되었다. 29년 전 그때, 우리의 생각이 맞았다. 현재 대한민국 그린하우스 환기용 자동 개폐기 사용 전압은 모두 30볼트 이하다.

모든 일의 기준은 농부

이후 농가에서 개폐 폭 조정을 쉽게 할 수 있도록 세팅 기어의 탈착 방식을 개선했다. 그래서 기존에 설치 숙련공이 해도 최소 10분은 소요되던 개폐 폭 조정 작업은 초보자나 힘이 없는 여성도 2~3초면 할 수 있게 되었다. 또한 높이 2~4미터의 하우스 곡선부 위치에서도 수십 대의 개폐기를 단시간에 조정할 수 있게 개량했다. 우리는 사용설명서에 이렇게 썼다. "상품명 원터치: 첨단은 이렇게 간단합니다!" 그렇다. 누구라도 그렇지만 특히 우리 농민들에게는 헷갈리고 복잡한 것은 이미 첨단이 아니다.

이후에도 우리는 제품의 개선과 보완을 계속해나갔다. 사용 농가에서 개폐기의 작동 대기 신호를 식별하고 야간에도 개폐 위치를 쉽게 알 수 있어야 한다는 지적으로 개폐기 내부에 고휘도 LED 램프를 장착했다. 표시등은 캄캄한 밤길을 걷는 사람에게 플래시와 같은 것이었다. 개폐기가 동작 실시 준비 중이라는 것을 24시간 내내 알려주고, 특히 겨울철 야간에 200미터 전방에서도 한눈에 수십 개소의 개폐기 위치를 한 번에 확인할 수 있게 된 것이다. 표시등에 추가되는 비용은 당시 저항 30원, LED 램프 170원이었다. 총비용 200원으로 사용 농가들에게 훨씬 큰 편리함을 제공하게 된 것이다.

사실 농기계뿐만 아니라 모든 제품은 실제로 사용하는 현장에서 들리는 소리에 귀를 기울일 때 개선되고 발전할 수 있다. 대개의 발명자, 개발자들은 코끼리 다리를 만지는 장님과 같다. 편협한 자신만의 집착으로 연구에 몰두하기 쉽기 때문이다. 자동 개폐기 또한 사용 농가의 냉정한 충고와 제안을 경청하고 수렴하면서 진일보해갈 수 있었다.

자동 개폐기는 1990년에 최초로 발명된 이래 많은 발전을 거듭했다. 1995년에 기어의 탈착으로 3초 이내에 개폐 폭을 조정할 수 있는 새로운 모델을 개발하여 농업기계화연구소 형식 검사를 통과했다. 제품명은 '원터치'였는데, "시공과 설치 즉시 확인되는 기능!" "첨단은 이렇게 간단합니다" 라는 문구와 함께 원예 잡지 등에 홍보했다.

기계를 낯설어하는 농민들의 정서를 고려해 성능은 기본이고 쉽고 안전하게 만들었으며, 빨강과 파랑 등 베벨 기어와 원터치 세트는 어린이 장난감처럼 예쁜 모양도 갖추었다.

이는 이후 개발하는 모든 자동 개폐기 구조의 효시가 되었다.

자동 개폐기에 대한 수요가 전국적으로 급증하자 예상했던 대로 우리 자동 개폐기를 벤치마킹한 제조회사가 전국에 10여 개 이상 우후죽순처럼 생겨났다. 그중에는 수십억의 자본을 투자한 대형 회사도 있었다. 자동 개폐기의 춘추전국시대가 열린 것이다.

문제는 농민을 전혀 생각하지 않고 오로지 이윤 추구를 위해 자동 개폐기를 개발한 회사들이었다. 무늬만 자동 개폐기이지 사용한 지 열흘도 안 되어 고장이 나는 것부터 시판한 지 석 달도 안 되어 부도가 난 회사 등 이를 시공한 농가의 피해가 이만저만이 아니었다. 자동 개폐기는 한 농가에 몇 십 대씩 설치된다. 이 중 단 한 대라도 고장이 나면 전체에 피해가 발생하게 되는데, 이를 간과한 개발 업체들의 무책임은 고스란히 농가의 피해로 이어졌다.

농업 관련 제품을 개발하는 회사들은 무엇보다 농민에 대한 애정과 농업에 대한 철학이 있어야 한다. 그런데 오로지 이윤만을 위해 노하우도 쌓지 않고 제품 개발에 나선 수많은 회사는 경쟁만 부추겼고 이는 가격 덤핑으로 이어져 품질은 더욱 나빠지고 공멸의 길로 가고 있었다. 결국 대부분의 회사가 문을 닫았는데, 주된 원인은 전국에 판매된 제품에서 동시다발적으로 문제가 발생하자 제품의 AS를 감당할 수 없게 된 것이었다. 농업 관련 신문들은 "자동 개폐기 또 농작물 사고, AS 나 몰라라, B회사 부도, AS 막막한 농가 발만 동동……"같은 내용의 기사를 연일 보도했다.

이즈음 우리 제품도 대형 리콜 사태가 발생하여 비싼 경험의 대가를 치러야 하는 일이 발생했다.

"개폐기가 무거우면 비닐이 더 처질 텐데 왜 가격도 비싸고 무거운 알루미늄을 쓰지?"

개폐기 투명 커버를 사출, 생산하여 성실하게 납품하고 있는 서울 칠보산업 이 사장이 우리에게 건넨 말이다. 당시 우리 자동 개폐기는 알루미늄 소재를 사용하고 있었다.

"알루미늄보다 더 가벼운 소재도 있단 말입니까?"

"폴리카보네이트(PC)라고 가볍기가 새털 같고, 해머로 내리쳐도 부서지지 않는 소재가 있어요."

PC를 음료수나 물병 소재 정도로 알고 있던 나는 알고 있는 만큼만 보일 뿐이었다.

"다음 납품 때 그 소재로 된 제품을 가져와서 보여드릴 게요."

그 후 가져온 PC 제품을 땅바닥에 내던져놓고 이 사장이 큰 망치로 사정없이 내려쳤다. 그런데 말했던 것처럼 큰 충격에도 멀쩡했다.

"이 소재를 사용하면 개폐기가 가벼워져서 비닐이 처지지 않아 농민들이 좋아하겠네."

우리는 그동안 본체 무게를 최소한으로 줄이기 위해 꾸준히 노력해왔다. 이 신소재가 무게로 인한 비닐의 늘어짐을 말끔히 해결해줄 것이라 생각하니 그렇게 반가울 수가 없었다. 우리는 곧바로 제작에 들어갔다. 더 나은 소재와 방법으로 결함을 개선할 수 있다는데 주저할 이유가 없었다. 새로 개발된 PC 제품은 외형적으로도 세련되어 기존 제품이 촌스러워 보일 지경이었다. 새롭고 산뜻한 제품 개발에 직원들까지 모두 신이 났다.

기대에 찬 신제품이 출시되자마자 전국에 1만여 대가 팔려나갔다. 우리 제품이 괄목할 만한 품질 개선을 이루었다는 소식이 일선 농가에 입소문을 타고 퍼져나갔고, 구매 수요가 폭발적이었다. 수요를 감당하지 못히여 한두 달씩 기다려야 하는 수고로움을 기꺼이 감수하면서도 막강한 영업력으로 무장한 타 회사 제품을 마다하고 우리 제품을 선호하는 것은 그동안 쌓은 서로 간의 신뢰 때문이었을 것이다.

그런데 하늘이 무너질 일이 생겼다. 강도가 알루미늄 합금보다 훨씬 강하다는 PC 소재의 신제품 자동 개폐기 케이스가 마치 유리가 깨지는 것처럼 바스라지고 거북이 등처럼 실금이 가는 등 상상도 못 한 제품 하자가 발생한 것이다. 주로 이중 하우스 개폐기에서 발생한 문제였다. 확인해보니 한낮에 60~70도씩 올라가는 비닐하우스 내부의 높은 온도를 PC 소재 케이스가 견디질 못한 것이었다. 특수한 고온 환경을 간과한 우리의 불찰이었다.

"모든 인간은 인생의 영원한 초보자다. 인생 사는 법을 미리 배워 나오는 사람도 없고, 다 배워 돌아가는 사람도 없다. 불행하게도 인생 사는 법을 배웠을 무렵은 이미 일생이 끝날 무렵."이라고 플라톤이라는 철학자가 말했던가. 이 말이 너무도 실감나는 순간이었다.

개발 제품은 으레 자잘한 실수와 실패의 연속이지만 이번 일은 매우 심각했다. 철원에서 제주까지 전국 각지에 보급된 PC 신형 개폐기 1만여 대를 고장이 있건 없건 전량 회수하고 교환해주어야 한다는 불가피하고 어려운 의무가 생긴 것이다. 전국을 돌면서 개폐기를 교체하는 작업 경비를 제외하더라도, 순손실 금액이 수억 원에 달하는 어마어마한 규모였다. 그렇지만 우리는 농민들과 공존하고 함께 발전하는 회사다. 그러니 이 일을 반드시 해내야만 했다.

마침 때가 7월 하순 삼복 더위였다. 우리 직원들 모두 휴가를 반납하고 신제품 하자 교환을 마무리 짓겠다고 자발적으로 나서주었다. 위기 상황이었지만, 우리가 어떤 사람들인지, 어떻게 맺어진 관계인지 알 수 있는 고마운 시간이기도 했다. 우리는 전국적으로 PC 자동 개폐기의 교체 작업에 들어갔다.

"왜 멀쩡한 새 기계를 바꾸느라고 이 난리들입니까?"

속내를 모르는 농가들은 땀을 비 오듯 흘리면서 하우스 안에서 작업하는 우리 직원들이 안쓰러웠던 모양이다. 동생 해완과 전 직원이 내 명예와 체면이 손상되지 않도록 고생해준 덕분에 이 어려운 고비가 넘어가고 있었다. 오히려 교체 작업이 끝나기도 전에 '책임감이 강한 농민 회사'라고 우리농업이 회자되면서 좋은 평판이 더욱 널리 퍼졌다. 어차피 맞아야 할 매인데, 책임을 지고 한발 앞서 문제를 해결한 것이 전화위복의 결과를 가져온 것이다.

지금까지 우리는 AS와 관련하여 단 한 번도 농가에 피해를 주거나 물의를 일으킨 적이 없다. 해완과 직원들의 노력 덕분에 공연히 내가 대접을 받는다. 전국 어디를 가든지 한결같이 "우성은 대단하다, 고맙다" "농민 기업답다" "자랑스럽다"는 말을 듣는다. 그야말로 재화로는 따질 수 없는 개발자의 자부심과 행복을 느끼는 순간이다. 30여 년 전 '사람과 작물이 다 좋은 환경'을 목표로 일구어낸 우성하이텍(구 우리농업)의 발전과 번영이 마치 자신들 일처럼 칭송과 덕담을 아끼지 않았다. 그들은 언제나 우리 형제에게 신뢰를 보냈고, 또 다른 성과를 기대하며 기분 좋은 격려를 전해왔다.

나는 1970년대 중반부터 전국 각지에서 농업 관련 강의를 하면서 명망 있는 선도 농업인과 농산업 관련 회사들의 흥망성쇠를 유리알처럼 보아왔다. 공통점은, 교만하고 정직하지 않으며 돈에 집착하고 기술 개발에 태만한 사람이나 회사는 절대 살아남지 못했다는 것이다. 농산업 분야의 특성상 좁은 국토에서 농민들은 전국 단위로 만날 기회가 많고, 그러니 직원이나 회사, 제품에 대한 평판이 순식간에 퍼져나가는 것도 큰 이유일 것이다.

그동안 해완과 직원들은 내 의중을 헤아려 부단히 노력해왔고, 각종 매스컴 역시 단 한 번도 제품에 대하여 부정적으로 말하는 일 없이 칭찬 일색이었다. 창업 이래 시종여일 대견하고, 고맙고, 다행한 일이 아닐 수 없다.

우리 회사는 이를 타산지석으로 삼고 현재까지 수익의 95퍼센트 이상을 사업 확장과 개발 연구비로 사용했다. 우선은 막대한 금형 제작비를 들여 내구력 있는 유성치차 방식으로 감속장치를 전환했다.

이제 우리는 '메이드 인 코리아'라는 자랑스러운 이름으로 국내는 물론 지구촌 농부들을 위해 '싸고 성능 좋은 제품'을 생산하고자 노력하고 있다. 가능하지 않다고 말해지는 '싸고 좋은 제품'은 농업인들의 지지와 신뢰로 발전해온 '농민 기업'으로서 우리가 이루어야 할 의무이자 농민들과 공유할 수 있는 최고의 행복한 가치였다.

우리는 AS율 제로와 제작비 100분의 1원 줄이기라는 목표를 29년째 실천하고 있다. 그 결과 1991년 개발 초기에 15만 원이나 하던 일반 자동 개폐기 가격은 현재 7~8만 원선이 되었다. 원자재 가격이 천정부지로 올랐지만 부단한 기술 개발과 원가 절감의 노력으로 이룩해낸 성과였다. 그 결과 희한한 일도 벌어졌다. 일본에서는 환율 차이로 인하여 자국의 수동 개폐기보다 우리 자동 개폐기 가격이 더 낮아진 것이다. 자전거보다 오토바이가 더 싼 격이었다.

특히 해완이 발굴 적용한 '냉간압연단조 열처리 기어유성치차 감속 방식'은 기어 파손율이 제로에 가까운 데다 원터치 다이얼 개폐 폭 조정 방식과 LED 표시등을 겸비한 제품으로 나날이 야무지고 똑똑해져서 온실 종주국인 네덜란드에서도 인정하는, 국내외 그 어느 회사와도 비교할 수 없는 일등이 되었다.

설령 실현 불가능해 보이더라도 큰 꿈을 꾸어야 달나라에도 갈 수 있고, 호랑이를 그리고자 해야 고양이 그림이라도 남는다. 이게 내가 살아온 경험이다. 100만 원 남짓한 자본금으로 출발한 우리는 해완의 회사 경영을 중심으로 창업 멤버인 덕준을 비롯한 전 직원이 하나가 되어 농심(農心)

에 바탕을 둔 기업정신으로 내실을 쌓아왔다. 그리고 이것이 기적이라 부를 만한 결과를 이루게 된 것이다.

특허분쟁

'호사다마'라고 했던가. 어느 날, 세계 최초라는 이름표를 단 우리 자동 개폐기가 S회사의 특허를 침해했다는 최고장이 날아들었다. 이제까지 판매된 농가 주소와 거래처 장부 일체, 그리고 금형 등을 반납하라는 내용과 함께였다. 전국의 제작 업체들에게서 전화가 쇄도했다. 최고장을 받은 곳은 우리뿐만이 아니었던 것이다. 전국의 많은 제작업체가 공동대응을 모색하는 데 우리가 앞장서주길 바랐다.

특허소송을 제기한 S업체는 우리가 자동 개폐기를 개발한 지 3년쯤 지난 후 우리 개폐기를 벤치마킹해 우리보다 1,000배나 많은 자본금을 가지고 신설된 업체였다. 이 회사의 대표는 내가 고추 증산왕이 되어 전국으로 전열 온상의 장점을 이용한 선진 고추 육묘 방법을 강의하러 다닐 때, 이에 편승하여 서울에서 온상 열선을 떼다 팔던 사람이었다.

농가에서 전열로 육묘 온상을 보온하면 누구라도 어렵지 않게 아주 튼실한 고추 모종을 기를 수 있었기 때문에 수요가 폭발적으로 늘어 누구든 시작하면 남는 장사였다. 나는 '전열 온상 열선 판매 나팔수'라는 오해를 감수하면서 전국 농가에 내 고추 육묘 방식을 알리러 다녔고, 정작 덕을 본 것은 그 S업체였다. 그러니, 만나면 깍듯하게 고마운 마음을 전하던 사람이었다.

그런데 이제 오랫동안 알아온 나와의 관계를 망가뜨리기를 마다하지 않는 것이다. 돈이 되는 일이라면 무엇이든 하겠다는 이런 쓰레기장 같은 경쟁 세계에서 일분일초도 머무르고 싶지 않다는 생각은 번뇌로 이어졌고, 이 사업을 그만 두어야겠다는 결론에 이르렀다.

하지만 동생 해완의 결사적 반대와 부딪쳤다. "큰형! 형님이 굳건하게 이제까지 살아왔는데 대응도 안 하고 항복하면 남들은 정말로 형이 비겁하게 남의 특허를 도용한 걸로 알잖아요."

지금 상황에서 대응하지 않고 항복한다는 것은 상대를 인정하는 꼴이 될뿐더러 정말로 남의 특허나 도용하는 부도덕한 사람으로 낙인찍히게 된다는 것이었다. 지적재산권인 특허를 도용한다는 것은 절도나 다름없다. 그러니 항소를 하지 않으면 자연히 패자의 자리에 서야 하고, 해완이 말하는 상황을 피해 갈 수가 없다. 참으로 딱한 노릇이었다. 반드시 시비를 가려야 했다. 다만 극도로 심기가 상했던 것은 소송에서 이기건 지건 간에 상대를 죽여야 내가 산다는 천박한 승자독식의 분쟁에 발을 들여놓아야 한다는 점이었다. 순리대로 살고자 해온 나로서는 도저히 감당하기 어려운 힘든 시간이었다.

그동안 우리도 선 실시 특허를 수없이 냈다. 혹시라도 생길 수 있는 문제를 미연에 방지하기 위한 방어 출원이었다. 특허라는 것의 특성상 확대 해석을 해서 누군가를 자신의 특허 침해로 난처하게 만들자면 끝이 없다. 만약에 우리가 보유한 특허를 확대하여 다른 업체에 시비를 걸려고 하면 한도 끝도 없을 것이다.

약육강식의 법칙이 지배하는 자연세계에서도 동물과 식물 모두 항상성을 해치지 않는 범위 안에서 공존하고 있다. 오직 인간만이 불행한 동물이다. 대자본이 약자를 갈취하고 휘둘러 결국 일어나지 못하게 만드는 탐욕 때문이다.

나는 그때나 지금이나 오직 농사짓는 일이 본업인 농부다. 자신만의 이익을 위해서 발명을 한 것이 아니라 농사짓는 환경이 조금이라도 개선되길 바라는 마음으로, 더불어 행복한 세상을 꿈꾸면서 해온 일이었다. 이번 일로 자동 개폐기 사업이 한 기업의 사익을 채우는 일에 이용된다면 그 불이익은 고스란히 농부들 몫으로 돌아갈 것이었다. 우리는 괴롭지만 어려운 싸움을 시작하기로 했다.

S업체 대표는 영악할 정도로 사업 수완이 좋은 사람이었다. 우리가 개발한 자동 개폐기를 그대로 베껴서 제품을 만들었다. 그러고는 우리는 들어보지도 못한 KT(Korea Technology), NT(New Technology), EM(제품 하자 발생 시 정부에서 책임보상하는 제도) 등 첨단 기술을 상징하는 마크를 모두 획득했다. 설상가상으로 농촌진흥청 시설원에 담당 부서에서는 지방 관공서에 이 마크를 획득한 제품을 정부 보조 사업에서 우선 구매하라는 독려 공문을 보냈다.

당시 수작업으로 이루어지던 하우스 개폐 작업이 자동화되자 수만 평의 대규모 농작물 재배가 가능해졌다. 때문에 정부에서는 신규 시설원에 농가마다 50퍼센트 이상의 막대한 보조금을 지원하고 있었다. 이러한 지원 사업을 주관하던 정부 기관이 특정 회사의 제품을 구매하도록 독려하고 있는 격이었다. 이런 경우 농가에서는 나른 회사 제품을 구매하면 지원 부적격 농가가 될 수 있다는 암시적 불이익 때문에 다른 제품을 구매하기는 쉽지 않다. 공정거래를 선도해야 할 국가 기관에서 한 업체의 독과점과 독식을 강력하게 주선하는 꼴이었다.

이런 상황에서도 우리 제품의 주문량은 계속 늘어나고 있었다. 농민들은 각종 마크를 휩쓴 정부 권장 제품을 뒤로하고 제품당 5,000원이나 비싼 우리 자동 개폐기를 선택하고 있었다. 직접 사용하는 농가의 품질 평가는 냉정하고 실리적이니 정부도 당할 수가 없는 것이다.

해완과 나는 중소기업청을 방문했다. 도대체 NT, KT는 어떤 제도인지, 최초 개발 업체이자 기술력도 훨씬 진보된 우리 제품도 획득할 수 있는 건지 알아보기 위해서였다.

"우리는 국내외 최초로 감전사고가 없는 자동 개폐기를 개발한 업체입니다. 객관적으로 보아도 기존 신기술 마크를 받은 제품보다 훨씬 진보된 기술을 적용했는데, 공정한 심사를 하여 신기술 마크를 받을 수 있을지 알고 싶습니다."

"아, 미안합니다. 규정상 한 품목에 한 회사밖에 줄 수 없습니다."

도무지 이해할 수 없는 답변이 돌아왔다. 그렇다면 한 번 신기술 인증을 받으면 나날이 진보하는 기술과 상관없이 어제의 기술이 영원히 첨단기술로 인정받는다는 것 아닌가! 이는 더 진보된 기술 발전에 막대한 지장을 줄 것이었다. 더 답답한 것은 '규정이 그렇다'며 뒷짐을 지고 있는 정부 기관이었다.

"신기술(NT) 인증을 받은 제품은 마크의 프리미엄으로 판매가 신장될지는 모르나 결과적으로 이 제도는 더 진보된 기술 발전을 저해하는 요소로 작용하는 것 아닙니까?"

"규정이 그렇다 보니 저희도 달리 방법이 없습니다."

애꿎은 담당 직원만 난처하게 만든 것 같아서 더 이상의 질문을 포기하고 해완과 나는 허탈한 심정으로 발길을 돌렸다.

당초 국가 인증의 취지는 세계화, 수입 자유화에 따른 고육지책으로 기술 발전을 촉진시켜 국가경쟁력을 키우자는 것이었다. 그런데 이런 불합리한 제도로 국가경쟁력을 키우기는커녕 오히려 건강한 발명가들의 기를 꺾고 농부들의 시름을 키우는 졸속 행정이 되어버렸다. 이 제도는 시간이 지나면서 결국 흐지부지되고 말았다.

여하튼 하나의 기업에게만 줄 수 있다는 신기술 인증 자격이 우리에게는 주어지지 않았고, 우리가 겨우 획득할 수 있는 것은 유럽의 CE 마크뿐이었다. 정부 기관이 우유부단하고 태만하면 이렇게 쌀 팔아서 죽 쑤어 먹는 꼴을 만드는 것이다.

S업체가 선수를 치고 기묘하게 특허와 한국 신기술 인증 마크를 획득하여 국내 동종 업체를 초토화시킬 기세로 나오자, 우리도 다른 업체들과 연합 대응하기로 했다. 당시로서 승소할 가능성은 선행 실시, 선행 기술을 입증하는 것밖에는 없었다. 그것보다 더욱 심각한 것은 특허를 도용했다는 수모와 배상책임을 떠안아야 하는 한심한 지경이 될지도 모른다는 것이었다.

특허란 통상의 지식을 가진 자가 용이하게 개발할 수 있는 것과 이미 선행 실시되고 있는 것에는 성립되지 않는다. 숟가락으로 밥을 먹는 것이 특허가 된다면 아무도 숟가락으로 밥을 먹을 수 없게 되는 꼴이니 당연한 것이다. 그런데 S업체는 황당하게도 숟가락으로 밥을 먹는 것과 같은 실시 관행으로 교묘하게 특허를 취득하였고, 여러 사람을 곤경에 몰아넣고 괴롭히는 것이다. 그렇게 만들어준 것이 다름 아닌 특허청이었다.

해완은 선행 기술을 찾기 시작했다. 주문이 밀려 일이 산더미 같았지만 특허청의 데이터와 전문 서적 등을 샅샅이 뒤졌다. 그리고 마침내 이미 제2차 세계대전 때 상용화된 기어 방식, '다이오드 회로 사용례'라는 선행 기술이 있다는 것을 가까스로 찾아내 위기를 넘기고 S업체의 특허 2건을 마침내 무효화시켰다.

특허가 무효화되면 당연히 해당 기관에 자진 반납하거나 소멸되어야 할 신기술 마크를 S업체는 그 이후까지 버젓이 달고서 한동안 염치나 부끄러움도 없이 각종 농업 매체에 광고까지 했다. 인증이라고는 받을 길이 없는 우리 자동 개폐기가 일본을 비롯한 세계에 수출하는 동안 온갖 인증마크를 받은 S업체는 업계를 독식하려는 데에만 열을 냈다. 그 결과는 뻔했다. 그 회사는 부도로 사라졌고, 비정상적인 꼼수로 살아남은 기업이 없다는 사실을 입증하는 사례로만 남았다.

역시 농업인 소비자는 현명하고 냉정했다. 품질은 오직 진실하게 소비자에 보답하고, 탐구에 기반한 기술력을 바탕으로 하는 것이지, 얄팍한 술수로 얻을 수 있는 것이 아니다. 허울만 좋은 한국의 인증제도는 개발 의욕을 부양하기는커녕 의욕 넘치는 개발자들을 의기소침하게 하는 한심한 사례였다.

이 때문에 우리를 중심으로 많은 회사가 몇 달 동안 특허분쟁으로 정신적·경제적 손실을 입었다. 우리도 변리사 비용으로 거금 1,500만 원을 날리면서 자동 개폐기의 특허분쟁은 일단락되었다.

우리가 세계로

2000년 9월, 박상근 박사가 일본 원예신문사 사장 마에다 씨와 함께 제천 우리 농장과 공장을 방문했다. 농촌진흥청 원예연구소 초대 소장을 지낸 박상근 박사는 퇴직 후 직접 유리온실을 지어 원예 농사를 짓는 용기 있고 실사구시적인 원예학자였다. 평소 성격이 강직하고 업적이 다대하여 평소 내가 존경하는 분이었다.

"비닐하우스 크기가 비행기 격납고 같군요. 규모가 어떻게 됩니까?"

일본에서 온 마에다 사장이 우리 비닐하우스를 둘러보고 질문하자 박상근 박사가 통역을 했다.

"폭이 8미터에 길이가 117미터 하우스가 10연동으로 1만 제곱미터(약 3,000평) 정도 됩니다."

"한국인은 대륙 기질이 있어서 통이 크군요."

1980년대 내가 일본 군마현에 연수를 갔을 때 본 비닐하우스가 떠올랐다. 그곳 비닐하우스는 대부분 폭이 5.5미터에 길이는 50미터 남짓한 규모로 아기자기하게 배치되어 깔끔하게 농사를 짓고 있었다. 축소지향적인 일본의 전형을 보는 것 같았다. 그러니 마에다 씨가 우리의 3,000평 대규모 하우스 단지를 보고 놀랄 만도 했다. 미리 박상근 박사에게 자동 개폐기에 대한 설명을 들은 마에다 씨는 실제로 하우스 측면에 설치된 주먹만 한 크기의 자동 개폐기가 길이 117미터의 기나긴 측창을 조용히 여닫는 것을 보고는 감탄사를 연발했다.

우리는 청풍호에 있는 전망 좋은 한 콘도를 숙소로 정하고 두 분을 안내했다. 이 건물은 거대한 바위산에 소나무 한 그루 다치지 않고 절묘하게 오솔길과 건물을 친환경적으로 어울리게 건축한 아름다운 곳이었다. 마에다 씨도 이러

한 친환경적인 콘도 전경을 보면서 세계 어느 곳에 내놓아
도 뒤지지 않는다며 칭찬을 아끼지 않았다.

"이 콘도는 값이 얼마나 갑니까?"

"3,000만 원 정도 간답니다."

"우리농업에서 이 콘도를 사세요."

마에다 씨가 밝은 표정으로 덕담처럼 말했다. 나는 일본
인 특유의 속내를 알 수 없는 말에 의아한 마음이 들었다.
더구나 마에다 씨는 50여 년간 농업·원예 기술지를 발행해
오면서 일본 농업계의 존경을 받는 70세 원로였다.

"이런 콘도를 갖기보다 자동 개폐기 연구 개발비에 더 투
자를 해야지요." 나는 그의 덕담을 진담으로 받아버리고 말
았다.

"우리농업은 훌륭합니다. 내가 보건대 자동 개폐기 분야
에서만큼은 세계적으로, 일본보다도 분명 몇 년은 앞서 있
습니다. 내가 볼 때 당신들은 향후 이 콘도를 사고도 남을
것 같습니다."

재미있게도, 그 후에 우리는 외국 바이어를 접대할 일이
많아져서 마에다 씨의 제안과 안목처럼 청풍호에 있는 콘도
이용권을 결국 사게 되었다. 마에다 씨는 우리 농장에서 감
전사고 없는 자동 개폐기의 성능을 직접 목격하고 해외 수
출에 손색이 없다고 판단한 것이다. 당시 마에다 씨에 의하

일본의 원예신문(2007년 11월 17일)에 실린 기사. 자동 개폐기를 발명, 보급하고 있는 나와 동생 해완, 그리고 내가 추구하고 있는 유기농업을 소개했다.

면, 일본은 고령화, 세계화로 농업경쟁력이 약화되고 있어 자동화 도입이 절실한 시점이었다. 특히 노동력 절감에 필요한 자동화 농자재는 외국산 수입에 거부감이 없다고 했다.

취재를 마치고 일본으로 돌아간 마에다 씨는 자신의 원예신문에 파격적으로 외국인을 주인공으로 한 전면 기사를 실었다. '지금 한국은'이라는 주제로, 우리 두 형제와 농장 내외부의 자동 개폐기를 보여주면서 세계 최초로 감전사고 없는 자동 개폐기를 개발 보급하였다는 것, '우리농업'(현 우성하이텍) 형제의 연구 개발 사례, 그리고 내가 그동안 추구해온 유기농업을 소개하는 기사였다. 이처럼 외국인을 소개하는 전면 기사는 원예신문사 사상 최초였다고 한다. 세계화가 가속되고 있는 중에 살길을 찾고자 노력하는 한국의 작은 농민 기업을 소개하여 일본 농민들에게 동기부여를 하고 타산지석으로 삼고자 함이었던 것 같다.

1999년 8월, 마에다 씨의 예견처럼 제품 성능 평가에 까다롭기로 유명한 일본 수출을 시작으로 2000년 7월에는 미국, 호주, 대만, 캐나다 수출이 성사되었고, 2003년에는 영국, 이탈리아, 슬로베니아 등으로 수출이 확대되었다. 창업한 지 불과 몇 년 만에 세계 여러 나라에 자동 개폐기를 수출하게 되어 보람을 느낄 수 있었다.

몇 년 후 박상근 박사와 마에다 씨가 제천 농장에 다시 방문하여 3,000평 규모의 비닐하우스에서 자라고 있는 수확 직전의 브로콜리를 보며 감탄했다.

"아, 장관입니다. 화뢰(꽃송이)가 마치 돌덩어리같이 단단하군요."

내가 브로콜리 한 포기를 뚝 꺾어서 맛을 보라고 건넸다.

"식감도 아삭하고 단맛이 나네요. 유기농이라 그런가요?"

일본의 것은 육질도 무르고 싱거운 편이라는 말도 덧붙

였다. 그러다 하우스 바로 옆에 붙어 있는 낯선 모양의 개폐
기를 발견했다.

"어? 저 개폐기는 언제 것입니까?"

그것은 개발 초기에 만든 올챙이처럼 생긴 구형 개폐기
였다.

"10년이 조금 넘은 제품입니다."

"아하, 어딜 가니까 한국 우성하이텍 개폐기는 고장이 나
질 않아서 망할 수도 있다더니 정말이군요."

통역을 하던 박사님도 우쭐하여 호쾌하게 웃었다.

우리가 만든 기계가 너무 견고하여 회사가 망한다면 그것
도 좋다.

"제품을 너무 잘 만들어서 우리 회사가 망한다면 '농민에
게 충실한 기업'이었다고 일본에서도 회자되겠지요?"

해완이 맞장구를 쳤다. "그것이야말로 축복이지요."

"두 형제가 생각하는 것도 역시 유기농이군요."

우리가 중국 공산품에 대한 선입견을 가진 것처럼, 일본
에서는 한국산에 대한 인식이 그렇다. 이런 때 일본이 우리
제품을 최상의 품질로 칭찬한다면, 더구나 그것이 한국의
농민 기업이 만든 제품이라면 신뢰 이상의 의미를 갖게 될
것이다.

현재 우성하이텍은 본사에 연구개발실과 직원 휴게실, 교

양시설과 교육세미나실, 기계제작실 등을 두루 갖춘 어엿한 규모의 회사로 성장했다. 제품 생산 규모는 전동 모터 월 2만대, 환기용 자동 개폐기 1만 5,000대, 커튼 개폐기, 자동 컨트롤러, 배양액 공급기, 순환 팬, 스마트 팜 제어 시스템 외에, 탄산가스·온도와 습도·강우·일사량·풍향과 풍속·배지 수분·배지환경을 감지하는 각종 센서와 스마트 팜 관리 소프트웨어 등을 생산하여 그린하우스에 필요한 장비를 종합적으로 생산하는 시설원예 자동화 전문업체로서의 면모를 갖추게 되었다.

비닐하우스에서 비닐 자동 개폐기를 연구하고 제작하던 창업 초기부터 함께한 둘째 동생 해상과 김덕준, 심정옥 등의 창업 멤버들은 오늘의 우성하이텍을 함께 만들어온 산업 동지들이자 바위처럼 든든한 버팀목이었다. 애초 우리의 이상이자 목표였던 '사람과 작물에게 다 좋은 환경'에 부응하는 농업 현장의 자동화 실현을 통해 국내외 농업인들에게 유익한 농산업 파트너로서 역할을 하고 있는 것에 자부심과 긍지를 갖는다.

우리는 어언 30여 년 동안 농심으로 출발한 농민 기업답게, 큰 부를 이루려고 과욕을 부릴 생각조차 가져본 적이 없다. 평생 농부로 살아온 내가 사업 속성에 대해 얼마나 알 수 있겠는가마는, 어떤 사업이든 잘될 때는 잘되는 대로,

어려울 때는 어려운 대로 사업 자금이 필요하게 마련이다. 나는 이런 노파심으로 항상 동생 해완에게 당부한다.

"해완아, 주식을 하거나 회사일로 어음을 발행할 생각은 아예 하지도 말아라."

"형, 나도 알고 있어. 3개월 앞서 가려는 욕심으로 피 마를 짓을 하면 안 되지요. 사실, 어음제도 자체를 없애야 해요. 약자에겐 자승자박의 족쇄니까."

나보다 더 잘 알고 있는 동생 말을 들으니 안도가 되었다. 해완의 말처럼 창업 이래 지금까지 납품업체에 대금 지불을 미룬 적도 없고, 단돈 1원도 어음을 발행하거나 은행 대출을 받아본 적이 없다. 그러니 우성하이텍의 회사 신용등급은 최상위다. 농심을 잘 알고 욕심내지 않으며 농민에 대한 도리를 지켜온 회사와 동생이 자랑스럽다.

우성하이텍이 주식회사로 전환될 때 해완은 내게 어느 정도의 주식 지분을 주면 좋을지 물었다. 하지만 나는 뼛속까지 농부의 피가 흐르는 사람이다. 주식을 보유하고 싶은 생각은 터럭만큼도 없었고, 또 그래서도 안 된다고 생각했다. 그저 농민에게 필요한 제품을 생산하고, 농민과 작물에게 다 좋은 기업이 되길 바라는 마음뿐이다.

농민 기업은 농민의 분수를 지키고 형편에 맞추어 물 흐르듯이 순리대로 나아가는 정직함이 무엇보다 필요하다. 무리를 하다 기업이 부도라도 맞는다면 그 피해는 고스란히 농민에게 돌아갈 뿐이기 때문이다. 이제까지 그래 왔고 앞으로도 그래야 할 우성하이텍의 최고의 가치는 열악한 환경의 농민이 행복해지는 세상을 만드는 데 기여하는 것이다. 농업의 자동화로 모두가 힘겨워하는 농사를 돕고 함께 동행할 수 있다면 더없이 행복한 일이 될 것이다.

농업과 농촌, 농민이 있어서 여태껏 우리는 행복했고, 회사의 수익은 지구촌의 더 많은 농부가 더 행복해질 수 있도록 선순환하고자 했던 꿈도 어느 정도 성취되었다. 그리고 이러한 가치를 실현하기 위한 노력은 여전히 공고하게 진행 중이다.

2장

육백마지기에서

하늘과 땅이 맞닿은 해발 1,200미터의 고지, 그곳에 육백마지기가 있다.

육백마지기는 강원도 정선군과 평창군의 경계 청옥산 정상 주변의 평원으로, 대한민국에서 가장 높은 곳에 자리하고 있다. 우리나라 고랭지 채소의 80퍼센트 이상을 생산하는 강원도에서, 대관령보다도 수직으로 400미터나 더 높은 곳이다. 이런 곳에 12만 평 규모의 농토가 있다. 축구장 40개를 합쳐놓은 것과 같다는 설명을 덧붙여도 상상하기 어려운 규모다.

예전부터 사람들은 이곳을 '육백마지기'라고 불러왔다. 말을 600마리 길렀다는 이야기도 있고, 씨앗 600가마를 뿌릴 정도로 넓어서 붙은 이름이라는 이야기도 있다.

주변 원시림은 얼마나 오랜 시간 한자리에 서 있었는지 가늠할 수도 없는 아름드리 엄나무며 참나무, 고로쇠나무로 울창하다. 얼마나 높은지 연평균 기온이 영상 5도 정도로, 5월에도 서리가 내리고 한여름에도 기온이 15도 내외라 밤이 되면 긴 옷을 입어야 하고 난방을 하지 않으면 편히

잠들 수 없는 곳이다. 그러니 겨울은 11월부터 시작하여 다음 해 4월까지 계속되고, 1,200 고지답게 산호초 같은 백색의 눈꽃이 온 천지를 뒤덮는 설국으로 변한다.

육백마지기는 1960년대 처음 화전민들이 농지를 일군 이래 드넓은 농토였다. 인근에 초등학교가 있을 정도로 시골 벽적하게 사람들이 모여들어 활기가 돌았고, 빈곤한 농부들의 삶에 희망을 주는 곳이었다.

그도 그럴 것이, 육백마지기는 수천만 년 동안 이름 모를 잡초와 억새풀들이 나고 지면서 퇴적물이 쌓인 비옥한 땅이었다. 이처럼 풍부한 유기물은 농작물에 훌륭한 자양분이 되었고 더 이상 좋을 수 없을 만큼 비옥한 땅에서는 어린아이 머리통만 한 감자를 거둘 수 있었다고 한다. 미탄면에서 나고 자란 본토박이 허남진 씨는 감자뿐만 아니라 무와 배추 또한 얼마나 크게 자랐던지 한 번에 다섯 개를 짊어지지 못할 정도로 크고 굵었다며 전설 같은 옛 시절을 회상한다.

그랬던 곳이, 내가 처음 이곳을 찾은 1990년에는 아무것도 자랄 수 없는 사막과 같은 황무지로 변해 있었다. 이곳은 개간과 동시에 등장한 화학비료와 농약의 상승작용으로 가히 기적이라 부를 만한 위력을 발휘하며 황금알을 낳았다. 화학농법에 전적으로 의존하여 퇴비 한 줌 주지 않으며 이른바 착취, 수탈 농업을 이어온 탓이었다. 굶주림이 일상이었던 1960~70년대에 주식인 감자 재배를 시작으로 배추, 무 등 고랭지 소득 작물의 붐을 타고 오직 증산에만 매달린 결과였다.

당시 과학영농이라는 것이 적당한 시기에 화학비료로 시비를 하고, 작물의 병충해는 농약의 힘을 빌려 해결하는 영농의 반복이었다. 그렇게 과학영농의 주역으로 칭송받던 화학농법은 개간한 지 불과 20여 년 만에 한계를 드러냈다. 그토록 기름진 옥토가 생산비도 건지지 못하는 황무지로 변한 것이다. 고원지대의 특성상 이러한 관행농법의 한계를 더욱 빠르게 확인하게 되었다.

결국 국내에서 가장 높은 지대에 있는 농경지로 최고 품질의 농산물을 생산하던 땅이 1980년대 중반이 되면서 마침내 관행농업에 항복하고 말았다. 12만 평의 옥토가 황폐화되어 토양은 기진맥진하였고, 어떠한 소출도 내주지 않게 된 것이다. 농부들이 옛 명성을 되찾아보려고 안간힘을 썼겠으나 거듭되는 적자 영농은 처음 이 땅을 일구었던 토착민조차 버티지 못하고 떠나게 만들었다.

내가 그곳에 발을 디딘 지 30년 가까이 지났다. 강풍과 낮은 기온, 햇빛의 양은 변함이 없다. 다만 변한 것은 척박했던 육백마지기의 유기질 함량이 5.4퍼센트로, 전국 평균인 2.1퍼센트보다 두 배나 높아졌다는 것이다.

이러한 성과는 육백마지기 영농 첫해부터 29년째 한 해도 거르지 않고 녹비 작물을 키운 결과다. 추석부터 이듬해 5~6월 파종 전까지, 그러니까 작물이 없는 휴경기 동안 호밀을 이용한 녹비 재배를 통하여 지속적으로 유기질을 보충해온 것이다. 작물 재배 기간도 허투루 보내지 않고 잡초와 공조하였다. 잡초는 땅에 뿌리를 내리고 폭우가 오더라도 금싸라기 같은 헛골 토양 유실을 막아주었다. 이랑의 토양과 유기물이 빗물에 쓸려가지 않도록 잡초를 이용한 공존 농업을 실천해온 것이다.

1994년 (사)한국여성소비자연합(회장 김천주)에서 육백마지기 농장으로 현장 답사를 왔다. 그리고 나의 친환경 농업과 지력 배양에 대한 노력을 확인하고 전국 최초로 시범 유기농업 1호로 지정해주었다. 정식 명칭은 '청옥산 육백마지기 유기협업농장'이며 성천 류달영 회장이 친필 휘호를 내려주셨다.

나는 이것을 소비자가 격려하고 기대하는 생태농업을 실천하라는 당부로 받아들였다. 기진한 땅을 다시 기름지고 건강한 옥토로 바꾸기까지의 그 지난한 과정이 대한민국 전 농토가 유기농업으로 복원되는 역사의 시작이 되기를 바라는 소망을 가지고 육백마지기를 다시 되돌아본다.

한국 유기농의 큰 스승 성천 류달영 회장의 친필 휘호를 현판 글씨로 한 '청옥산 육백마지기 유기협업농장'.

하나의 공식, 육백마지기는 망하는 곳이다

1990년, 내가 청옥산 육백마지기와 처음 마주했을 때는 전국에서 내로라 하는 영농 기술자들이 이곳을 살려보겠다고 몇 해씩 도전을 하다가 두 손 들고 떠나간 후였다. 그런 육백마지기 흙 살리기는 내 인생에서 몇 손가락 안에 드는 도전이었고 새로운 시도였다. 그때 내 나이 마흔 살, 두 아이를 둔 중년에 접어들어 가장으로서의 책임이 막중해지기 시작한 때이기도 했다. 그러니 아내 말대로 나의 도전은 이미 안정된 삶에 공연히 평지풍파를 자초하는 일일 수도 있었다.

나는 유기농업에 무엇보다 중요한 것은 지력 회복이라고 강조해왔다. 황폐해져서 아무도 돌보지 않는 땅이 되어버린 육백마지기는 지력 배양을 간과한 농업의 산 증거였다. 그러니 지력을 회복하면 살릴 수 있을 것이라고 나는 믿었다. 전국 수많은 농업인에게 영농 현장 사례로 설파해온 것이 '건강한 땅 만들기'다. 그러니 이것을 입증할 수 있는 절호의 기회가 육백마지기이기도 했다. 내 안에 있는 도전 정신이 꿈틀대기 시작했고, 이곳이 흙장난 놀이터처럼 보였다.

이미 여러 사람이 실패를 하고 떠났으니 똑같이 실패를

반복한다면 세상 사람들에게 '대담하지만 무모한 농부', '겁 없는 돈키호테', '자만심 가득한 유기농업 강사의 몰락'으로 회자될지도 모를 일이었다. 그도 그럴 것이, 육백마지기는 손수 땅을 개간하고 수십 년 동안 이곳에서 농사를 지은 경험이 있는 현지 화전민들도 실패하고 떠난 곳이었다. 처음 개간한 원주민이 떠나고, 전국에서 고랭지 채소 농사에 둘째가라면 서러워할 베테랑 기술자들이 자신만만하게 도전했지만 결과는 마찬가지였다. 상황이 이렇다 보니 주변 사람들 모두 "이곳 농사는 무조건 망하는 표본이니 패기는 좋지만 그만두라."며 내가 육백마지기에 도전하는 것을 말리고 나섰다.

소문은 서울까지 퍼졌다. 당시 한국유기농업협회 상무였던 정진영 씨가 직접 전화를 했다. "나름대로 알아보니 많은 독농가가 좌절한 곳으로, 거기 땅은 한두 해로 개선될 곳이 아니니 신중히 결정하라."는 말을 하기 위해서였다. 당시 나는 한국유기농업협회에서 전국을 순회하며 영농 기술에 대한 강의를 하고 있었다. 전국에 고추 재배를 하지 않는 곳이 없으니 내 강의는 최남단 제주에서부터 휴전선 일대 철원 지역까지 시군 단위로 이어졌다. 이렇게 전국적으로 이름이 알려진 내가 이곳에서 영농 실패로 좌초하는 것을 걱정하는 마음이 전해졌다. 유기농업을 지향하는 회원들의 희망

해발 1,200미터 고지 육백마지기에서의 농
작업들

을 꺾고, 결국 유기농의 한계를 드러낼 것이 아닌가 하는 우려도 있었을 것이다.

나의 도전을 말리는 사람들의 머릿속에는 '육백마지기는 망하는 곳'이라는 공식이 확고하게 자리 잡고 있었다. 가까이는 물론 멀리 있는 지인들까지도 내 결심에 대하여 마치 임종을 바라보는 가족들처럼 우려할 뿐이었다. 그러니 내가 제아무리 강심장이라도 자신감이 떨어지고 주눅이 들기도 했다. 하지만 이런 걸 팔자소관이라고 하는 걸까? 호기심이 발동하면 해보고야 마는 성격은 기어이 나를 육백마지기로 이끌었다. 그리고 어느새 내 마음은 육백마지기가 예전의 옥토로 부활할 수 있다는 낙관으로 가득 찼다.

농부로 살면서 우리가 선조로부터 물려받은 것을 후손

에게 온전하게 물려주는 것은 당연한 도리다. 농부 이해극은 다음 세대에게 적어도 오염된 농토, 자갈만 남고 잡초조차 자라지 않는 사막 같은 땅을 물려주지는 말아야 한다. 육백마지기에서 실패할 이유는 넘치도록 많았고, 실패할 수도 있었다. 하지만 설령 실패한다 해도, 또한 이전 도전자들처럼 중도에 항복하게 된다 해도, 나를 타산지석 삼아 유기농업 동지 중 누군가가 다시 도전하고 마침내 뜻을 이룰 수 있다면 그것으로 현재를 한층 나아지게 하는 본보기가 될 것이다.

그런 심정으로 청옥산 정상에서 위험천만한 '육백마지기 실험'이 시작되었다. 그동안 농사를 지으면서 경험했듯이, 한두 해에 성공할 거라는 생각은 애당초 하지도 않았다. 한두 해에 회복될 땅이었다면 그 많은 사람들이 왜 쓰디쓴 고배를 마셨겠는가. 하지만 실패를 통한 성취, 즉 '실패의 진보적 가치'는 분명히 나타날 것이라고 믿었다.

초기 실패는 당연하다. 그것이 지금까지 살아온 나의 경험이다. 탈진하여 주저앉은 농토의 지력 배양은 몇 년이 걸릴지 모르지만, 내가 정직하게 노력을 다 한다면 그만큼의 진보도 분명히 남을 것이었다.

육백마지기와 마주 서다

육백마지기와의 인연은 우연히 시작되었다. 당시 나는 한국유기농업협회와 농업경영기술지원단의 강사로 위촉되어 유기농업의 기본인 '토양 환경 개선을 위한 지력 배양'이라는 주제로 강연을 하기 위해 전국으로 다니고 있었다.

강의의 핵심은 '병든 어머니가 건강한 아이를 낳을 수 없듯이, 지력이 약한 땅은 건강한 농산물을 생산하지 못한다. 모든 생산의 모체인 대지, 즉 농토는 어머니가 되는 임신부의 몸처럼 정갈하게 관리되어야 한다. 이것이 유기농의 기본이고 원칙이다.'라는 것이었다.

내 강의는 늘 마지막 시간에 배정되었고 강의가 끝나면 자연스레 뒤풀이 자리가 이어졌다. 나라가 작아서인지 어느 지역에 가든지 농촌진흥청 산하 농업 관련 단체가 주최하는 교육 때면 계속 만나게 되는 구면의 인사들이 있었다. 함박눈이 쏟아지던 어느 날, 강원도 평창군 농협 지부에서 주최한 연수교육 때였다. 강의가 끝나고 마련된 주찬 자리에서 농업후계자 평창군 부회장이라는 사람이 나에게 한 가지 제안을 했다.

"이해극 강사님, 청옥산 꼭대기에 아무도 농사를 짓지 않는 10만 평도 넘는 땅이 있는데 유기농업으로 한 번 도전해보지 않겠소?"

그동안 여러 사람이 영농비를 수억 원씩 들여 과감하게 도전했지만 단 한 사람도 성공한 적이 없었는데 내가 주장하는 유기농법으로 육백마지기의 지력을 회복하여 유기농이 온전한 농사임을 입증할 수 있지 않느냐는 것이었다. 그야말로 가장 악조건에서도 생태농업의 과학적 가능성을 입증하는 길이 될 것이라는 말이었다. 함께 있던 어떤 사람은 망한 사람이 부지기수니 어지간한 지구력과 실력이 없으면 허세를 부리거나 엄두를 내지 말라는 충고와 비아냥 섞인 농담도 덧붙였다. 도대체 어떤 곳인지 감이 오질 않았지만 참으로 흥미로웠다.

다음 해인 1990년 10월 하순, 드디어 청옥산 현장 답사 일정을 잡았다. 평창에 거처를 둔 김완기 씨와 몇몇 지인, 그리고 한국원예정보센터의 오과칠 과장과 주천농고 이동호 선생이 함께 길을 나섰다. 오르는 길이 얼마나 가파른지 자동차 바퀴가 헛돌고 앞으로 나아가질 못했다. 임시방편으로 트럭 적재함에 300킬로그램은 됨직한 돌을 주워 싣고서야 꼬불꼬불 비탈진 산길 30여 리를 오를 수 있었다.

일행이 마주한 육백마지기는 이미 겨울이었다. 분명 가을인데도 낙엽이 져서 가지가 앙상한 나무들이 늘어서 있었다. 불과 30여 리를 올랐을 뿐인데 가을이 겨울로 바뀐 모습을 보고 함께 간 이들 모두 놀랐다. 날씨가 늘 이러한지는 모르겠으나 그날따라 해발 1,200미터 고지에는 거칠게 부는 바람에 흙먼지가 날리고 있었다. 한 뙈기가 어림잡아 1만 평은 됨직한 정상 평원은 지평선을 이루고 있었고, 듬성듬성 돋아 있는 잡초 사이 흙이 끊임없이 동편 정선 계곡 쪽으로 날렸다.

산신축문으로 찾아온 이덕영 농부

1991년 초봄 어느 날, 울릉도에 사는 이덕영이 나를 찾아왔다. 그의 상징인 덥수룩한 곱슬머리에 언제나처럼 허름한 등산복 차림이었다. 이덕영은 1980년대부터 푸른 독도 만들기와 전국에 산삼과 토종 식물 심기 운동을 벌여온 이로, 발해 탐사 단장으로 한민족의 바다 이동 역사를 뗏목으로 재현하던 중 동해에서 풍랑을 만나 비명에 생을 마감한 비운의 모험가다. 당시 그는 농협에 근무하다 유기농업에 매료되어 안정된 직장을 그만두고 울릉도에서 명이나물 농사를 짓고 있었는데 내가 존경하는 유기농 골수 동지였다. 그는 나를 만나자 대뜸 너스레부터 떨었다.

"이 회장, 개마고원 같은 데서 유기농 농사를 짓기로 했다며?"

"누가 그래? 헛소문이 났겠지."

나는 정색을 하며 딴청으로 대꾸했다. 막역한 사이라 너스레를 내숭으로 되받은 것이다.

"이 회장의 걱정스럽고 황당한 이번 도전에 대해 모두들 기대 반 우려 반으로 바라보고 있는데 정작 당신만 모르고 있구먼. 허허허!"

나는 어떤 일이든 정중동하려고 노력한다. 요란스레 소문 난 잔치에 먹을 것이 없다는 속담처럼, 소문이 먼저 퍼져버리면 왠지 될 일도 안 될 것 같은 미신 같은 불안감으로 심신이 편치 않기 때문이다. 더구나 말이 앞서면 정작 하는 일이 조금만 잘못되어도 그 평가가 더 혹독해진다. 불구경하듯 쳐다보던 사람들이 마치 예언자라도 된 양 "내 그럴 줄 알았어. 지가 무슨 독불장군이라고." "거창하게 시작하더니 거창하게 망했다더군." 하면서 손가락질할 것이 불을 보듯 뻔했다. 이런 식으로 살다 보니, 1990년에 세계 최초로 환기창 자동 개폐기를 개발했을 때에도 국내외 수십만 대가 보급된 후에야 그것이 내 고향 제천, 그것도 박달재 산골 마을에서 개발된 것이라는 사실을 사람들이 처음 알았을 정도다.

울릉도 이덕영 씨와는 유기농 연수교육에서 처음 만났다. 1986년 제주도에서 주최하는 유기농 연수교육에 강사로 갔을 때인데, 제주 토박이 김창식 씨와 양석필 씨 등 협회 회원들이 육지에서 온 귀한 강사를 대접하려고 솥뚜껑만 한 다금바리를 잡았으니 먹으러 가자고 했다. "술맛보다 술 먹는 분위기가 더 좋다."는 최영미 시인의 시구처럼, 모름지기 음식은, 더구나 술은 여럿이 함께할수록 즐거움이 배가되는 법이다. 그때 엉클어진 곱슬머리를 한 연수생이 현관 앞에 무료한 듯 우두커니 서 있어서 동석을 제안했다. 이렇게 해서 이덕영 씨와 처음 인연을 맺었다. 회식이 끝날 무렵 그가 말했다.

"오늘 귀한 강사님도 만나고 귀한 회도 먹었는데 언제 울릉도에 오시면 산삼을 안주로 보답하겠습니다."

"산삼이라니요?"

그때만 해도 산양삼 재배가 흔치 않을 때여서 생소한 인사에 내가 질문을 던졌다.

"오래전부터 뜻 맞는 사람들이 모여서 울릉도를 비롯한 전국에서 자연적으로 산삼이 자랄 만한 적당한 곳을 찾아 삼 씨앗을 뿌려왔습니다. 한 6년 된 것 같아요."

"누가 캐어 가지 않습니까?"

"누가 캐어 가면 어떻습니까? 누가 먹어도 다 우리 국민이 먹을 텐데요."

무심결에 질문을 던졌던 나는 쥐구멍이 있으면 숨고 싶은 심정이었다. 나는 소위 공인인 강사요 그는 교육생인데, 그의 자연에 대한 베풂과 무소유의 내공을 모르고 속되게 재화적 가치로만 해석하고 질문을 했으니 참으로 부끄러운 노릇이었다. 이렇게 나를 망신 주었던 장본인이 바로 울릉도의 이덕영이다. 이후 서로 이상이 같고 통하는 게 많아서 호형호제하는 사이가 되었다.

"꿈은 닮아간다고 하는데 나는 이 회장의 이번 결심에 전적으로 찬동하네. 결국 솔선하는 것은 기성세대인 우리 몫이지. 이 회장이 성공과 실패에 연연하지 않고 도전하는 것을 전국에 있는 농업 동지들이 보아왔고, 앞으로도 희망을 가지고 주목할 거야. 거센 폭풍우가 유능한 항해사를 만든다고 하잖아. 앞일을 낙관만 할 수는 없지만 이 회장의 도전을 성원하고 격려하네!"

말 한마디에서도 개척자다운 그의 풍모가 느껴졌다. 이렇게 같은 목표를 지향해온 그에게 모처럼 나의 속마음을 털어놓고 이야기할 수 있었다.

"이덕영 씨, 모처럼 우군을 만났네. 그동안 나는 지구의 생명을 품어온 흙에 대한 고마움을 '우리 어머니의 어머니인 흙'이라는 말로 표현해왔네. 그동안 인간이 지구 정복자라도 되는 것처럼 땅을 구박해 황무지로 만들어버렸네. 이런 땅이 다시 회복될 수 있을까? 다시 어머니의 품 같은 대지를 볼 수 있을까? 이것을 확인하려는 것이 육백마지기에 도전하는 궁극적인 목표라네."

"보나마나 청옥산에서 한낱 미물로 고군분투해야 할 테니 날을 잡아 연락 주면 내가 산신축이나 올려드리리다."

육백마지기 농사 시작을 산신령께 고하던 날, 이덕영은 약속대로 수륙만리 먼 길을 마다 않고 울릉도에서 이곳 육백마지기까지 올라와 축문을 올려주었다. 아직은 추위가 가시지 않고 바람조차 드세던 날, 나는 제주가 되고 그는 제관이 되어 청옥산 산신령님께 절을 세 번 하고 산신 축문을 올리던 그때가 생생하고 또 그립다.

그는 축문 두루마리를 펼쳐 경건하고 엄숙하게 우리가 지향하는 홍익농업의 염원을 담아 대자연의 우주에 이렇게 아뢰었다.

유세차 신미년 3월 열하루 이 자리에 모인 중생들은 삼가 청옥산 산신령님께 고하나이다. 강호 각지에서 모인 저희 무리들은 민족의 삼위이신 환인천제 환웅천왕 국조이신 단군 성조의 뜻을 받들어 모시고 혼란한 가치관의 난세에 황폐해가는 이 땅의 한 귀퉁이에서 새로운 정기를 충전시켜 하늘과 땅과 인간이 조화를 이루는 가운데 세상을 널리 이롭게하는 홍익농업을 추구하고자 작은 뜻과 힘을 모았나이다.

신령님, 저희들을 굽어 살피시어 굳건한 의지와 희망과 용기를 주옵시고 우리의 작은 뜻이 세상에 널리 퍼지도록 도와주소서. 해발 1,256미터 청옥산 산정에 터 잡은 이 농장이 나라의 한 줄기 밝은 빛을 비춰주는 선도 농장이 되도록 도와주시옵소서. 이 일이 모사재천의 뜻으로 감응받아 성사재인의 일꾼들이 될 것을 저희는 온갖 힘과 지혜와 정열을 쏟을 것이온즉 신령님께서도 함께 동참하시어 이 일들을 보사해주시옵소서. 비록 작은 정성이나마 주과포를 준비하였사오니 배례를 받으시고 흠향하소서. 상향.

단기 사천삼백이십사 년 삼 월 열하루날(1991. 4. 25)
전국신성촌가꾸기협의회
청옥산 신성마을 농장 추진위원회 일동

자서전을 쓰는 것은 인생을 두 번 사는 것이라는 말이 실감이 난다. 당시 분위기며 이덕영 농부가 눈에 선하다.

'덕영 농부, 잠시 기다리게. 자네가 도망치듯 먼저 저승 배를 탔으니, 내가 곧 따라가 아직 먹지 못한 자네의 산삼 안주로 막걸리나 한 잔 먹으려고 하네.'

만나면 편안하고 좋기만 했던 사람, 보고 싶다.

험난한 퇴비 운반길

모진 바람과 황량한 벌판, 연평균 기온 5도에 120일 정도
의 짧은 생육 기간. 이것이 제일 먼저 확인한 육백마지기의
환경이었다.

우선 땅의 힘을 키우는 방안을 마련해야 했다. 이곳의 냉
랭하고 짧은 농작물 생육 기간을 감안할 때, 단기간 왕성한
작물의 성장을 위해서는 질소 중심의 유기질 보충이 필요
했다. 토박한 땅에서는 어떤 생산적 작용도 일어날 수 없으
니 속효성 영양분 배급이 기본이라는 것은 농사꾼에게는
상식이다.

이곳에서 재배할 엽채류와 무, 배추의 특성상 질소 함량
이 높은 발효 계분을 사용하기로 결정했다. 대충 소요량을
계산해보니 총 300톤 정도가 가늠되었다. 15톤 트럭 20대
분량이었다. 농민대학 강사 활동을 계기로 알고 지내던 원
주 인근 최경동 씨 양계장에서 잘 발효 숙성된 퇴비를 구입
했다. 운반은 마침 덤프트럭 10여 대를 가지고 고향 제천에
서 중기 사업을 하고 있는 동창 강제구에게 의뢰했다.

아마도 육백마지기에서 농사가 시작된 이래 퇴비다운 퇴
비가 올라오는 것은 이때가 처음이거나 아주 드문 일이었을
것이다. 퇴비를 거저 준다고 해도 도로 사정이 엉망인 비포

장 길을 수직으로 800미터 올라가야 하는 일에 아무도 엄두를 내지 못했을 것이기 때문이다. 게다가 소득이 발생할지 알 수 없는 상황에서 '쌀 팔아 죽 먹는 격'이니, 남들 말처럼 망할 짓만 골라서 하는 꼴이었다.

드디어 퇴비 운송 작업이 시작되었다. 당초에 지리적 악조건 때문에 걱정은 있었지만 그것은 만에 하나 일말의 우려였을 뿐이었다. 그러나 실제로 우리가 만난 난관은 상상을 초월했다. 원주에서 미탄까지 100여 킬로미터는 그렇다 치고, 미탄면소재지 해발 400미터에서 시작된 비포장 오르막 경사로는 1,200미터 농지에 이르기까지의 거리가 30리나 되었다. 거리 개념을 뺀다면 800미터의 높이를 수직으로 상승해야 한다는 계산이 나왔다.

노련한 트럭 운전사들도 가파르고 위험한 커브 길에 긴장하여 혀를 내둘렀다. 우리가 간과했던 도로 상태는 그 심각함을 몸으로 체험하게 해주었다. 울퉁불퉁 박혀 있는 돌부리, 장맛비에 움푹 팬 웅덩이, 급경사에 순식간에 좌우로 120도 이상 꺾어야 하는 궤적, 비포장에 한쪽으로 경사진 노면 상태 등 짐을 실은 덤프트럭이 온전히 주행하는 것을 가로막는 장애가 끝이 없었다.

트럭은 전투적으로 산 정상으로 향했다. 기어오른다는 표현이 딱 들어맞았다. 30여 리 길을 뒤뚱뒤뚱 일렁대면서 기

어 1단으로 2시간 반을 오르고서야 겨우 육백마지기 농장
이 있는 벌판에 도착했다. 이 과정에서 다소 노후한 차량
3대가 도중에 엔진 고장 등으로 멈추는 바람에, 퇴비를 다
른 차량에 옮겨 싣고 가야 했다. 기왕이면 동창에게 운임을
보태줄 요량이었던 내 선심이 오히려 친구에게 막대한 손해
를 끼친 결과가 되고 말았으니 민망하기 짝이 없었다.

"어이, 친구! 퇴비 운반은 그만 포기해야겠네."

"야 인마, 칼을 뺐으면 호박이라도 찔러야지, 포기는 무슨
얼어 죽을 포기야. 새 차 뺀 지 사흘 만에 차가 굴러서 폐차
시킨 적도 있다. 저 봐. 저 차는 그래도 멀쩡히 서 있잖아. 엔
진 열 식히고 나면 곧 굴러갈 거야."

대수롭지 않은 듯 오히려 나를 안심시키던 그 친구는 강
한 책임감으로 수백 리를 왕복한 끝에 몇 백 톤에 달하는
퇴비를 깔끔하게 육백마지기 농장까지 날라다주었다. 고
맙다는 말로는 부족한 듯하여 운송비와 함께 직원들 회식
비를 약간 챙겼는데 친구가 펄쩍 뛰었다. 오히려 어느 것 하
나도 호락호락하지 않을 것 같은 육백마지기 농사를 감당해
야 할 내 앞일을 걱정했다.

"해극이 친구, 올해 농사나 잘 지어. 나중에 우리 식구들
먹을 추석 무, 배추나 얻으러 올게."

우정은 재화로 거래하는 것이 아님을 몸소 보여준 멋있는

친구는 이 말을 남기고 떠났다.

1991년, 본격적인 육백마지기 농사를 시작한 첫해에 작물로는 배추와 무를 택했다. 하지만 군대에서 제대하고 십수 년 동안 줄곧 고추와 표고버섯만을 재배했기 때문에 당시 나는 배추에 대해서는 문외한이었다. 이제 새로운 환경, 새로운 땅에서 새로운 품목을 시도하자니 그것 자체가 하나의 모험이었다.

육백마지기는 5월 중하순까지 눈발이 날리고 걸핏하면 콩알만 한 우박이 쏟아지는 곳이다. 고랭지보다 더 추워서 냉량지라고 부르는 곳이다. 그러니 현지에서의 육묘는 어림도 없었다. 특히 배추나 무는 육묘나 생육 중에 저온에 처하면 꽃대가 나와서 폐농하게 된다. 제천 농장 온실에서 육묘를 하기로 정했다. 나는 곧바로 고랭지 배추 종자, 상토, 포트를 구입한 다음 아주머니, 할머니들의 일손을 얻어 배추 파종 작업에 들어갔다.

육백마지기 7만여 평의 영농 면적을 계산해보니 길러야 할 모종의 포기 수는 무려 100만 개에 달했다. 배추 종자는 좁쌀만 하다. 이렇게 자잘한 배추 씨앗을 상토로 채운 포트의 구멍에 한 알씩 넣는 것이다. 생각만으로는 아주 간단할 것 같은데 실제는 아주 딴판이었다. 초집중을 하지 않으면 한 구멍에 두 알씩 넣는 일이 다반사였다. 할머니들이 조금이라도 손떨림이 있으면 종자가 서너 개씩 들어가기 일쑤였다. 격자 모양 모종판을 집중하여 종일 들여다보고 있자니 없던 어지럼증까지 생길 지경이었다. 도대체 강원도 사람들은 파종 작업부터 어려운 배추 농사를 수십 년씩 어떻게 해냈을까? 그 애로를 당해보니 그곳에서 농사를 짓던 사람들의 인내심이 새삼 대단하다는 생각이 들었다.

어디 그뿐인가. 종자 색과 상토 색이 똑같아서 몇 개가 들어갔는지 확인하기도 힘들고 씨앗을 뿌린 건지 아닌지도 구분하기 어려워서 한 구멍에 두 번씩 넣는 것도 다반사였다. 더 큰 문제가 있었다. 한 구멍에 두 알이 뿌려져 모종이 두 폭 자라면 일일이 한 폭은 솎아내야 하는데, 종자 비용은 무시하더라도 파종하는 데에만 인력이 곱빼기로 필요했다.

아무튼 배추 파종을 강행하여 초인적으로 1초에 한 개씩 뿌린다고 해도 하루 8시간씩 34일을 꼬박 일해야 한다는 계산이 나왔다. 실제 동작으로 3초가 걸린다고 보면 꼬박 석 달을 파종에 매달려야 한다는 계산이다. 육백마지기에 서리가 올 판이다. 이래서는 육백마지기 농사는 시작도

하기 전에 망할 것이었다. 실전에 맞닥뜨리고 보니 육백마지기에 올랐던 농부들이 고전했을 것이 더욱 실감이 났다. 새로운 시작은 또 다른 도전을 낳았다.

"여보, 배추 씨앗을 이런 식으로 파종하다가는 백발 되겠네. 내가 자동 파종기를 만들어봐야겠어."

"파종 기계? 천 몇 백만 원씩 한다는데 그만한 돈이 있으면 그 이자로 차라리 배추 모종을 사시구려."

"사는 게 아니라 만든다니까."

아내의 핀잔을 뒤로하고 나는 또다시 목마른 사람이 되었다. 나는 무슨 일이 생기면 우선 떠나고 본다. 어차피 재료 사고 자문도 얻으러 제천 시내까지 가는 길인데, 그 사이 파종기 개념을 구상하면 되니까 말이다. 자동 파종기는 이런 현장 애로에서 시작하여 제천 시내로 가는 길에 그 윤곽이 완성되었다.

우선 종자 크기와 같은 두께의 투명 아크릴판 1제곱미터와 접착제, 아크릴 전용 절단 칼을 구했다. 그리고 종자가 한 알은 들어가되 두 알은 들어가지 않을 정도 크기로 아크릴에 구멍을 뚫을 수 있는 2.2밀리미터와 2.5밀리미터 두 가지 송곳을 샀다. 당시 육묘용 포트의 규격은 30센티미터 정사각형에 가로세로 7개씩, 49개의 구멍이 있는 것이었다. 이것과 가로는 동일하고 세로는 10센티미터가 더 크게 아크릴판

2장을 재단했다. 여유분 10센티미터는 종자를 대기시키기 위한 공간이었다.

그런 다음 포트 위에 올려놓았을 때 그 중심에 구멍이 맞도록 아크릴판 두 장을 딱 맞추어 구멍을 뚫었다. 상판으로 쓸 아크릴판에는 사방에 5센티미터 높이의 벽을 대 상자 모양으로 만들고, 아래쪽 판은 상판과 맞붙어 슬라이딩으로 열릴 수 있도록 조립했다. 이렇게 하면 상판에 씨앗을 넣고 구멍에 맞추어놓은 다음 아래 판을 열면 포트 구멍 안으로 종자가 쏙쏙 들어가게 된다. 종자를 대기시키는 10센티미터 구역은 약간의 턱을 만들어서 무시로 종자가 굴러오는 것을 차단했다.

자, 이제 실시만 남았다. 만유인력 법칙이 작용하는 한 잘 될 것은 분명했다. 이렇게 자신만만하게 파종을 실시했는데 결과는 뜻밖이었다. 파종기 구멍에 종자가 굴러들어가게 한 다음 아랫면을 열었는데 종자가 포트 안으로 굴러 떨어지지를 않는 것이었다. 구멍을 종자보다 1.5배나 크게 뚫었는데 희한한 일이었다. 지구의 낙하중력이 작동하지 않고 있는 것이다.

'어허라, 어찌 된 일이야?'

기가 막히게 되어야 할 것이 기가 막히게 안 되는 것이다. 오히려 들어갔던 종자도 공처럼 튀어나왔다. 마침 건국대 축산과를 졸업하고 문경에 사는 친구 최경호가 옆에 있었다.

"형님, 귀신이 곡할 노릇이네요. 안 될 이유가 하등 없잖아요."

"이래서 개발인지 닭발인지가 재미나는겨. 에디슨도 3일씩 실성한 사람처럼 웃었다잖아. 아마 지금 나처럼 뭔가 기가 막혀서 웃지 않았을까? 시작이 반이라고, 그래도 배운 건 15퍼센트 이상의 종자가 구멍에 들어가지 않는다는 사실이다."

"형님, 그걸 말이라고 해요?"

"에디슨이 백열등을 만들 때는 무려 2,000번 실험을 했단다. 이제 겨우 한 번 실패했는데 벌써 그렇게 흥분하면 안 되지."

"형님, 저 같으면 벌써 부숴버렸겠습니다."

"홧김에 부숴버리면 두 번 실패할 기회조차 없어지잖아 이 사람아."

"그게 될 것 같으면 그 비싼 기계를 왜 사서 쓰겠어요?"

경호는 나의 조악한 파종기 개발에 이미 정신적 패자가 되어 시간 낭비일 뿐이라고 체념한 기색이 역력했다. 그 말도 일리는 있다. 단돈 5,000원으로 천 몇 백만 원이 넘는 기계를 능가하는 성능을 가진 장치를 만들겠다니, 종이비행기로 달나라에 가겠다고 허풍 치는 형국이었으니 말이다.

"자네도 알다시피 안 되면 될 때까지, 그래도 안 되면 죽을 때까지, 그런 각오와 습성으로 살아왔다. 결과적으로 안 되었던 기억은 없다. 성공한 사람들 대부분의 공통점은 '그러함에도 불구하고'라더군. 이제부터 '그러함에도 불구하고'로 시작하는 거야."

나는 파종기의 문제점에 파고들었다. 씨앗이 구멍에 들어가지 않으려고 한다, 들어갔던 종자도 튀어나온다, 이런 문제점들을 자세히 관찰하니 마치 자석의 같은 극성끼리 반발하는 것처럼 튀어나온다는 것을 발견했다. 순간적으로 '정전기?'라는 생각이 들었다. 나는 즉시 정전기를 제거하는 섬유유연제의 희석액을 만들어서 스프레이로 씨앗에 분무하고 다시 작업을 실시해보았다. 결과는 성공적이었다. 6~7초 사이에 49개의 씨앗이 한 알씩 정확하게 포트 구멍에 떨어졌다. 딱 한 알씩 심으니 나중에 솎아내는 이중 작업 시간도 줄일 수 있으니 그야말로 획기적이었다.

"야아, 된다, 되네!"

방금 전까지 표정은 온데간데없고 경호가 뛸 듯이 기뻐 함성을 질렀다.

그렇지만 환상 같은 파종 성능도 잠시 뿐, 일정 시간이 지나 다시 건조해지자 처음과 같은 현상이 또 생겼다. 불과 10여 분 만에 희비가 교차했다. 문제는 정전기라는 것을 알

왔으니 이제 정전기의 원인을 제거하는 방법을 고민하기 시작했다. 정전기는 습도와 밀접하다. 그러니 종자가 약간의 습기를 머금고 있으면 정전기 문제가 해결되지 않을까 하는 생각이 들었다. 육백마지기는 9월 중순이면 서리가 오니 평지보다 한 달 이상 파종을 빨리해야 한다. 마음이 급해졌다.

"여보, 스타킹이 어디 있지?"

아내는 뜬금없어하면서도 스타킹을 가져왔다. "헌 게 없어서 새 것을 가져왔어요. 그런데 뭐에 쓰려고요?"

의아해하는 아내를 뒤로 하고 나는 스타킹의 양말 허리를 싹둑 잘라서 그 안에 배추씨 한 줌을 집어넣고 물에 담갔다.

"아이고 아까워라. 신랑 잘못 만나니 스타킹까지 요절이 나네."

물에 담근 씨앗은 10분도 채 안 되어 금방 통통 불었다. 이제 씨앗에 묻은 수분을 날리기 위해 '짤순이'에 넣고 3분 정도 위잉~ 소리가 나게 돌렸다.

"그렇게 정신없이 돌리면 배추가 어지러워서 꼬불꼬불 크는 거 아냐? 씨앗도 주인 잘못 만나니 별난 고생을 다 하네. 어지럽지? 미안하다, 내가 대신 사과할게에~." 동식물 할 것 없이 생명체에 애정이 각별한 농사꾼 아내의 너스레였다.

이번에는 씨앗이 알알이 흩어지지 않았다. 탈수기를 돌

려도 남은 수분 때문이었다. 씨앗이 잘 굴러야 구멍을 찾아 들어갈 텐데, 이래서는 어려웠다. 다시 아내에게 쟁반과 헤어드라이기를 청했다. 그러고는 쟁반에 씨앗을 넣고 쟁반을 회전하듯 흔들어주면서 드라이기로 수분을 날렸다. 그러자 씨앗은 순식간에 알알이 흩어졌다. 건조되면 다시 정전기가 생길 테니 씨앗은 즉시 밀폐통에 보관했다가 적당량만큼 나누어 다시 파종기에 장전했다. 이번에는 물에 불어난 씨앗이 구멍에 아예 들어가질 않았다. 산 넘어 산이었다.

그래도 실패는 반드시 진보를 낳는다. '안 되면 될 때까지!' 이것이 내 기질이고 이제껏 살면서의 경험이다. 이제 답은 나온 것이나 마찬가지였다. 2.7밀리미터 굵기 송곳으로 구멍을 넓히기만 하면 된다. 그 결과 파종 속도는 사람이 하는 것보다 30배 이상 빨라졌다.

파종기 성능에 대한 확신이 서자, 나는 한 걸음 더 나아가기로 했다. 파종기 상판에 구멍을 5배수로 뚫어서 장전을 한 번에 하고 아래 판을 조금씩 움직여서 한 줄씩 포트에 떨어뜨리는 것이다. 즉, 245개의 구멍에 한 번에 씨앗을 장전하고 연속해서 5배의 파종이 이루어지도록 한 것이다. 그러자 파종 속도는 30배가 아니라 100배 이상의 성과를 내게 되었다.

당시 인건비는 하루에 2만 원 정도였다. 5,000원짜리 소박한 파종기로 하루에 200만 원의 인건비가 절약되었고, 무엇보다 100만 포기의 배추 씨앗을 적기에 파종할 수 있게 되었다. 이로써 육백마지기 육묘 문제는 한나절의 우여곡절을 겪으면서 해결되었다.

그해 가을, KBS 다큐멘터리 방송에 '농부 이해극의 10월'이라는 제목으로 파종기 제작과 파종 시연이 나갔다. 그러자 종묘회사를 비롯하여 많은 농민이 제품화할 수 있느냐, 특허는 냈느냐 하는 문의가 쇄도했다. 물론 나는 파종기의 제품화도, 특허 출원도 하지 않았다. 단지 내 아이디어를 토대로 더 기발한 제품을 생산할 수 있는 업체에서 금속을 재료로 파종기를 만들어주면 나의 미로 찾기 같은 정전기 문제가 해결될 수 있으니 좋겠다는 생각을 가지고 있었다.

이유는 간단하다. 농민이 편해지면 가장 좋은 것이다. 그런데 내가 특허 같은 것을 내서 갑질을 하면 업체에서 개발을 하고자 해도 제약이 될 것이고, 그것은 그대로 농민들의 불편으로 이어질 것이기 때문이다. 얼마 후 내 바람대로 알루미늄 파종기가 시판되어 농가의 파종 작업이 식은 죽 먹기처럼 쉬워졌다.

당시 희망제작소 소장이었던 현 박원순 서울시장은 이런저런 개발 아이디어로 농사를 짓는 나를 "세계 최고의 경쟁력을 가진 농부"라는 말로 세워주었다. 이 말은 농업 최고의 경쟁력은 적극적인 아이디어로 농작업의 효율을 높이는 일이라는 뜻에 다름 아니다.

당시는 1993년에 타결된 우루과이라운드 협정으로 한국의 농업 경쟁력 강화가 무엇보다 절실할 때였다. 비행기로 씨 뿌리는 나라와 호미로 콩을 심는 우리 같은 나라가 서로 '국가 경쟁력'을 논하는 것 자체가 무색한 일이다. 그러니 이러한 농업 관련 국제협정들(UR, WTO, FTA 등)은 허울은 그럴듯하지만 평등하지 않은 조건에서 강대국의 편익을 추구하고 우리 농업의 생존권을 빼앗는 현대판 을사조약이나 다름없다.

나는 농부로서의 인생 밖에서 일어나는 이익을 탐한 적이 없다. 하늘과 해와 달과 천지의 자연을 이미 태어나면서 받았다. 그러니 나는 언제나 농부로 심신이 평온하다.

싹이 자란다, 기쁘고 감사하다

농부로 평생을 사는 동안 수도 없이 반복해온 일이지만 모종을 기르는 일은 언제나 희망이 넘치고 즐거운 과정이다. 다름 아닌 미래의 꿈을 키우는 일이기 때문이다. 그러니 마치 자식을 기를 때와 같은 감정을 느끼게 되는 것이다. 눈에 보일까 말까 한 작은 씨앗을 뿌린 지 2~3일 만에 일제히 노오란 떡잎이 세상에 나오는가 싶은데, 불과 며칠 사이에 흙이 안 보일 정도로 초록 잎이 자라난다. 밤낮없이 무시로 부지런히도 커주는 것이다.

종자 무게가 0.001그램인 셀러리는 한 포기가 다 자라면 1킬로그램 이상이 된다. 무려 100만 배로 증식하는 것이다. 자연에서 자라는 식물의 생육은 얼마나 신비롭고 위대한가! 게다가 자라는 동안 이 녀석들은 꾀를 부리지도 않고 파업을 하는 일도 없다. 그러니 나는 그저 자연이 대견하고 고마울 따름이다.

저절로 확대 재생산되는 산업은 생명산업 말고는 이 세상 어디에도 없다. 새싹이 난다는 신앙 같은 믿음으로 농부는 씨앗을 뿌린다. 그러니 누구든 씨앗을 뿌리는 순간만큼은 행복하다. 이렇듯 농부들의 희망과 행복은 자연에 대한 신뢰에서 비롯한다. 물이 낮은 곳으로 흐르듯, 자연은 조금도 거짓말을 하지 않는다. 그래서 속담에서 '콩 심은 데 콩 난다.'고 했고, 시인은 "자주 꽃 핀 건 자주 감자 파보나 마나 자주 감자"라고 노래했다.

그렇다면 인간은 어떠한가. 오직 인간만이 거짓말을 한다. 그러니 그 거짓말에 비례하여 불행한 동물로 살고 있다. 오죽하면 디오게네스는 대낮에도 등불을 들고 사람다운 사람을 찾아다녔겠으며, 몽테뉴는 인간만큼 두려운 동물이 없다고 했겠는가. 그렇지만 나는 반세기 동안 날마다 정직한 희망의 씨앗을 뿌리며, 씨앗과 운명공동체가 되어 공명하고 교감하는, 정말이지 행복한 농부로 살아왔다.

배추는 5일 간격을 두고 파종했다. 시차를 두는 것은 인력을 안배하고 수확 시기와 출하량을 조절하기 위해서다. 처음 하는 배추 농사라 생각지 못한 어려움들이 있었다. 하지만 운 좋게도 자동 파종기 개발이라는 또 하나의 성취를 이루었고, 손 파종 대비 100배의 효율을 올렸다.

앉아서 궁리만 하는 것은 질색이다. 언제나 야생마처럼 신선한 풀을 찾아 달리고 싶다. 그곳에 설령 빛바랜 낙엽만 뒹굴고 있을지라도, 생동하는 봄은 어김없이 올 것이라는 믿음이 있기 때문이다.

육백마지기가 남긴 슬픈 초상

제천 농장에서는 연초록색 모종이 나날이 윤기 있게 잘 자라고 있었다. 그 사이, 육백마지기에 실어다놓은 300여 톤의 퇴비 살포와 밭갈이 작업을 위해 트랙터를 싣고 다시 청옥산으로 향했다.

제천 봉양에서 육백마지기까지 70여 킬로미터, 청옥산 아래 미탄면은 이름 그대로 아름다운 여울이 있는 마을이다. 한여름에도 동굴 속에서 나오는 수정같이 맑은 물은 너무 차가워서 담근 지 1분도 채 안 되어 발이 저려온다. 얼마나 차가운지 삼복지경 뜨거운 날일수록 여울목에서는 냉장고 문을 열 때처럼 자욱한 안개가 피어오른다. 이 모습이 주변 산림과 어우러진 광경을 보면 미탄이라는 지명이 실감난다. '용천수산' 원수에서 기르는 쫄깃한 송어회의 맛은 당연히 일품일 수밖에 없다.

육백마지기는 마치 육지 안의 무인도와 같다. 반경 30리 안에는 구멍가게조차 없으니 한 번 오르려면 생존에 필요한 생필품과 세간살이를 함께 준비해야 했다. 청옥산에 오르기 전에 미탄슈퍼마켓에 들렀다. 주인아주머니가 낯선 얼굴을 보고 어딜 가느냐고 물었다. "육백마지기요."

대답이 떨어지자 아주머니는 대뜸 버럭 소리를 질렀다. "육백마지기 놈들은 다 도둑놈이고 사기꾼들이야!"

가게에 들른 손님에게 뜬금없이 악에 받친 말을 내뱉는 게 황당하고 예의 없다고 생각되어 왜 그런지 물었다.

"글쎄 외지에서 육백마지기에 농사지으러 온 사람 중에 외상값을 다 갚은 사람이 한 사람도 없어요."

이곳에서 농사를 지었다가 망하고 내려간 사람들 이야기

를 입소문으로 듣기는 했지만 아주머니의 하소연을 들으니 실감이 났다. 육백마지기 농사가 틀림없이 고단한 길이겠구나 하는 생각도 들었다. 주변에서 내가 육백마지기에 도전하는 것을 애원하듯 말린 이유도 납득이 갔다.

"아주머니, 떼인 돈이 많아요?"

"자잘한 거 빼고도 7만 원이 더 되지 뭐."

당시 인건비가 1만~2만 원 정도였다. 잡화를 팔아 얼마나 남는다고, 그 돈을 떼이고 속이 터져 푸념이 절로 튀어나온 모양이었다. 나는 내 물건 값에 7만 원을 더 얹었다.

"아주머니가 육백마지기 사람들한테 떼인 돈 보탰어요."

"그 사람들하고 친척이라도 돼요? 닮은 것도 같고."

"예에~. 앞으로 우리가 육백마지기 농사를 지을 텐데 그런 일은 다시 없을 겁니다."

같이 가던 경호가 차에 오르면서 묻는다.

"형님, 생면부지 남의 외상값을 왜 갚아줘요?"

"수억 원씩 털어먹은 사람들이 몇 만 원이 없을 때야 오죽했겠어. 적선하면 청옥산 산신령님도 좋아하실 테고, 사연이야 어떻든 험한 원망을 들으면 육백마지기 복 나갈까 싶어서……."

청옥산은 예사로운 산이 아니다. 몇 십 리 비포장 길을 올라가는 초입부터 빼곡한 삼림이 우거져 있다. 하지만 정상이 가까워질수록 하늘이 열리고 드넓은 평원이 펼쳐진다. 그리고 지평선을 이룬 밭과 1,100미터 이하의 산들이 산수화처럼 발 아래 늘어서 있다. 그런 곳에 나는 도전의 주사위를 던져놓은 것이다.

낮 동안 퇴비 살포 일을 끝내고 나는 육백마지기의 물정과 내력을 잘 아는 회동마을 허남진 씨를 찾아갔다. 그는 청옥산 기슭 회동리에서 태어나 평생을 이곳에서 살고 있는 토박이이자 육백마지기 개간 역사의 산 증인이었다. 고랭지 채소 재배 경험이 30년도 넘는 베테랑 농부이기도 했다.

"유명한 분이 이렇게 찾아와주어서 고맙소. 수도 없이 망해 나가면서도 나를 찾아와 자문을 구한 사람은 이 회장님이 처음이오."

육백마지기에 수억 원씩 투자하여 농사를 짓겠다고 올라온 사람들이 나름 전문가라는 생각을 가지고 경험자를 찾아 배울 생각은 하지 않았던 것 같다.

"딱하지만 솔직히 말해서 이젠 내가 봐도 육백마지기는 땅이 다 망가졌소. 이곳에서 농사는 끝났다고 보시는 게 맞아요. 얼핏 보면 될 것 같아 보이지만 종당엔 다 털어먹고 망합니다. 옛날에 그 좋던 땅이 다 죽었소."

옛날 전성기 때의 풍요가 떠오르는지 그는 고개를 떨구고 절레절레 가로저었다. 일말의 희망을 안고 찾아갔지만 비관적 이야기만 들었다. 경호와 나는 돌아오는 발걸음이 무거웠다.

다음 날이었다. 미탄막걸리 네댓 병을 가지고 허남진 씨가 육백마지기로 왔다.

"이 회장님, 기왕 농사를 짓는다니 내가 알려줄 것은 이것뿐이오. 무, 배추 모두 6월 10일 이전에는 절대 파종하거나 심지 마시오. 5월 하순까지 서리가 내리고 툭하면 진눈깨비도 와요. 그리고 서리가 일찍 내리니 9월 안에 모든 수확을 마쳐야 해요. 이곳에 처음 온 사람들한테 떡 먹듯 알려줘도 내 말을 안 믿더니 저온 피해로 무, 배추밭이 유채꽃밭처럼 변해 폭삭 망한 적이 몇 번은 돼요."

"나는 고추밖에 아는 게 없으니 앞으로 훈이 아버지를 육백마지기 사부로 모시겠소. 틈틈이 잘 좀 가르쳐줘요."

늘 겸손한 그는 변화무쌍한 이곳 날씨와 적절한 관리 방법을 세심하게 일러준 육백마지기의 고마운 멘토였다.

미련한 놈이 곰을 잡는다

씨앗을 뿌린 지 30일째, 그동안 정성 들여 보살핀 모종은 썩 잘 자라 있었다. 이제부터 그 모종을 육백마지기까지 온전하게 운반하는 방법을 고민할 차례였다. 마이티 트럭 적재함에 기껏 싣고 가봤자 9,800여 포기다. 평당 12폭을 심을 경우 고작 800여 평 정식할 분량이다. 이런 식으로는 100번을 실어 날라도 안 될 판이니 도무지 계산이 나오지 않았다. 강원도에서 원거리 수송 농업이 발달하지 못하는 게 다 이유가 있는 것 같았다. 한 달 남짓 키운 여리디여린 모종은 훅 입김만 불어도 멍이 들 정도로 연약하다. 그냥 포개서 운반한다는 건 누가 봐도 미친 짓이었다. 이 또한 극복해야 할 난제였다. 궁리 끝에 일단 실험을 해보기로 했다.

1단계는 잎이 연약하니 육묘장의 환기량을 늘려서 생육을 최대한 억제한다. 2단계는 식물체가 야물어지는 염화칼슘(두부를 만들 때 사용하는 간수)을 3~4일 간격으로 엽면 시비하여 모종을 튼실하게 키운다. 3단계는 운송 2~3일 전부터 잎의 팽압을 낮추는 작업으로 물을 주지 않고 약간 시들게 한다. 4단계는 운반 당일, 100밀리미터 PVC 파이프로 국수 밀듯 모종을 가지런히 눕힌다. 5단계는 잎과 잎끼리 맞닿게 포개 잎 자체의 완충력으로 모종에 상처가 나지 않게 상차 운반한다.

이렇게 해결책을 구상하여 1톤 트럭에 모종을 5단으로 일부 쌓고 일부는 10단으로 쌓은 다음, 하중으로 인한 운반 중 손상이 어느 정도인지 파악하기 위해 육백마지기를 향해 시험 운반을 했다.

미탄면소재지에 도착하여 옥수수 향기가 물씬 풍기는 막걸리와 생필품을 사려고 농협 앞에 차를 세웠다. 제천이 고향인 정하영 씨가 반가워하면서 다가왔다. 그러고는 겉포장을 열어보고는 기겁을 하였다. "이게 뭐여?"

"사람들이 보기 전에 빨리 올라가. 자네가 망할라고 미친 짓 한다고 미탄면에 당장 소문나겠다. 또라이라고 말이야. 얼른 올라가."

그는 동생뻘 되는 나의 고추 농사 이야기를 미탄면 사람들에게 무용담처럼 자랑하고 다녔는데, 그런 내가 가당치 않은 '무더기' 모종 운반을 하고 있으니 누가 흉이라도 볼까 봐 걱정하는 마음에서 다그치는 말이었다.

당시는 모종을 운반할 때 사물함처럼 다단식으로 제작된 틀에 모종을 칸칸이 넣어 새색시 가마 태우듯 공을 들이는 게 상식이었다. 그런데 초짜배기 고랭지 채소 농사꾼이 보부상 짐짝처럼 모종을 포개어 무지막지하게 싣고 가니 기가 막혔나 보다.

육백마지기에 도착하자마자 모종을 내려 펼쳐놓고 미리 받아놓은 웅덩이 빗물을 흠뻑 주었다. 1시간도 채 안 되어 5단으로 쌓은 것뿐만 아니라 10단으로 쌓은 모종도 손상 없이 방긋방긋 웃으며 일순간에 생기를 되찾았다.

"형님, 사람들이 이걸 보면 무슨 마술이라고 하겠네요."

경호와 나는 모종을 바라보며 쾌재를 불렀다.

어떤 식물이든 사전 관리만 잘 하면 밟혀도 잘 자라나는 길가의 질경이처럼 강한 자생력을 갖고 태어난다. 나는 농사를 지으면서 그 끈질긴 식물의 생명력을 믿어왔고, 감사한 마음을 갖고 있다.

운반 고민으로 생각해낸 방법이 적중하여, 1톤 트럭 한 대로 3,200평, 마이티 트럭 한 대면 축구장 4배 면적인 8,000평에 심을 수 있는 모종을 운반할 수 있다는 것을 확인했다. 이럴 때야말로 청옥산을 향해 '야~호!'라고 외치는 것이 썩 잘 어울리겠다는 생각이 들었다.

늦은 오후에 정하영 씨가 비포장 30리 길을 달려 육백마지기로 올라왔다. 아까 아래에서 본 무식한 짐짝 운송이 미덥지 않고 걱정이 되었던 것이다. 같은 고향 손아랫사람에 대한 선배의 애정이 느껴졌다. 그는 일제히 생기발랄해진 배추 모종을 눈으로 보면서도 믿기지 않는다는 표정이었다. "자네가 이제부터 강원도 농사꾼을 다 미친 놈으로 만들겠군."

밤치재에서 만났던 박명길 씨가 내가 모종을 짐짝처럼 싣고 온 것이 저 아래 동네에서 이미 파다하게 소문이 났다고 알려주었다. '미련한 놈이 곰 잡는다'는 말처럼 고정관념을 탈피하면 서툴지만 해결책에 접근하는 것이 빨라진다.

"수고하게나. 나는 빨리 가서 또 자네 자랑이나 해야겠네. 모종이 희한하게 끄떡없더라고 말이야. 그런데 이렇게 다 미치면 강원도 농사가 쉬워져서 배추 값 떨어지면 어쩌나 그게 걱정되네."

정하영 씨는 미탄면에서 수십 년 동안 고랭지 배추 농사를 하면서 배추 전문가로 소문난 분이었다. 우리처럼 하면 된다는 것을 알고서 기발한 발상이 향후 모종 운반 관행을 바꿀 것이라는 것을 예측한 듯 중얼거렸다.

불신이 낳은 것들

하늘이 도와 이랑 작업을 순조롭게 마치고 계획한 일정대로 육백마지기에 모종을 심는 첫날이 되었다. 모종을 심으러 온 아주머니들은 하나같이 튼실한 모종을 보고 감탄했다.

"배추 농사 몇 년이나 했어요?"

"무슨 재주로 어떻게 키웠길래 모종이 이렇게 좋아?"

"이런 모종 처음 보네. 그냥 던져놔도 살겠구먼."

단단한 모종은 뿌리 쪽 흙이 깨지지 않아서 심기가 빠르고 수월하단다. 칼슘으로 관리하고 며칠 사이에 육백마지기 찬바람에 단련된 배추 모종이 녹두장군 같다며 칭송 일색이었다. 고추 모종을 십수 년 길러온 나에게 배추 육묘는 식은 죽 먹는 정도의 쉬운 일이었다. '묘작이 반작'이라는 말이 있다. 모종을 잘 키워놓으면 농사의 절반은 이미 잘 지은 것이라는 이야기다. 이처럼 과채류는 모종을 얼마나 잘 키우느냐가 농사의 70퍼센트를 좌우한다.

이제 나의 '정식 식혈기'가 역할을 할 때가 되었다. 가지런히 이랑을 지은 두둑 위에 자전거 바퀴에 돌출 파이프를 단 정식 식혈기가 굴렁쇠처럼 지나갔다. 그러자 일정한 거리를 두고 일정한 깊이의 구멍이 생겼다. 일순간에 모종 심을 보금자리가 생겨난 것이다.

아주머니들이 마치 모내기 하듯 모종을 구멍에 꼽아 나갔다. 정식 속도는 천천히 걷는 정도로, 하나하나 구덩이를 파고, 모종을 넣고, 복토를 하는 기존 방식과는 비할 바가 아니었다. 게다가 이랑마다 심는 모종 수도 자동으로 계산되니 수백 개의 모종판을 이리저리 옮겨주어야 했던 수고로움과 비용을 엄청나게 줄일 수 있었다.

"모종 심는 게 비행기보다 빠르네!"

생전처음 해보는 모종 심기 방식에 아주머니들 감탄이 이어졌다. 평소 그분들이 일하던 것과 비교하면 4~6배의 효율이 났다. 한 사람이 대략 400평의 이랑에 모종을 심으니 뒤돌아보면서 스스로들 놀라고 신이 난 것이다.

"저노무 기계 때문에 일이 이렇게 빠르니 우린 품 팔아먹기 다 글렀다." 자전거 정식 식혈기를 보면서 아주머니들 농담이 이어졌다.

현장에서 일하는 분들에게 좀 더 편리한 환경을 제공하려는 노력은 경영자의 기본이며 경쟁력이다. 예상보다 일이 빨리 끝나서 작업을 일찍 마치고, 내일 일하러 오실 수 있는 분들을 확인할 때였다. 생각지도 못한 일이 생겼다.

"그런 소릴랑 나중에 하고 돈부터 주고 말해요." 한 아주머니가 정색을 하면서 나에게 손바닥을 내밀었다.

"빨리 돈부터 주고 나서 얘기를 하라니까요!"

"내일도 마저 심을 텐데, 일 끝나면 한꺼번에 드릴게요."

"우린 그런 거 없어요. 당장 내놔요!"

"지금 돈이 없는데 어떡합니까?"

"하여튼 내놔요!"

이렇게 딱한 일이 있을 수가 없었다. 그야말로 사생결단을 낼 태세다. 문득 미탄슈퍼마켓 아주머니의 매몰찬 푸념이 생각났다. 마침 이곳에 와 있던 동생 해완이 상상 못 할 광경을 목격하고는 눈물범벅이 되어 나를 끌어안고 통곡을 했다.

"형님, 뭐가 부족해서 이곳까지 와서 이런 수모를 겪어요? 당장 집어치우고 내려갑시다!"

그러고는 일하러 온 분들에게 하소연했다.

"아주머니들, 정말 인간적으로 너무 하시네요. 세상에 이런 경우도 있습니까?"

스포츠머리를 한 아주머니가 살기등등하게 가슴을 주먹으로 쾅쾅 치며 대거리를 했다.

"여기 있다, 왜? 여기 육백마지기 농사짓는다는 놈들은 한결같이 다 사기꾼, 도둑놈들이야."

"도둑이라니요? 뭘 훔쳤다고 도둑이라는 겁니까? 어디 한번 따져봅시다."

동생 해완도 모욕적인 상황에 끝장을 볼 판이었다.

"육백마지기에서 일하면 항상 품값을 내일 준다 하고 결국 떼어먹은 놈이 한둘이 아니야! 여기 여덟 명 중에서 돈 안 떼인 사람 있으면 손 들어봐. 봐. 없잖아. 저 다리병신 춘양 아주머니는 저 몸으로 일하고 자그마치 한 달치를 떼였어!"

"죄송합니다. 내일도 내가 인건비를 안 주면 오늘 내일 심어놓은 이 배추밭 5,000평을 다 주겠소. 그러니 이제 그만합시다. 이제 나도 여기 희한한 관습을 알았으니 내일부터는 일이 끝나는 즉시 밭머리에서 임금을 지불하겠습니다."

아주머니들의 노여움이 아직 미수 입장인 나에게 분풀이

로 돌아온 것이다. 집안 종손으로 고생한다고 작은아버지가
선물로 주신 롤렉스 시계를 담보로 벗어주고 나서야 상황은
일단락되었다.

청옥산 정상에서 모종을 심는 첫날은 이렇게 불신이 낳
은 서글픈 사건으로 마감되었다. 일하는 아주머니들의 그토
록 포악하고 야박한 모습은 분명 지난날 이곳에서 농사를
짓던 사람들의 잘못된 처신으로 인한 것임에 틀림없었다.
한편으로는 몇 억씩 투자하면서 다리를 절룩이며 일하는
아주머니의 품삯마저 떼어먹을 수밖에 없을 만큼 실상이
어려웠다는 것을 반증하는 것이기도 했다.

폐농의 실상은 생각보다 참혹하다. 농사를 짓는 어디에
서건 포크레인 작업 대금, 트랙터 경운 비용, 외상 농자재비,
소와 사람의 품값, 주유소 기름값, 운반비 등 다양한 유형의
체불이 파산과 더불어 발생했다. 망하면 당연히 떼어먹을
수도 있다는 생각이 은연중 자리 잡고 있기 때문일 것이다.
그러니 거듭해서 당한 사람들은 점점 야멸차고 비정해져 있
었다.

그렇게 육백마지기에서 농사를 짓기 시작한 지 2년이 되
었을 때, 일하러 오는 쌍둥이 어머니를 비롯하여 그 보통 아
닌 아주머니들로부터 "흙 묻은 손으로 매일 돈 받는 것도
번거로우니 보름씩 모아서 임금 결재를 해달라."는 역제안

을 받았다. 육백마지기가 생긴 이래 처음 있는 일이라는 말
과 함께였다. 겪어보니 아주머니들은 투박하지만 모두들 성
격처럼 민첩하게 일도 잘하고 활달했다. 바탕과 속내는 착
한 강원도 사람다운 은근한 사람들이었다.

태풍의 상처 뒤에서도 희망을 보다

모종 활착이 잘된 배추밭은 어느 사이 잎에 윤기가 잘
잘 흐르면서 누가 밤새 쑥쑥 뽑아 올린 것처럼 하루가 다르
게 자랐다. 심은 지 한 달도 안 되었는데 배추밭 헛고랑의
흙이 보이지 않을 정도로 튼실하게 자라났고, 평지 쪽 1만
5,000평에 자동 파종기로 심은 무도 어느새 소화제 병 굵기
만큼 자라 있었다. 언제나처럼 생동하는 자연 앞에서 농부
로 사는 행복에 겨운 시간이었다.

쪽빛 하늘과 맞닿은 청옥산 1,200 고지, 연초록색으로
물든 드넓은 농장에 잠시도 쉬지 않고 바람이 불어왔다. 보
름씩 안개가 이어지기도 했다. 이렇게 불량한 환경에서도
무, 배추는 잘만 자라는 것을 보니 왜 모두들 그렇게 실패를
반복했을까 의아해졌다. 이즈음 나는 범 무서운 줄 모르는
애송이 하룻강아지였다.

1991년 8월 하순, 제천에 내려와 있을 때였다. 육백마지기의 장영득 씨가 다급한 목소리로 전화를 걸었다. 폭우와 겹친 강풍에 육백마지기 배추가 정선 쪽으로 빗물에 쓸리고 바람에 다 날아가 한 포기도 남지 않았다는 것이다. 거기에 덧붙이길 오늘은 아예 오지도 말라고 했다. 육백마지기에 오르다 돌풍에 차가 뒤집힐 듯 날아가 죽을 뻔했다는 것이다. 허풍스럽지 않고 매사 신중한 사람의 이야기니 상황이 얼마나 심각한지 짐작이 갔다.

이틀 후 육백마지기로 향했다. 정황을 알아보기 위해 먼저 한치마을 장영득 씨 집으로 갔다. 청주가 고향인 그는 충청도 사투리로 당시 상황을 이야기했다.

"나, 회장님도 못 보고 죽는 줄 알았슈. 말도 못 해유. 강풍에 차가 뒤집히는 줄 알았어유. 그나저나 그 좋던 무밭, 배추밭이 쑥대밭이 되었으니 저걸 어쩐대유."

청옥산 밭일을 자기 일처럼 맡아서 해주던 그였기에 나보다 더 걱정이었다. 내가 출발하려는데 그가 톱과 낫을 들고 따라나섰다. 나무가 길 쪽으로 쓰러져서 차가 갈 수 없다는 것이었다. 비가 얼마나 왔는지 비포장 경사로는 빗물이 모인 물살에 1미터가 넘을 정도로 깊게 패여 마치 그랜드캐니언의 축소판을 보는 것 같았다.

험악해진 길을 곡예 운전으로 올라가는데 아름드리 참

나무가 바람을 못 이겨 패잔병처럼 뒤죽박죽 쓰러지고 부러져 있었다. 베어내고 끌어내며 한나절 만에 산중턱 고도 1,000미터쯤 올랐을까? 길바닥에 두께가 5~6센티미터쯤 되는 진초록색 양탄자가 깔려 있었다. 바람에 강하다는 낙엽송의 바늘잎이 떨어져 두툼한 융단 길을 만들어놓은 것이다.

"저승 가는 길에도 이런 호사는 있네!" 나는 차에서 내려 그 아름다운 초록 양탄자에 벌러덩 누웠다. 순간이지만 창공을 나는 것과 같은 편안함이 찾아왔다.

"아까 마누라가 회장님 청심환 먹이고 가라 했는데 이렇게 태연한 걸 보니 심장마비로 죽지는 않겠네!" 장영득 씨가 내 모습을 보고 그나마 안심이 되는지 농담을 건넸다.

청옥산이 가까워질수록 폭풍의 흔적은 더욱 잔혹했다. 전봇대가 드러눕고 쑥 이파리는 죄다 떨어지고 빈 줄기만 앙상하게 남은 쑥대궁만 밭둑에 빼곡히 꽂혀 있었다.

정상에 도착했다. 드넓은 육백마지기 평원은 말끔하게 빗질해놓은 공항 활주로 같았다. 송두리째 앗아간다는 말이 딱 어울리는 광경이었다. 며칠 전까지 푸르름으로 넘실거리던 배추밭이 거짓말처럼 사라졌다. 나의 농사 첫해, 고추 모종이 몽땅 얼어 죽었을 때의 절박한 기억이 떠올랐다. 육백마지기는 그때의 50~60배에 달하는 면적이었다.

묘하게도 담담했다. 1974년 당시의 절망감이 아니었다. 비포장 20리 길을 달려 장에 가서 풋고추를 팔아 두 여동생 수업료를 주어야 했던 절박함이 나를 일찌감치 단련시킨 모양이었다. 모두들 아연하여 현장을 보며 마음속으로 탄식을 하고 있는데 연장자인 장영득 씨가 너스레로 침묵을 깼다

"이 회장님 심장마비로 죽을까 눈치만 살폈는데, 죽지는 않았지유?"

"네~"

"대답이 들리는 걸 보니 확실히 죽지는 않았는가벼. 강심장이네. 사람도 아녀. 이 회장님, 괴물이지유?"

"육백마지기는 죽었다 깨도, 거꾸로 해도 안 된다는 형님 충고 안 듣다 이 지경 됐으니 하도 창피해서 강한 척하고 있는 거유!"

이 세상 인간이 다 거기서 거기다. 강한 사람이 따로 있는 게 아니라 모두 도토리 키 재기다. 다르다면 자신에게 닥쳐온 불운에 얼마나 단련되어 있는가의 차이가 있을 뿐이다.

오호라! 고목나무에도 꽃이 피고 하늘이 무너져도 솟아날 구멍이 있다. 무릎을 꿇고 배추밭을 가만히 들여다보았다. 자세히 보니 줄기가 땅바닥에 흙투성이가 된 채 불가사리 모양으로 붙어 있었다. 희망이 섬광처럼 지나갔다. 그곳에서 나는 땅속 깊이 존재하는 생명의 씨앗을 본 것이다.

거대한 위력의 자연 앞에서 농부인 나는 그 작은 생명체의 강인한 생명력에 기댈 뿐이었다.

하늘이 나를 시험하는 것이 아닌가 하는 생각이 들었다. 내가 그동안 쌓아온 유기농업에 대한 의지와 영농 기술로 이 난관을 어떻게 극복해나갈지 말이다. 실낱같은 희망을 보았으니 가만있을 수는 없었다. 망연자실, 속수무책은 내가 아주 싫어하는 단어다. 희망이 실현되려면 사력을 다해 움직여야 한다.

"다행히 생장점과 땅속 뿌리는 아직 온전한 것 같습니다. 내일부터 당장 추비를 하고 4종 영양제를 3일 간격으로 주어서 회복시켜봅시다!"

예전에 고추 모종이 얼었을 때도 새순은 금방 돋아나는 것을 목격했다. 배추는 엽채류이니 회복이 더 빠를 것도 같았다. 하여튼 해보면 알 일이었다. 당장은 지켜보는 이도, 일을 하는 이도 맥이 풀리긴 마찬가지였다. 하지만 그런 분위기 속에서 반복적으로 추비와 영양제 살포 작업을 계속했다.

육백마지기를 주시하던 사람들 사이에서 기다렸다는 듯 육백마지기 농사가 절단 났다는 소문이 퍼지기 시작했다. 소문은 강풍과 폭우 피해와 맞물려 더욱 부풀려져서 돌아다녔다. 육백마지기 농작물이 다 죽었다는 이야기는 심지어 내가 죽었다는 소문으로 와전되기도 했다.

우리는 이삭줍기하는 심정으로 남은 작물의 회복을 위해 노력했다. 작물들은 나날이 회복되면서 우리에게 보답했다. 다만 워낙 토양이 척박한 데다 폭우와 강풍에 휘둘려 골병이 든 배추는 크기가 주먹만 했고 무는 무름병이 발생하여 수확은 기대치의 10분의 1 수준에 그쳤다.

농사라는 것은 잘되면 잘되는 대로 안 되면 안 되는 대로 항상 아쉬움이 남게 마련이다. 육백마지기 농사 첫해는 2,000여 만 원의 소득으로 돌아왔으니 그야말로 불행 중 다행이었다. 많은 사람들의 만류에도 시작한 육백마지기 첫 농사는 비싼 수업료를 내고 호된 신고식을 치르면서 지나갔다.

금 모으기? 호밀씨 모으기!

육백마지기 1년차의 경험을 바탕으로 부득이 영농 설계를 수정해야 했다. 폭우와 강풍이 4년 주기로 나타난다는 것, 지력 배양을 위해 퇴비를 외부에서 실어 오는 것은 비용과 운송 문제 등의 한계가 있다는 것에 반드시 대비해야 했다.

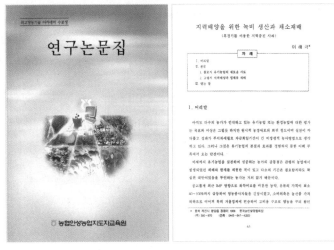

관행농업으로 황폐화된 육백마지기의 지력을 되살리기 위해 필요한 것은 녹비 재배였고, 나는 겨울이 긴 환경에 맞게 호밀을 키웠다. 그 경험을 나누기 위해 쓴 논문.

고심 끝에 대안을 찾았다. 바로 호밀을 이용한 녹비 작물 재배 방식이었다. 호밀은 초세가 강한 작물이다. 어차피 네댓 달을 제외하면 작물이 없는 휴경기에 호밀을 재배하여 호밀짚을 녹비로 이용한다면 지력 배양을 할 수 있을 것이었다. 청옥산 한겨울 기온은 영하 45도까지 내려가지만 호밀은 극한 지역인 시베리아에서도 월동하여 자라는 내한 식물이다.

그때는 지금보다 더 추워서 9월 20일경이면 청옥산에 서리가 내렸다. 그래서 추석 전후로 농작물 수확과 동시에 호밀을 파종하고 다음 해인 6월 초에 녹비 경운 작업을 할 계획을 세웠다. 맥류연구소 자료에 의하면 호밀은 뿌리가 옆으로는 80센티미터, 땅속으로는 2미터까지 뻗는다고 한다. 포크레인도 단번에 2미터를 뒤집어엎을 수는 없을 것이다. 그보다 더 중요한 것은 육백마지기의 메마른 농토를 호밀로 감싸면 한겨울의 강풍과 언제 쏟아질지 모르는 폭우로 인한 토양 유실을 막는 역할을 톡톡히 하리라는 사실이었다.

땅속 깊이 내린 뿌리는 토양 깊은 곳에 미량 요소와 양분을 경토층으로 이동시키고 배수에도 도움을 준다. 어느 밭이라도 실제로 3년 정도만 호밀을 녹비 작물로 재배하면 장마가 져도 헛고랑에 물이 고이지 않는 물빠짐 개선 효과 또한 기대할 수 있었다. 호밀 녹비를 통하여 육백마지기에 유기농업의 목표를 성취했다고 보아도 과언이 아니다. 이런 이유로 나는 강의 때마다 지력 배양의 대안으로 호밀 녹비를 추천하고 있다. 지렁이가 '동물 경운기'라면 호밀은 '식물 경운기'인 셈이다.

곧바로 호밀 재배 계획을 실행에 옮겼다. 호밀 녹비가 평당 15~20킬로그램 생산된다고 보면 호밀 씨앗 1톤으로 370톤에서 많게는 500톤의 녹비를 생산할 수 있다는 계산이 나왔다.

육백마지기 농장의 최고 조력자는 호밀과 잡초다. 겨울에 키우는 호밀 그리고 작물과 함께 자라는 잡초가 강풍과 폭우로부터 농토를 지켜준다.

당시 내가 육백마지기에서 드디어 망했다는 소문이 녹비 재배할 호밀 씨앗을 구한다는 소식과 뒤섞여 전국에 퍼졌던 모양이다. 제주도에 사는 김창식 유기농업협회 제주지회장이 소주 한 박스와 호밀을 싣고 온 것을 시작으로, 씨앗을 직접 싣고 오는 사람부터 가져가라고 연락해준 사람까지 많은 사람들의 도움이 있었다. 특히 금산, 풍기 지역에서 인삼 농사를 짓는 농가의 보탬이 컸다. 마치 불우이웃 돕기라도 하듯이 순식간에 100여 포대의 호밀 종자가 모였다.

육백마지기에서의 도전과 시련에 백절불굴하라는 유기농 동지들의 순수한 농심이 담긴 지원과 격려였을 것이다. 이에 보답하는 길은 기어이 이곳 육백마지기를 원래대로 살려내 생태농장을 조성하는 것이라 생각했다. 이를 통하여 유기농업이야말로 인류가 지향하고 추구해야 할 지속가능한 미래 농업임을 보여줄 수 있을 것이다. 물심양면으로 조력해준 유기농 동지들의 배려를 마음에 새겨 평생 잊지 않을 것이다.

이곳을 방문하는 사람들은 수확하기도 바쁜데 그 많은 일을 어떻게 해내느냐고 묻는다. 호밀 파종과 재배는 의외로 간단하다. 일단 무, 배추 두둑을 얕게 로터리 경운으로 만들고 비료 살포기에 약 6포(약 120킬로그램)의 호밀 종자를 담아서 살포하면 좌우 30미터 반경으로 정밀하게 종자가 뿌려진다. 3,000평을 뿌리는 데 채 10분도 안 걸린다. 혹한기에 호밀의 동사를 예방하기 위해 평지보다 더 깊게 복토 로 터리를 하는 게 노하우라면 노하우다. 그런 다음 미안해질 정도로 방치해놓으면 그 이듬해 5~6월 경운 전까지 한시도 쉬지 않고 커준다.

육백마지기 역사 이래 처음으로 호밀 재배가 시작되었다. 인근 지역 사람들에게는 생소한 구경거리였다. 소문은 더 큰 날개를 달고 퍼져나갔다. 얼마나 더 망하려고 그 넓은 땅에 호밀을 뿌려 벌써 싹이 났다느니, 되지도 않는 농사에 돈을 더 보태서 폐농할 작정을 한 모양이라느니, 나를 측은 한 사람으로도, 집념이 강한 사람으로도 보는 말들이 들려왔다.

1,200 고지의 푸르른 바다

1992년 봄이 되었다. 호밀이 얼마나 자랐을까? 겨우내 쌓아놓은 기대감과 불안감을 안고 육백마지기에 올랐다. 아아, 그곳에서 나는 꿈에 그리던 광경을 목격했다. 호밀이 영하 45도 혹한과 척박한 토양에서도 그 본래 기질대로 잘 자라 있었다. 파도는 바다에만 있는 것이 아니었다. 청옥산 자락에서 편서풍에 넘실대며 은색 물결로 파도치는 모습은 그야말로 경이로웠다.

"호밀아, 잘 커주어서 고맙다!" 그 어떤 말로도 부족한 감사와 찬탄이 터졌다.

호밀 싹은 종자가 채 여물기 전에 땅속에 매립되어야 한다. 그 어린 호밀 싹에 육중한 트랙터의 날을 갖다 대려니 새삼 이 지구상의 주적은 인간이구나 하는 생각과 호밀에 대한 미안한 마음이 함께 들었다. 그러나 어쩔 수 없는 일. 죄스러운 마음으로 막걸리 한 잔을 따라놓고 희생해야 할 호밀 숲에 엎드려 경배했다. 이제 경운 작업을 시작할 차례였다.

내 예상대로라면 2~3미터 폭의 경운 로터리는 호밀을 일정한 길이로 잘라서 경토층에 매립할 것이다. 그러면 녹비 경운 작업이 완성되는 것이다. 서슴없는 기세로 호밀밭으로 냅다 트랙터를 몰았다. 그런데 10분도 안 되어 심각한 문제에 봉착했다. 유럽에서도 힘이 세기로 소문난 독일제 75마력의 '더치파' 트랙터가 단 몇 분 만에 항복을 하고 만 것이다. 들여다보니 호밀이 서 있는 채로 경운 작업을 하면 뿌리째 뽑혀 트랙터의 로터리 플랜지에 휘감겨 곧바로 드럼통이 되고 말았다.

마치 칼날에 붕대를 감고 있는 격이니 호밀 절단부터 경운 작업 자체가 불가능해졌다. 호밀 녹비 재배를 해본 사람이라면 누구나 겪는 난감한 상황이었다. 트랙터를 세워놓고 두 사람이 플랜지에 감긴 호밀짚을 낫으로 제거하는 데만 10분 이상이 걸렸다. 호밀짚이 고래 힘줄만큼 질기다는 것을 경험하는 순간이었다. 이런 식이라면 경운 작업은 하루 3,000평도 어려웠다.

콤바인을 빌려 호밀짚을 썰어볼까 생각도 해보았지만 수백만 원이 넘는 비용도 비용이지만 모내기철이라 기계를 빌릴 수도 없었다. 호밀은 하루가 다르게 자라나 점점 억세졌다. 촌각을 다투어 호밀짚을 갈아엎어야 하는 다급한 지경이 되었다. 전생에 한 번 경험을 했다면 이런 헛고생은 하지 않았을 텐데 하는 어이없는 생각도 들었다.

트랙터를 세워놓고 또 한 번 기발한 묘안을 찾아내야 했다. 궁하면 통하는 법, 호밀이 뿌리째 뽑혀 나오지 않으면 방법이 생길 것도 같았다. 일단 호밀을 일정한 방향으로 땅바닥에 납작하게 눕혔다. 로터리의 회전 동력을 풀고 로터리 자체 무게만 이용하여 서 있는 호밀을 일정한 방향으로 일제히 쓰러뜨렸다. 그러고는 호밀이 누운 반대 방향에서 로터리 경운을 해갔다. 그러자 뿌리가 전혀 뽑히지 않고 일정한 길이와 일정한 분량으로 호밀짚이 절단 매립되었다.

평생 동안 농사를 지으면서 생각지도 못한 어려움을 만날 때마다 '무식하면 고달프다'라는 말을 실감한다. 어느 누구라도 사는 법을 배워서 태어나는 사람은 없다. 인생 사는 법을 다 배웠을 때는 불행히도 그 일생이 끝날 때라는 말에 수긍이 갔다. 호밀 녹비 작업 또한 새롭게 배워 이룬 성과였다. 이 거꾸로의 방법을 생각하지 못했다면 호밀 녹비 재배가 불가능했을 것이고, 육백마지기 유기농업 자체는 포기할 수밖에 없었을지도 모른다.

망해도 신난다!

첫해에 배추 20차를 수확하고, 이후 육백마지기 농사는 되살아나는 땅심과 더불어 점차 안정적인 증산이 자리를 잡아갔다. 이듬해에는 60차, 3년차에는 120차를 수확함으로써 첫해의 600퍼센트로 소출이 증가했다.

하지만 수익 발생은 아직 요원했다. 설상가상으로 120차를 수확한 1993년에는 공교롭게도 전국 고랭지 채소 가격이 유례 없이 폭락했다. 당시 4.5톤 트럭 한 대 분량의 배추 값은 고작 5만~6만 원 정도였다. 배추 한 포기 값이 20원도 안 되니 하루에 6차를 출하하면 400만 원씩 손해를 보는 셈이었다. 농사가 너무 잘되어도 이른바 '풍년기근'을 겪게 되는 것이다.

당장은 손해를 보고 있었지만, 생산량이 현저히 증가한 것은 육백마지기의 지력이 여실히 개선되고 있음을 입증했다. 햇수로 3년, 날수로 1,000여 일은 나에게 금전적 손실로 이어졌지만 관행농업으로 망가진 황무지에서 유기농의 가능성과 희망을 확인한 소중한 세월이기도 했다.

육백마지기가 '핀드혼' 농장 요정처럼 나에게 속삭였다. "남들이 어리석다고 흉보더라도 힘내세요! 우리가 당신이 바보가 아니라는 것을 곧 증명해 보일 테니까요"(핀드혼공동체, 《핀드혼 농장 이야기》, 씨앗을뿌리는사람들, 2009)

세간의 비웃음을 견뎌내는 시간은 누구라도 힘들고 고독할 수밖에 없는데 나는 이렇게 육백마지기라는 터전과 희망을 나누며 함께 견뎌냈다. 3년간 막대한 손해를 보면서 농사를 짓는 동안 주변 사람들이 보내는 불신의 눈초리를 견뎌야 했지만 개의치 않았다. 1970년대 처음 고추 농사를 시작할 때, 남들은 4월이 되어야 시작하는 파종을 추운 1월에 시작하여 '황당무계 농부'라는 지목을 받아온 터였다. 이 정도의 눈총에는 이력이 나 있었고, 자연의 정직함에 기대 한껏 고무되어 살아왔다. 오히려 이때 나는 '망해도 신난다'라는 농담 같은 진담을 입에 달고 살았다. 분명 손해나는 농사였다. 하지만 골짜기 없이 산이 존재할 수 없는 것처럼, 잦은 실패는 성공을 공고히 한다는 것을 믿었고 그만큼씩 진일보하고 있었다.

지금도 마찬가지로 나는 망해도 충분히 신날 수 있다. 인생의 목표를 돈이 아닌 행복으로 삼는다면 우리는 누구든 행복해질 수 있다. 물론 돈이 중요하지 않다는 의미는 결코 아니다. 탈무드에도 "돈이 많다고 결코 행복할 수 없다. 그러나 비어 있는 지갑은 더 나쁘다."라는 말이 있는 것처럼, 금전적 어려움은 많은 제약을 가져온다. 나라고 뾰족한 수가 있는 것은 아니었다. 1994년 초반까지 나는 깨진 독에 물을 채우는 것처럼 아내에게 매번 영농비를 부탁해야 했다. 민망한 일이었다. 아내는 옛날 우리 어머니들처럼 순한 성격으로, 내가 하는 일에 일체 간섭하지 않았다. 하지만 육백마지기에 관해서는 처음부터 몇 번이나 나를 만류했다. 내가 육백마지기에서 '신선놀음'을 하고 있는 동안에도 제천 농장 비닐하우스와 노지 농사는 고스란히 아내 몫이었다. 그러면서도 내가 무리해서 건강을 해치지 않을까 하는 걱정 말고는 다른 말이 없던 사람이었다. 그동안 나와 살면서 '안 되면 될 때까지' 밀어붙이며 포기하는 법이 없는 사람이라는 것을 이미 알고 있었다.

그때는 제천 인근 지역에서 가장 규모가 큰 3,000여 평의 연동 비닐하우스에서 매우 안정적인 영농 소득을 올리고 있었다. 그러니 해오던 대로 아내에게 손을 벌렸다. 그런데 그

무던한 아내가 입을 열었다. "뒤통수 부끄러워서 어떻게 은행엘 가요. 당신이 가요."

"그게 무슨 소리야?" 나는 반사적으로 되물었지만 아차 싶었다. 아내에게 자초지종을 듣고서야 사태가 생각보다 심각하다는 것을 깨달았다.

농사를 시작한 이래 수십 년 동안 고추, 표고버섯 재배 등으로 다른 농가와 비교가 안 될 '대박 농부'로 안정된 영농 소득을 올리고 있었다. 그러니 예금액이 꽤 많았고 은행에서 우리 부부는 우수 고객이었다. 그런데 청옥산 육백마지기 농사로 몇 년 사이에 예금 인출을 거듭하다 보니 마침내 잔고가 바닥나고 있었던 것이다. 우수 고객 명단에서 제외되어 은행 명절 선물도 끊겼고, 아내는 은행 직원들이 우리를 어떤 눈으로 볼까 하는 자격지심에 괴로워하고 있었던 것이다. 내가 육백마지기에서 격랑의 시간을 보내는 동안 아내는 제천에서 또 다른 어려움을 겪고 있었다.

냉정하게 생각하면 아내 말대로 육백마지기는 우리 가정의 평지풍파였다. 막내딸로 태어나 7남매 가장에게 시집와 사는 동안 시집살이도, 농사일도 투정 한 번 없이 해내던 아내인데, 청옥산 농사만큼은 한사코 말렸다. 하지만 유기농업에 대한 나의 확고한 믿음을 이해하고 아내는 든든한 후원자가 되어주었다. 걸핏하면 망해도 신난다는 남편을 철부지로 치부하지 않고 지지해주던 믿음도, 가정경제가 불안해지니 흔들리는 게 당연했다. 그럼에도 아내는 통장에 남아 있던 종잣돈을 찾아다주었다. 이때 아내가 끝까지 말렸더라면 어떻게 되었을까 생각하면 만감이 교차한다.

1995년, 육백마지기 도전 5년차가 되었다. 사람들은 발목까지 빠지는 폭신한 흙을 한 줌 쥐어보며 시멘트처럼 굳었던 땅이 카스테라처럼 부드러워졌다고 감탄했다.

"세상에 이런 흙도 있네요!"

"이 회장님, 이 흙 퍼먹고 싶지 않으셨어요?"

정말 사람들 마음이 통하는지, 나도 가끔 흙을 먹고 싶다는 생각을 해본 적이 있는데 흙에 미친 사람이라는 소리를 들을까봐 차마 그 말을 못했다.

육백마지기 농토는 작은 효도에도 눈물겨워하는 어머니처럼 나의 정성을 큰 베풂으로 돌려주었다. 첫해에 1미터 정도 들쭉날쭉 자라던 호밀은 4년여의 지력 증진 끝에 2미터 이상으로 자라났다. 바다 같은 농토는 거대한 호밀 숲이 되어 75마력 트랙터가 파묻혀 보이지 않을 정도가 되었다. 지평선을 이룬 호밀 숲이 바람에 은빛으로 출렁이는 모습을 보면, 누구라도 감동하여 넋을 잃을 정도였다.

땅은 잘 되어도 안 되어도 사람을 속인다는 말이 실감났다. 육백마지기에서 홀홀단신 겉으로는 태연한 척하면서도 나날을 암중모색하는 심정으로 지낸 게 솔직한 고백이다. '나는 결코 패배하지 않았다. 단지 세월을 이겨내고 있을 뿐이다.' 다짐하면서 살았다. 그러나 그때나 지금이나 나는 '가난하다'는 생각만은 해본 적이 없다. 일에 묻혀 하루 1,500원 남짓한 막걸리 한 병이면 눈앞에 보이는 천하의 자연이 나를 위해 존재하는 축복 속에서 사는데 더 이상 무슨 욕심이 필요했겠는가.

나는 일생을 모래성 쌓는 아이처럼 재미있게 농사일에 빠져 지내왔다. 고된 하루 일과가 달콤한 수면을 보상하듯이, 누구라도 돈에 집착하지 않고 재미있고 신나게 일을 하다 보면 돈이 자연스럽게 따라온다고 하는 편이 맞다.

당신 팔자 고쳤네

1995년 여름 끝자락이었다. 전해 배추 값이 그런대로 좋았기 때문에 올해는 과잉 생산으로 또 폭락하지 않을까 걱정을 하고 있었다. 어둑해진 저녁 무렵 유일한 소통 수단인 핸드폰을 잃어버려 여럿이서 한참을 찾아 헤매고 있는데 저만치 풀 속에서 핸드폰 벨이 울렸다. 돌아가신 할아버지를 만난 것보다 반가웠다.

고마운 전화를 걸어준 사람은 평창군수 김용욱 씨였다. 농민대학 강의 때 알게 된 분인데 그는 양채류에 대하여, 나는 포트(pot) 육묘를 이용한 고추 농사에 대하여 강의를 하고 있었다. 고랭지 양채류 재배 분야 원로로, (사)한국유기농업협회 평창군지회장, 평창축협조합장을 하다가 지방자치제가 시작되자 민선 1기 평창군수가 된 분이었다.

"이 회장, 육백마지기에 배추 좀 남아 있나?"

"있어요. 여긴 추워서 평지보다 보름 이상 늦게 크니까 열흘 후에나 수확할 수 있을지 모르겠어요. 아직 한 포기도 출하하지 않았어요."

"아이고, 당신 팔자 고쳤네. 복 많은 놈은 역시 달라. 여기 평지는 배추가 다 타 죽어서 한 포기도 없어. 그래, 얼마나 나올 것 같아요?"

"적어도 100차는 넘을걸요."

"그럼 얼추 10억은 넘겠네! 어제 가락시장에서 좋은 배추는 한 차에 1,300만 원이 넘었다고 하더라."

1995년 8월 하순, 지겹도록 뜨거웠던 여름의 배추 파동은 이렇게 시작되었다. 전국에서 열대야가 20일 넘게 지속되던 그해, 평지는 말할 것도 없고 해발 700~800미터 고지대 배추도 고온으로 무름병이 생겨서 전멸하고 사상 최악의 흉작 사태가 발생했다. 가뭄에 늦더위까지 기승을 부린 탓이었다. 배추 한 포기 소매가격이 5,000원이나 했다. 납품 유통업체들은 부족한 배추 물량을 확보하느라 아우성이었다. 값의 고하를 떠나 절대량이 부족한 상황이었다. 하지만 나는 '팔자 고칠 기회'를 잡지 않았다. 나의 배추는 이미 갈 곳이 정해져 있었기 때문이었다.

나는 당시 LG유통에서 채소 수급을 담당하는 모상관이라는 친구와 배추 수급 계약을 맺어놓고 있었다. 그는 연암축산대학에 다닐 때부터 육백마지기 농장에 오면 맨발로 종횡무진 흙밭을 누비고 다니며 일하던 친구였다. 나는 일개 농민 생산자이고 그는 농산물 납품을 좌지우지하는 칼자루를 쥐고 있었지만, 우리는 갑을 관계를 떠나 농산업 동지로 친분을 나누는 사이였다.

그 친구와 나는 1995년 초여름 배추 한 포기에 700원, 차당 3,000포기 기준으로 210만 원 정도에 납품하기로 말을 맞추어놓은 터였다. 이제까지 그래왔던 것처럼 문서로 계약을 하지는 않았다. 나에게는 말이 곧 약속이자 계약이었다. 문서로 백날 계약을 해봤자 가격이 폭등하거나 폭락하면 농산물의 특성상 양쪽 모두 기묘한 구실과 핑계로 계약을 어기기 일쑤였다. 하지만 전국에서 벌어진 배추 물량 확보 전쟁은 나를 그냥 두지 않았다. 기존에 거래하던 사람들이 이미 계약된 줄 뻔히 알면서도 졸라댔다.

"이 회장, 여기까지 왔으니 한 차만이라도 상차해줘요. 1,000만 원을 당장 지불할게."

배추 한 포기 소매가가 5,000~6,000원으로 올랐다. 한 차만 팔아도 600만~700만 원의 마진이 생기니 떼를 쓰듯 집요하게 졸라댔다.

"내가 1,000만 원짜리밖에 안 된단 말이야?"

"그럼 세 차만 줘. 당장 3,000만 원 일시불로 주고 갈게."

내가 '내 양심과 자존심이 1,000만 원밖에 안 되느냐'는 뜻으로 한 말을 그는 돈을 더 많이 달라는 말로 해석하는 웃지 못할 사태까지 벌어졌다.

당시 영월 주천농고 교사로 있던 이동호와 그의 동생 동춘 형제가 농장 일을 돕고 있었다. 우선 같이 고생하고 있는 그들에게 나의 의지를 표명해둘 필요가 있었다. "나는 내 말이 곧 증서라고 여기고 이날까지 그것을 실천해왔다. 210만 원과 1,000만 원은 다섯 배 차이가 나지만 약속은 지켜야 한다. 이게 진정한 농심이다. 돈 때문에 농부의 양심과 자존심을 포기할 수는 없다."

아버지께서는 생전에 "평생 벌 돈 서둘지 마라."고 말씀하셨다. 나는 그 말씀을 잊지 않고 살아왔다. 그저 순리대로 사는 게 최고의 행복이라는 것이 나의 생각이고 지금까지 변함없다.

작황은 생각보다 더 좋아서 얼추 150차 이상이 나올 것 같았다. LG유통 모상관으로부터 전화가 왔다.

"전국에 배추가 절단 나 난리인데 육백마지기 배추는 괜찮아요?"

"매우 안녕하시다. 호밀 정기 때문인지 여기는 한 포기도 망가진 게 없네. 오히려 작년보다 작황이 더 좋은 것 같아."

"고생 끝에 하늘이 돕네요. 언제쯤 출하가 가능해요?"

"일주일 안에 시작해야 할 것 같은데."

"괜찮으시겠어요?"

"뭐가?"

"솔직히 말해서 현 시세대로라면 대여섯 차를 납품해야 한 차 값밖에 안 되잖아요. 회장님이 너무 손해 보시는 것 같아서요."

"그러니 더 약속을 지켜야지. 안 그러면 자네하고 약속을 왜 했겠나? 육백마지기 배추 보급 전선에 전혀 이상 없다!"

이런저런 핑계나 흥정 없이 흔쾌히 172차를 정상 납품하였다. 이런 사례는 오늘날까지 딱 한 번밖에 없었다고 그는 회고한다. 당시는 매매 계약이 잘 지켜지지 않을 때였다. 농협고랭지사업소에서 실시한 조사에 따르면 위약률이 거의

85~90퍼센트에 달했다. 고온 탓에 폐농한 농가가 부지기수인 데다가 일부는 위약금을 물고라도 값을 비싸게 쳐주는 곳에 팔았기 때문이었다.

오죽하면 모상관은 좀 적게 생산된 셈 칠 테니 몇 차라도 좋은 값에 넘기라고까지 했다. 하지만 나는 양심과 자존심을 지키는 게 훨씬 마음이 편했다. 오히려 모상관에게 싸게 가져가는 만큼 소비자들한테도 싸게 공급해달라고 제안했다.

내 제안대로 LG슈퍼에서는 소비자에게 당시 한 포기에 5,000원 하던 배추를 1,500원에 공급했다. 배추를 사려는 줄이 300미터도 넘게 늘어섰다고 했다. 고객을 위해 실천해준 LG유통에게도 고마운 마음이 들었다. 배추 값을 정산할 때 LG유통에서는 '어려운 여건에서도 성실하게 농산품을 공급하여 고객 가치창조 활동에 기여한 공로에 감사한다.'는 내용의 감사패와 함께 대금 일부를 소급 적용하여 총액 4억 7,000여 만 원 정도가 정산되었다. 모상관이 거들었다.

"회장님, 이 감사패가 몇 억 원짜리입니다. 좋은 관계는 매년 지속될 것입니다."

LG유통 모상관과 나는 재화보다 더 소중하고 귀한 신뢰라는 가치를 쌓은 것이다. 널뛰듯 오르내리는 농산물 값에 신경 쓰느라 다들 고민할 때 좋은 농산물의 생산에만 전념할 수 있었던 것도 그 신뢰를 바탕으로 가능했다.

이렇게 배추 출하를 마치고 나는 육백마지기 농사를 돕고 있던 이동호에게 휴가비 2,500만 원을, 그의 동생 동춘에게 청년의 꿈을 펼치도록 3,000만 원을 지원해주었다. 당시 2,000만 원이면 이동호 선생 2년치 연봉에 해당했고, 3,000만 원이면 평창에 아파트 두 채를 살 수 있는 돈이었다고 한다.

주천농고 교사였던 이동호는 내가 그 학교 학생들 대상의 강의를 갔을 때 만났다. 서울대를 나왔지만 일부러 벽촌 오지를 희망해서 학생들을 반듯하게 가르치는, 교사가 천직인 사람이다. 육백마지기 개척 초창기에 동참했던 사람들이 이런저런 이유로 모두 떠나고 나서도 이 선생은 주말은 물론 방학 때면 아예 나와 함께 지냈다. 육백마지기의 태풍 피해가 어느 정도 수습되고 모두들 내려가기를 청하자, 나를 혼자 두고 떠나는 게 안쓰러워 곰처럼 장대한 체격으로 자꾸 뒤돌아보며 눈물 짓던 사람이다.

내가 돈을 건네자 이동호는 당황했다.

"형님, 왜 이러세요. 아니 이건 뭐가 잘못됐는데……."

"원래 망할 때는 혼자 망하고 성할 때는 같이 성하는 거야."

"동그라미 하나를 빼도 내 두 달치 월급보다 많아요."

"안면몰수하고 다른 데 팔았으면 2억 5,000을 줄 수도 있었어. 그런데 내가 그런 짓은 못 해. 10분의 1로 줄어서 미안하다."

"형님, 진짜 횡재는 제가 했네요. 고마워요!"

"고마운 것은 내가 아니라 황무지에서 대견하게 잘 커준 호밀 요정이다."

"맞네요. 호밀 밭에 막걸리 부어놓고 절하고 오겠습니다."

그는 천지만물을 신으로 보고 자연에 동화되어 일상에 감사하며 사는 순진한 자연인이다. 고생한 사람들과 복을 나누어 가질 때 기쁨은 두 배가 되고, 나눌 때의 행복은 행복 중에서도 최고다.

조롱, 감탄, 부러움, 다시 비난

술렁였던 1995년 여름이 지나고 변화무쌍한 육백마지기 농사에 전념하는 동안 세간에서는 나에 대한 이야기가 변화무쌍하게 돌고 있던 모양이었다. 처음 3년여 폐농에 대한 조롱이 감탄과 부러움으로 이어지다가 이제 농사가 잘 되었다는 소문이 돌기 시작하자 비난과 질시로 바뀐 모양새였다. 이즈음 김용욱 평창군수에게서 다시 전화가 걸려 왔다.

"당신을 미워하는 사람들이 많습디다. 하하하!"

"왜요? 내가 지불하는 인건비만 해도 1년에 수천만 원은 될 텐데 강원도에서 노임 안 떼어먹었다고 나쁜 놈이라고 합디까?"

막역한 사이라서 농담으로 응수했다.

"그게 아니라, 당신은 분명히 무슨 노하우가 있는 것 같은데 그걸 혼자만 알고 안 가르쳐준다고들 하던데."

사람들이 줄줄이 실패하고 나간 육백마지기에서 유일하게 버텨낸 것을 넘어 대박이 났다는 소문이 퍼지자 근거 없는 비난이 이어진 것 같았다.

"군수님도 잘 아시잖아요? 제가 육백마지기에 올라오기 전까지 고추 농사 외에는 무, 배추 한 포기도 심어본 적이 없어요. 가을 김장 배추 35포기도 사다가 담갔는데 이제 5년 된 배추 농사에 무슨 노하우가 있겠습니까?"

"그러지 말고 평창군 관내 농업 기술자, 채소작목반장 등 지도자 분들에게 2시간 정도 강의 좀 부탁할게요."

"2시간도 필요 없습니다. 단 1분이면 됩니다. 고랭지 채소 재배에 수십 년 관록이 있는 분들에게 초짜배기 애송이인 제가 무슨 경험이 있다고 강의를 합니까? 어쩌다 천우신조로 잘된 것을 실력인 양 떠들면 개가 웃을 일이잖아요. 작물 수확하고 난 후 휴경기에 호밀을 재배해서 지력 배양만 하면 될 것 같아요. 제가 다른 분들과 달랐던 점은 해마다 거르지 않고 호밀 재배를 했다는 것, 딱 그것뿐입니다."

"그러니까 그 경험을 주제로 지속가능한 고랭지 유기농업에 대해 이야기해달라는 겁니다."

김용욱 군수 또한 유기농에 애착이 많은 터였다. 현 상황에서 실용적인 대안을 가진 입증된 유기농 실천 사례를 통하여 청정 지역인 강원도 평창군의 유기농업을 활성화시키려는 의도였다.

강원도 지역에 고추 재배에 관한 강의는 수도 없이 다녔으나 고랭지 무, 배추에 관해서는 처음이었다. 군청 2층 대강당은 현장 사례를 듣고자 참석한 분들로 발 디딜 틈이 없었다. 폐농하기로 악명 높은 육백마지기에서 5년 동안 버티고 살아남은 행적이 그분들에게도 관심사였나 보다. 나는 고랭지 채소 재배에 많은 경험을 가진 그분들에게 그동안 녹비를 이용한 지력 배양으로 육백마지기 농토가 개선되는 과정을 슬라이드 사진 자료와 함께 생생하게 전달했다. 아울러 육백마지기에서 내가 시행해온 유기농업의 실천과 결과에 대해 진솔하게 이야기하는 시간을 가졌다. 이론이 아니라 몸소 실천한 사례를 중심으로 한 강의가 끝나자 다양하고 희망적인 소감들이 나왔다.

"저렇게 공을 들이는데 안 될 턱이 없지!"

"그동안 고생 숱하게 했겠소."

"앞으론 모두 저렇게 해야 우리 강원도 농업이 살아."

그날의 '녹비 작물을 이용한 지력 배양' 교육 이후, 녹비용 호밀 재배에 관한 교육은 몇 년을 두고 강원도 내에서 농민 교육 강의로 이어졌다. 이후 강원도 일대의 드넓은 채소밭들은 휴경 기간 동안 골프장처럼 푸른 초원으로 변해 갔다. 마치 유럽 어느 시골 마을의 한가롭고 평화로운 목장 풍경으로 착각할 정도였다. 농산업이 생산수단으로서만이 아니라 아름다운 경관을 선사함으로써 사람들이 느끼는 행복감 또한 높아질 것이었다.

이후 농림부 회의에 참석했을 때 농정국장에게 지속가능한 지력 배양을 위해서 녹비용 호밀 종자를 석회 비료 제공 차원에서 농가에 무상 보급해달라고 요청했다. 다행히 농협에서 '푸른 들 가꾸기 사업' 등을 통하여 종자 보급이 무상으로 이루어졌다. 이는 후손들을 위하여 단절 없이 지속되어야 할 유기농업의 기초 사업이 될 것이다.

책상머리 행정이 밭에 나무를 심는다

1996년 초봄의 일이었다. 평창에 살고 있던 이동춘에게서 연락이 왔다. 육백마지기에 2만 7,000여 본의 자작나무와 낙엽송을 심었다는 것이었다. 알아보니 이 땅은 정선 관할 국유지로, 정선국유림관리소에서 나무를 심었다고 했다.

"아니, 밭에다 나무를 왜 심어?"

대답인즉슨, 1960년대 육백마지기 개간 이후 평창 지역은 불하가 되었으나 정선 지역은 지금까지 지목 변경을 하지 않은 그냥 임야 상태라는 것이었다.

농지 형상이 뚜렷하고 개간 당시 500평에서 1,000평 정도 계단식으로 경지 정리까지 되어 30년 가까이 농사를 지어온 곳이 새삼스럽게 산이라니, 행정이 이렇게 허술해도 되는가 싶었다. 나는 동춘과 함께 정선국유림관리소의 상위 기관인 강릉 소재 산림청 동부지청을 찾아가 대관절 어떻게 이런 일이 있을 수 있는지 문의했다.

담당자의 대답은 탁상 행정의 표본이었다. 육백마지기 정선 지역은 현재 지목이 산림으로 되어 있고 경작자인 B씨로부터 경작 포기 각서를 받아 식목을 했으니 법적인 문제가 없다는 것이었다. B라는 사람은 실경작자도 아니고 1991년부터 그곳은 실제로 내가 영농을 실천하고 있는 곳이다. 이는 30여 년 동안 현지답사를 한 번도 하지 않았다는 것을 의미했다. 한 나라의 행정이 구멍가게의 주먹구구식 경영보다도 못 한 것이 할 말을 잃게 만들었다.

어쨌든 기관의 입장은 확고했고 담당 직원은 한 술 더 떠 남의 땅을 경작하려면 최소한 법원 등기 열람을 했어야 하지 않냐며 오히려 점잖게 충고까지 했다. 요즘은 하도 각박하여 그럴 수도 있는지 모르겠으나 땅을 얻어 소작하려는 사람이 토지 소유자를 확인하기 위해 등기 열람까지 하는 경우는 거의 없었다.

행정기관의 입장을 바꿀 수는 없었다. 다만 우리가 실경작자라는 것을 1991년 KBS1 TV에서 방영된 1시간짜리 다큐멘터리와 육백마지기 농장의 그간의 영농 자료, 그리고 지난해 파종한 호밀의 생육으로 한 달 안에 명확하게 보여줄 것임을 밝혔다. 그리고 1960년대 개간을 한 농지라는 것을 밝히는 당시 문서를 증빙서류로 제출하겠다고 마무리를 했다.

육백마지기에 식목이 이루어진 것은 4월경이었는데 그해 6월 2미터 높이의 녹색 숲 그늘 아래에 식목된 작은 나무들은 일조 부족으로 고사하거나 생육이 거의 정지된 상태였다.

뚜렷한 농경지 형상에 1991년 농사 시작부터 기록용으로 촬영한 호밀 재배 정황 자료와 하루도 빼놓지 않고 기록한 영농 일지를 첨부하여 우리가 추구했던 유기농업과 우리가 처한 실정에 대한 내용을 바탕으로 대통령비서실, 산림청,

농림수산부에 민원을 제기했다. 육백마지기에서 이루고자 하는 유기농업에 대한 의지와 그 가치를 처음부터 잘 알고 있는 농림수산부 노경상 사무관과 김용욱 평창군수의 주선으로 국토보존기록소에서 보관 중인 개간 기록 근거를 제시하여 밭으로의 전환은 무난하게 이루어졌다.

훈장? 사양합니다

이때 도움을 준 노경상 농림수산부 사무관과의 인연은 1986년, 내가 서른여섯 살이었을 때 시작되었다.

"꿈에 받아도 좋다는 훈장이 왜 싫습니까? 대관절 이유가 뭡니까?"

훈장을 마다하는 나를 야속한 듯 질책하는 노경상 사무관의 첫 마디였다.

"내가 이 나이까지 조국과 민족에 충성한 바가 없고 훈장을 받고 그에 대한 의무를 지킬 자신도 없으려니와 평생 명예라는 멍에에 매여 살고 싶지 않습니다."

나는 꿈만 꾸어도 좋다는 훈장을 생시에도 받지 않겠다는 말만 늘어놓았다.

당시 나는, 나도 모르는 사이에 전국 농어민 후계자를 대표하여 새마을훈장 1순위로 선정되었으니 농림부로 오라는 전갈이 받았다. 나는 훈장 받을 자격이 없는 사람이라고 사양하는 입장을 밝히고 곧장 제천 집으로 돌아왔다. 어느 날 고추 재배에 관한 강의를 하고 있었는데, 농림부에서 급한 호출이 왔다며 제천농촌지도소에서 근무하는 박찬일 선배가 다급하게 나를 불렀다. 나는 다시 한 번 훈장을 고사하는 연유를 설명하고 내 의지를 분명하게 밝혔다.

"자네의 자유분방한 성격은 이해를 하겠는데 자네 입장과 고집 때문에 여러 사람이 난처해질 수도 있으니 두루 생각을 해야지. 나한테 속내를 털어놓아보게."

나는 선배의 점잖은 충고에 진심을 털어놓았다. 내가 훈장을 사양하는 이유는 첫째, 느닷없는 영예의 굴레로 평생 자유롭지 않을 멍에를 지게 될까봐서였다. 그리고 무엇보다 이번 훈장 최종 선정자는 대구 실내체육관에서 대통령이 참석한 가운데 수훈에 이어 후계자 대표로 성공사례를 발표하게 되어 있었는데 그 내용이 꼭두각시놀음이 될 것이 뻔했기 때문이었다.

지독히도 가난한 농가에서 태어난 처지, 진학은 고사하고 동생들을 보살펴야 하는 절박한 상황에서 당시 정부에서 300만 원 융자를 해준 후계자 자금으로 크게 성공했다는 식의 미리 짜여진 각본대로 발표를 해야 할 게 뻔했다.

발표 당사자로서는 갸륵한 행적이 될 수도 있지만 결과적으로는 밑바닥에 부모가 무능하다는 전제를 깔게 되는 것이다. 나의 부친은 아버지라 부르기 이전에 세상에서 가장 존경하는, 스승이라 불러도 부족하지 않을 분이셨다. 내가 국가 훈장의 영광을 탐하여 우리 7남매를 위하여 고생하시다 환갑도 못 되어 돌아가신 아버지를 무능한 사람으로 만들고 세상 사람들 앞에서 폄하하여 발표한다는 것은 상상하기도 싫은 일이었다. 부모를 무능력자로 만들면서 명예를 차지한다는 것 자체가 불효인 것이다.

나는 내가 훈장을 받을 수 없는 이유를 노경상 사무관에게 재차 이야기했다.

"이해극 씨 말이 맞아. 나도 앵무새처럼 가공된 각본을 읊조리는 건 싫어하는 사람이야. 그러니까 청중들로부터 외면당하는 거지. 자네 이야기를 들으니 내 의문이 이제 풀렸네."

노경상 사무관은 '사나이 가슴에 불을 당긴다'는 30도짜리 풍원골드소주 한 박스를 사 들고 왔다.

"나는 얼굴도 모르는 자네가 훈장을 팽개치고 갔다는 말만 듣고 당돌한 사람이라고 생각했는데 그런 속내가 있었다니 뜻밖이네. 듣고 보니 아주 멋있는 사람이군. 이제부터 나를 형님이라 부르게."

노경상 사무관과 나는 함께 소주잔을 기울였다.

이렇게 해서 나는 훈장을 받되 형식적인 절차는 없애고 지난번에 발표한 수기 내용을 다시 정리하여 진솔하게 발표하기로 했다. 그것만으로도 과학영농의 비전을 체험적으로 충분히 입증할 수 있고 아울러 듣는 사람 모두 할 수 있다는 자신감과 희망을 가질 것이라는 노경상 사무관의 설득을 수용하기로 한 것이다.

이런 사연으로 노경상 사무관과 인연을 맺은 지 10년 만에, 육백마지기의 황당한 식목 사건이 일어난 것이다. 나는 자문을 얻기 위하여 농림부의 노경상 씨를 다시 찾아갔다.

"훈장도 마다하던 사람이 부탁할 때가 다 있나?"

나는 육백마지기 농장이 처한 상황을 자세히 설명했다.

"1962년에 개간한 농지가 분명하고 6년차 영농 사실이 뚜렷한 데다 현재도 농지 전체에 호밀이 자라고 있다니, 국유림관리소에 소명할 당시 개간 문서를 구비하여 현황이 증명되면 해결될 수 있다는 거군."

노경상 씨의 판단처럼 모든 문제는 개간 확인 서류 제출로 무난히 해결되었다. 그리고 2019년 현재까지 육백마지기에서는 생태농업으로 국내 최상의 품질을 인정받는 건강한 농산물을 중단 없이 생산하고 있다.

이제 육백마지기 농장은 유기협업농장으로, 1994년에 대

한주부클럽연합회의 유기농장 전국 1호로 선정된 이후 한
국농수산대학 현장연수 농장으로 활용되고 있으며 전국에
서 체험과 단체견학, 귀농·귀촌 방문자들이 한 해에 줄잡아
1,000여 명 이상 방문하고 있는 생태농업 친환경 모델 농장
으로 스물아홉 해째를 맞고 있다.

나는 관행농가들이 육백마지기 농장에서 확인된 성과를
통하여 안전한 먹거리 생산을 위한 유기농업에 도전하기를
제안한다. 영농 경험이 풍부한 관행농가들은 유기농업은 생
산이 불안정하고 고비용 영농이라 쉽게 접근할 수 없다는
선입견을 가지고 있다. 하지만 나의 경험적 지론은 환경 친
화적 재배 방식, 즉 녹비 재배와 잡초농업으로 접근하면 오
히려 저비용의 절약형 농업이 된다는 것이다. 육백마지기
라는 관행농업 종말의 현장에서 유기농업이라는 새로운 생
산 방식이 자리 잡기까지의 과정이 바로 그 산 증거가 될 것
이다.

지금까지 수많은 사람들이 육백마지기 농사에 도전하였
지만 나를 제외한 단 한 사람도 3년 이상 버티지 못하고 철
수했다. 그 결과 현재도 80퍼센트에 달하는 농지가 방치, 휴
경 상태에 있다. 단 하나 남은 대안은 '자연과의 공존 농업'
이라는 것을 나의 30년 육백마지기 농사가 말해주고 있다.
다만 성과가 늦게 나타날 뿐, 유기농업이야말로 지속가능한

농업의 유일하고도 확실한 대안인 것이다.

다행스러운 것은 귀농·귀촌을 준비하는 사람들은 대부분 친환경 유기농업을 지향하고 있다는 사실이다. 육백마지기 농장이 유기농업의 살아 있는 현장으로 이들에게 도전정신과 용기를 줄 수 있을 것이라 믿는다.

청옥산의 또 다른 재미, 농장 관리사 짓기

그동안 육백마지기는 2개의 자그마한 컨테이너를 농장 관리사(管理舍)로 사용하고 있었다. 그런데 1998년에 국립한 국농수산대학의 현장연수 농장으로 지정되면서 8~10개월을 이곳에서 함께 생활해야 하는 연수생들에게 쾌적하고 안전한 숙소를 제공할 필요가 생겼다.

30평 규모의 농장 관리사를 지을 자재를 준비해 야적해 놓고서 1999년 북한 농업 협력 사업과 한가지골 친환경 마을 조성 사업이 겹쳐 시작을 못 하고 있다가 3년이 지나서야 관리사 짓는 일을 시작할 수 있었다.

관리사 건축 인부는 나와, 지붕의 기둥을 세우고 들보와 A트러스를 들어 올릴 로우더가 장착된 트랙터, 그리고 가끔 부축을 부탁드려야 할 이웃집 장영득 씨가 전부였다. 그해 여름은 무씨를 뿌리고, 상추와 셀러리 모종이 크는 동안 틈 틈이 시간을 내 고적한 청옥산에 관리사 짓는 일로 즐거운 시간을 보낼 작정이었다.

혼자 어떻게 집을 짓느냐고 물을 것이다. 내 맘에 내켜 내 가 원하는 집을 지으려면 일단 타인의 간섭을 배제하는 것 이 좋다. 건축가에게 건축을 맡겨놓고 완공 후에 만족하는 사람은 많지 않을 것이다. 하얀 도화지에 그림을 그리듯 제 흥에 겨워 세상에 단 하나뿐인 건축을 하는 것이다. 내 수 고로 혼자 할 수 있는, 처음이며 마지막일 건축의 재미를 이 번 기회가 아니면 언제 또 맛볼 수 있겠는가.

"무슨 군사 벙커를 짓는 거유? 아니면 예술 창작품을 만 드는 거유?"

농장 관리사의 기초 철근 골조가 거미줄처럼 빼곡히 얽히 고, 기둥 사이와 지붕 A트러스에 대각으로 보강을 위한 철 공 용접을 하고 있었다. 그때 현장에 들렀던 장영득 씨가 일 반적인 집 구조와 달리 철옹성처럼 구축되는 관리사의 얼개 를 둘러보며 물었다.

"이렇게 견고해도 태풍 피해를 장담할 수 없을 것 같아 서요."

"하긴, 맞아. 아름드리 낙엽송들이 바람에 넘어가는 그런 폭풍을 만나면 허술하게 지은 집은 고무풍선이나 다름없지."

사정을 모르는 사람이 보면 미련하다 할지 모르지만, 1991년에 강풍의 악몽을 함께 겪은 장영득 씨는 전적으로 동의했다.

내가 이렇게 견고한 건축을 고집하는 까닭은 향후 한국 농업을 짊어질 젊은 학생들이 이곳에서 머물러야 하기 때문이었다. 육백마지기 연수 중에 행여 강풍에 성냥갑처럼 집이 날아가버리는 상상만으로도 아찔했다. 이 바람을 한 번이라도 겪어본 사람이라면 나의 이 투박한 건축이 결코 우둔하다고 말하지는 않을 것이다. 이렇게 농장 관리사는 어느 방향에서 강풍이 불어온다 해도 끄떡없도록 설계 건축되었다.

허허벌판, 농약과 화학비료로 인하여 풀 한 포기 자라지 못하고 정적만 감돌던 청옥산 육백마지기는 이제 봄이 되면 청개구리의 우렁찬 합창 소리로 가득하다. 고막이 찢어지면 어떠랴. 이것이야말로 자연이 정상적으로 작동하고 있는 소리인 것이다.

이제는 육백마지기가 사람들의 마음을 회복시키는 곳이 되었으면 좋겠다. 이곳에서 자연과 사람이 하나라는 것을 발견하고 도시 생활로 고단해진 몸과 마음을 누일 수 있는 품이 되었으면 좋겠다. 그래서 내가 살아 있는 동안 1,200 고지에 아담한 유기농 생태연수원을 세우고 싶다는 욕심을 갖게 되었다.

　이곳 육백마지기는 안전한 먹거리 생산으로 한국의 농산물이 세계 어느 나라의 농산물보다 안전하다는 것을 실증하는 곳으로 자리매김 될 것이다. 그리고 일반인은 물론 유기농업을 지향하는 북한 동포들에게도 문을 열어, 농업 연수의 길을 닦아주는 곳이 되길 바란다.

농가의 살길은 농산물 가격 안정

　2018년의 농업 기상 여건은 40년 넘게 농사를 짓는 동안 한 번도 겪어보지 않은 힘든 상황이었다. 언론에서도 111년 만에 겪는 초유의 가뭄과 폭염이라는 보도가 연일 이어졌다. 폭염으로 가축이 900만 마리 이상 폐사했고 농경지 2만 5,000헥타르(ha)에 이르는 농지가 피해를 입었다.

　이러한 피해는 육백마지기에도 영향을 주었다. 40도를 오르내리는 폭염과 봄부터 계속된 가뭄으로 한 뼘 깊이 흙속까지 메말라 사막과 같았다. 먼지만 폴폴 날리는 흙속에 씨앗을 뿌려야 하는 농부는 자신의 목부터 타들어간다. 어느 한 해라도 하늘이 돕지 않는다면 농부들의 심신은 고단하고 힘들 수밖에 없는 것이다.

그러나 해발 1,200미터 정상에 있는 육백마지기 농장은 13년 전부터 순차적으로 한발에 대비한 500여 톤의 농업용수를 저장할 수 있는 저수장을 건설하여 유례 없는 극심한 가뭄에도 무사히 넘어갈 수 있었다. 그리하여 23년 전 배추 파동 때와 마찬가지로 오히려 풍년이 되어 고랭지 무 420톤, 토마토 50톤, 샐러리 10톤, 양상추 10톤의 농산물을 생산했다.

혹독한 가뭄으로 작물들이 모두 타 죽는 시기에 육백마지기를 방문한 유기농업협회 회원들은 녹색의 평원을 눈으로 보면서도 믿기지 않는다는 표정이었다.

"야, 대단하다. 여기는 완전 딴 세상이구먼. 이러니 육백마지기를 천국이라고 하는 건가? 이 회장을 농업의 달인이라 부르는데 여기 와서 보니 틀린 말이 아니로군!"

"텔레비전에서 보니 계룡산에서 7년 수도한 사람이 자칭 도사라고 하던데, 그에 비하면 청옥산 입산한 지 30년이 되었으니 득도할 때가 되긴 했지."

"아니야, 이 사람이 어떻게 해도 안 망하는 걸 보면 아부지 묘를 잘 모셨나 봐. 조상이 돌보지 않고서야 귀신이면 모를까 사람이 지었다고 어떻게 믿겠어."

악조건을 잘 견디고 자라준 풍년의 들녘을 바라보는 순간만큼은 농부라면 누구나 마음이 푸근해진다. 1970년대부터 지구온난화로 고랭지 채소 지역이 점점 줄어들 것이라 예측되었지만, 30년 동안 수없이 많은 시행착오를 거치면서 이제는 육백마지기 농사가 어느 정도 안정을 찾아가고 있다.

2018년, 육백마지기 농장의 무가 출하되는 8~9월은 장기간의 폭염과 가뭄으로 무의 절대 수량이 부족하여 가격이 천정부지로 오를 때였다. 가락시장 경매낙찰가는 3,500원, 일반 마트의 소비자가격은 무려 6,500원을 웃돌았다. 나는 20여 년이 넘도록 줄곧 거래해온 감곡농산과 산세로영농법인, 아이쿱과 흙살림 등 대여섯 곳의 친환경 농산물 유통회사에 출하하고 있는데, 당시 공급 조정가는 지난해와 동일하게 1킬로그램에 일반용은 1,300~1,500원, 공공 급식용은 1,500~1,800원이었다. 사람들 대부분은 시중에 무가 없어 난리인데 이렇게 낮은 가격으로 출하하는 것을 의아해했다. 그러나 이유는 명확하다. 바로 장기적인 소득의 안정화다.

일선 농가를 힘들게 하는 것은 농사짓는 일이 아니라 농산물 가격의 폭락과 폭등이다. 농산물은 5퍼센트만 생산량이 늘거나 줄어도 가격에 큰 변동이 온다. 가격이 폭등하면 농가가 큰돈을 벌 것 같지만 소비가 둔화되어 결국 소득으로 이어지지 않는다. 그러니 대개의 농가는 폭락과 폭등 없이 생산비에 안정적인 이윤 정도를 벌 수 있기를 바란다.

친환경 농산물의 유통은 단계를 줄여 그나마 최선의 물류 시스템을 갖고 있다. 경매시장의 불특정한 도매상과 가장 큰 차이점은 생산 농가와 유통회사가 인간관계를 기반으로 맺어져 있다는 것이다. 양측은 이기적 갈등을 초월하여 공존공영의 관계를 유지하는 것이다. 유통회사에서는 건강한 고랭지 농산물을 생산하는 육백마지기라는 좋은 농장을 가졌고, 우리 농장은 전국에 좋은 판매처를 가졌다. 양측은 서로 보완적인 역할분담을 하는 공동체인 것이다.

또 하나, 육백마지기 농장이 안정적 생산과 적정한 가격을 유지할 수 있는 확실한 이유는 자연과 공존하는 농법과 기계화로 생산 비용을 최소화하는 절약형 농사를 짓는다는 것이다. 돌이 무수히 많은 강원도의 밭에서 농사를 지은 첫 해부터 지금까지 30년 동안 틈만 나면 돌을 주웠다. 그렇게 주워낸 돌이 아마 몇 백 톤은 족히 될 것이다. 인근 지역에서 돌이 없는 밭은 아마 육백마지기 농장이 유일할 것이다. 아무리 오랜 시간이 걸려도 끝은 있는 법이다. 이런 단 한 번의 수고로움은 돌 때문에 농기계가 부러지거나 농사일에 성가신 말썽을 일으키는 일을 없앴다. 이제 육백마지기 농장은 어머니 품과 같은 부드러운 흙으로 덮여 있다.

잡초에게 공을 돌린다

내가 육백마지기에 처음 올라갔을 때 그곳은 풀 한 포기 자라지 않는 척박한 곳이었다. 그동안 농약과 화학 제초제의 마법으로 관행농사만을 지어오다 결국 땅도, 작물도, 사람도 살지 못하는 곳이 되어버리고 만 것이다. 땅이 이렇다 보니 장마철만 되면 폭우로 인하여 헛골의 농토가 유실되어 휩쓸려 내려갔다. 녹비 작업 등으로 아무리 땅을 만들어놓아도 흙이 휩쓸려 내려가니 소용이 없었다.

그때 내 눈을 붙잡은 것은 다름 아닌 잡초였다. 특이하게도 무리 지어 자라 봉긋하게 올라온 잡초 군락지는 그 거센 바람 속에서도 사력을 다하듯 흙을 온전하게 붙들고 있었다. 누가 저 위대한 이름 모를 풀들을 쓸모없고 성가신 잡초라고 부르는가.

농부로부터 잡초라는 죄목의 천덕꾸러기로, 박멸해야 할 주적 1호로 지목된 잡초는 육백마지기 영농의 유일한 희망이 될 것이었다. 이제까지 이어져온 농약과 화학비료 위주의 관행농업에서 자연과 공존하는 유기농업이 비빌 언덕은 초세 강하고 끈질긴 잡초의 생명력이었다.

나는 육백마지기에서 잡초와 평화적·한시적 동거를 하기로 결정했다. 작물을 심고 잡초와 함께 자라 25~40센티미터가 될 때까지 방치한다. 그것이 작물의 통풍과 채광에 영향을 주고 양분 쟁탈을 하는 시점에 비로소 예초 작업을 하는 것이다. 그러면 예초 후 남은 그루터기와 잡초의 뿌리가 헛골 빗물 유속을 줄이는 기능을 하게 된다. 애써 만든 비옥한 토양을 확실하게 붙들어주는 것이다.

지금 육백마지기 농장의 헛골은 비가 아무리 쏟아져 내려도 흙탕물이 아니라 맑은 물만 졸졸 흐른다. 나는 이것을 볼 때마다 잡초의 공적에 고마움을 넘어 경의를 표하지 않을 수 없다. 그러니 잡초는 극찬받아 마땅하다.

'잡초와의 전쟁'이라는 말은 옳지 않다. 특히 유기농업에서는 박멸해야 할 성가신 존재가 아니라 필수 불가결한 고마운 동반자다. 모든 사람이 불가능하다고 만류했던 육백마지기 농사는 이렇게 잡초와의 평화적 공존을 통해서 가능해지기 시작했다. 아니, 잡초가 없었다면 불가능했을지도 모른다.

육백마지기 이랑의 헛골을 터전으로 삼아 살아가는 잡초를 보면 왠지 모르게 나와 통한다는 생각이 든다. 잡초의 삶은 내 삶과 그대로 닮았고, 내 일상 또한 잡초처럼 끈질기고 강인한 생명력으로 존재한다는 동질감 때문일 것이다. 그러니 잡초가 작물의 키를 넘어설 때쯤 예초기를 들이대자면 막걸리 잔을 놓고 예를 갖춤으로써 미안한 마음을 달랜다.

잡초는

춥다 덥다 울지 않는다
배고프다 목마르다 조르지 않는다
못생겼다 가난하다 부끄러워하지 않는다
난초를 꿈꾸지 않는다
벌 나비를 바라지 않는다
태어난 것을 후회하지 않는다
사는 것을 버거워하지 않는다
죽는 것을 두려워하지 않는다
아무도 탓하지 않고
아무것도 바라지 않는다
주어진 것만으로 억척으로 산다
버려진 곳 태어난 곳에서 모질게 버틴다
생명은 누구에게나 소중한 것
살기 위해 먹는 수단은 언제나 신성하다
뜯기고 먹히는 것은 먹이 피라밋의 섭리이고,
뽑히고 밟히고 채이는 것은 존재의 숙명
살아 있다는 것은 은혜이고,
죽는다는 것은 섭리이다
잡초는 결코 죽지 않는다

다만 섭리를 따를 뿐이다

- 김종태, 〈풀꽃〉 연작 중에서

　김종태 시인이 노래한 〈잡초는〉을 통해 농부들의 삶을 보게 된다. 우리네 민초의 삶이 들풀과 별반 다르지 않으니 더욱 동병상련하는 마음을 갖게 되는 것이다.

　지금 육백마지기 3만여 평의 농지는 잡초와 함께 공존공영하며 토마토며 셀러리며 여러 농작물을 건강하게 길러내고 있다. 잡초가 있기에 땅도 살고 작물도 살고 사람도 사는 것이다. 그러니 나는 이 모든 공적을 잡초에게 돌린다.

　우리의 농토가 사막이 되기를 원하지 않는 한, 지구촌 어느 생명체도 대역을 할 수 없는 소중한 잡초의 순기능을 거양하고자 청옥산 육백마지기 농장에 비를 세워 잡초의 공적을 기리고자 한다.

잡초 공적비

태초에
이 땅에 주인으로 태어나
잡초라는 이름으로 짓밟히고 뽑혀져도
그 질긴 생명력으로 생채기 난 흙을 품고 보듬어
생명의 터전을 치유하는
위대함을 기리고자
이 비를 세우다

청옥산 육백마지기 생태농장

2019. 8.

3장

남한 농부에서 통일 농부로

내 나이 50대 지천명의 시간은 내 가슴을 온통 흔들어 놓은 '남북 농업 협력 사업'으로 채워지면서 격랑과 같이 지나갔다. 청옥산 육백마지기에서 무모하게 도전하여 사막과도 같은 땅을 옥토로 일구어낸 것이 40대의 일이라면, 북한에서의 협력 농업은 내 50대를 바친 또 다른 감동의 시간이었다.

10년이면 강산이 변한다는데, 강산이 여섯 번이나 바뀌고 사람도 두어 세대가 바뀌었다. 그러는 동안 남북은 너무도 달라져 있었다. 열강의 틈에서 희생국이 될 수밖에 없었고, 그로 인하여 동족상잔의 비극을 맞이한 후, 남한 농민 최초로 북한과의 먹거리 공동생산 사업에 임하게 된 것이다.

나는 1950년 6.25사변둥이로 태어났다. 어머니 등에 업혀 피난살이를 했던 갓난아이가 이제 반세기를 지나 50이 된 후에야 농부의 신분으로, 통일의 씨앗을 뿌리는 심정으로 북한으로 갔다. 오직 바라는 것은 우리 겨레의 농업 발전이었다. 정성이 갈등이 되고, 갈등은 좌절을 불러오기도 했지만, 그래도 다시 희망의 끈을 붙잡아 작은 결실에도 남북 농민이 하나로 기뻐하는 날들이었다.

'북한 영농 협력 사업'은 서로 적대시하는 남과 북이 만나 협력하고 부대끼면서 결실을 맺어야 하는 아이러니한 생명 협력 사업이었다. 그때 '지도원 동무'라고 부르는 북한 관료도 만났고, 북한의 농업 기술자도 만났다. 그 과정에서 북한의 정치와 경제, 문화를 엿볼 수 있었고, 무엇보다 남과 북 사람들의 생각이 얼마나 다른지도 어렴풋이 알 수 있었다. 남북 협력 농업을 처음 시작한 한반도 동녘 산자락 아래에서 나는 50년 분단이 만든 너무나 큰 이질감을 느껴야 했고, 그 답답함으로 심장이 터질 것 같았다. 하지만 종래에는 반드시 함께 번영해야 할 우리 민족의 미래를 그리면서 통일의 작은 과정들을 지켜볼 수 있었다.

통일이라는 것은 말 그대로 통하여 하나가 되는 것이다. 나는 이 사업을 통하여 우리가 서로 통한다는 것을 몸으로 느낄 수 있었다. 농사라는 것이 단지 필요한 것을 제공하고 수확을 얻을 수 있도록 하는 것이 다가 아니다. 불가피하게 서로 협력을 도모해야 하고 이심전심 한마음으로 임하지 않는다면 제대로 결실을 맺을 수 없는 것이 농업의 특성이다. 그 때문에라도 갈등과 우여곡절을 겪는다 해도 결국에는 남과 북 사람들의 마음이 통할 수 있었다고 믿는다. 우리는 생명산업이라는 공동의 목표를 성공으로 끌고 가기 위하여 서로 믿음을 쌓아가는 과정을 거쳤다. 통일도 마찬가지일 것이다. 작은 목표들을 이루기 위한 시도를 함께 해나가고 이를 통하여 긍정적이고 우호적인 관계를 계속해서 쌓아나간다면 비로소 진정한 의미의 통일을 이룰 것이라고 믿는다.

언젠가 통일이 올 것이다. 하지만 그날이 언제 오든지, 내가 겪었던 갈등과 애증의 과정을 모두가 겪게 될 것은 분명한 사실이다. 먼저 겪은 사람으로서 지난 10년의 북한 농업협력 사업 이야기를 전한다. 이로써 우리가 함께 통일을 준비하는 마음을 키울 수 있기를 바란다.

나를 북한으로 이끈 정근우, 정철수

1998년 초가을, 일신화학 정근우 부장에게서 전화가 왔다. 그는 1980년대 중반부터 시설농업이 혁신적으로 확대 발전되는 때에 나날이 발전하는 농자재 이야기로 만날 때마다 나를 신나고 기분 좋게 만드는 유쾌한 사람이었다.

"이 회장님, 북한 금강산 인근에 1,200평 정도 규모로 비닐하우스 시범사업을 하려는데 회장님이 이 일을 좀 도와주셨으면 합니다."

"야, 이 사람아! 자네 서울농대 동문 중에 날고 기는 사람이 숱하게 있을 텐데……. 게다가 자네라면 온실업계 인맥이 전국적일 텐데 말야."

그는 농자재협회 사무국장 시절 전국의 이름 있는 독농가들과 두루 인맥을 쌓은 데다 일신화학 영업현장 실무를 맡아서 시설농업 분야에서는 전국에 1,000농가 이상, 각 도의 면 단위까지 줄줄 꿰고 있었다.

"그건 단순 농업 기술자 경험만으로는 안 돼요. 시설 골재 선정부터 설계, 시공, 환기 자동화 설비는 물론이고 온실 재배 기술 교육도 겸해야 할 것 같아요. 작물도 상추, 시금치부터 당근, 토마토, 멜론 등 삼사십 가지나 재배해야 하는데, 그런 경험을 가진 사람이 없어요. 시설도 첨단 자동화 하우스로 갈 계획인데 설비뿐 아니라 낙뢰 등 비상사태 발생할 때 응급조치가 가능하신 분은 전국 농민 중에 회장님이 유일하잖아요."

금강산 지역에 첨단 시설농업 단지를 조성하여 생산된 농산물은 금강산 식당과 백화점에 납품하고, 일부는 관광객에게도 판매할 계획이라는 것은 나중에 알게 되었다.

"어허, 이 사람 욕심이 대기층을 탈출하네. 차라리 화성인을 모셔오지 그래."

"93년도인가 '한국 농업계 팔방미인 이해극'이라는 제목으로《농경과 원예》에 실린 기사도 본 적 있어요."

"그건 돌팔이인 내가 좌충우돌 실수투성이로 한 경험을 김주영 기자가 전봇대로 뻥튀기한 거지. 그때 뒤집어쓴 과대 포장지 다 못 벗기고 저승 가게 생겼다. 하하."

"아무튼 남들이 다 실패했던 육백마지기를 개척하듯, 회장님께 '맨땅에 헤딩'을 부탁드리니 협력해주세요. 사실, 정철수 사장님 제안이기도 합니다."

일신화학 정철수 사장은 겸손하고 사려 깊은 사람이다. 언제고 누구에게고 부담을 주지 않으려는 마음 씀씀이가 몸에 밴 사람이다. 세금은 찾아서 내고, 티 나지 않는 궂은 일은 직원보다 앞서 한다. 그에게 직원들은 가족인 것이다. 말 그대로 을 같은 갑이다.

초대 대표이신 임오순 사장은 1980년대에 보잘것없는 박달재 산촌 마을 시골 농부인 나에게까지 명절마다 친필로 덕담과 안부를 물어주신 고마운 분이었다. 일신화학은 1970년대 일본 미카도 회사와의 비닐 제조 기술제휴를 계기로 끊임없이 자체 개발을 하여, 지금은 동양 최대의 비닐 필름 제조회사가 되었다. 내가 늘 닮고 싶어했으며, 우성하이텍을 창업한 동생 해완에게도 이 회사 경영을 닮으라고 늘상 이야기하였다. 그런 정철수 사장이 나에게 금강산 영농 사업을 제안했다면 나로서는 그것이 어떤 일이든지 적극 검토해볼 사안이었다.

"면적이 정확히 얼마라고?"

"1,200평이랍니다."

일단 면적이 크지 않아서 부담스럽지는 않았다. 그렇다고 앞뒤 없이 덥석 결정할 일도 아니었다. 물이 귀해서 빗물을 받아 라면을 삶아 먹던 육백마지기 시절이 생각났다. 더욱이 북한 지역에 시설원예라니, 이건 '맨땅에 헤딩' 수준이 아니었다. 지금껏 운 좋게도 무엇이든 시작하면 이루어온 것을 과신하여 일을 시작했다가 자칫 실패라도 하면 북한 동포들에게 망신이 아닌가.

"일단, 긍정적으로 고민해보자."

내가 그나마 가볍게 대답할 수 있었던 것은 제천 농장 경험이 있기 때문이었다. 제천 농장에서는 1990년대 초부터 이미 자동화된 비닐하우스 10연동, 높이 8미터에 달하는 육묘 하우스 등 3,600여 평의 하우스에서 양상추, 브로콜리 등 10여 개의 작목을 재배하고 있었다. 하우스 시설은 모두 내가 직접 설계하여 눈과 바람에 견디는 방식이었고, 우리가 개발한 자동 개폐기 설비까지 갖추고 있었다. 이러한 시설과 나의 유기농업 방식은 우리나라는 물론 일본에서도 매우 안정된 시스템으로 평가받고 있었기 때문에 생소한 북한 땅에서도 1,200평 정도 규모라면 어렵지 않을 것이라 생각했다.

당시 나는 전국농업기술자협회 농민대학 강사와 이사로 활동하고 있었다. 정근우는 농자재협회 일을 하고 있었는데, 다양한 농업 현장과 농자재는 필수적으로 연관되는 일이 많아서 막역한 농산업 동지 사이가 되었다. 북한 비닐하우스 사업이 정근우에게 맡겨졌을 때 그는 나를 떠올렸고, 정철수 사장의 권유가 있었다니 나는 이 사업을 수락할 수밖에 없는 상황이 되었다.

금강산 남새농장

고성 남새농장(북한에서는 비닐하우스를 남새농장이라 불렀다. '남새'는 채소를 말한다.)은 금강산 관광 사업에서 부차적으로 파생된 영농 사업이었다. 1998년에 금강산 관광 개발 사업이 시작되면서 관광지구 내 북한 인민들의 이주 및 경제적 손실이 불가피했다. 이의 보상책으로 고성군 지역 인민들에게 연중 농업 일감과 소득 기회를 제공한다는 것이 이 사업의 출발점이었다.

여기에는 현대 정주영 회장의 리더십이 숨겨져 있었다. 금강산 관광을 위해서 이제 막 합의서에 사인하고 기반 공사를 시작하던 때였다. 각 그룹 계열사 임원들과 함께 금강산 답사를 한 후에 정 회장은 "금강산 관광과 발맞추어 각자 자기가 맡고 있는 업무 중에서 대북 사업과 관련된 아이디어를 제출하라."는 지시를 내렸다. 이때 나온 아이디어가 하우스 농사다. 북한을 방문하면서 목격한 황량한 농토에 대한 가능성과 이주 농민들에 대한 보상, 그리고 관광 사업 활성화를 위한 산지 식자재를 공급한다는 취지와 함께 비닐 원료를 생산하는 장기적인 대북 사업 등이 어우러져서 하우스 시설농장 사업이 탄생한 것이다.

이 사업의 기획을 맡은 정근우는 1,200평 규모의 시범 사업을 현대 측에 제안했다. 하지만 확정되어 돌아온 결과는 상상 이상이었다. 비닐하우스 규모만 해도 10배로 늘어난 1만 2,000평이 되었고, 여기에 노지 면적 1만 8,000평이 더해져서 총 3만 평의 영농 단지를 조성한다는 것이었다. 비닐하우스 1만 2,000평의 규모는 당시 중부 동해 지역 단일 시설물로는 최대 규모였다.

사업 성격도 영농 자재 제공 위주의 단순 지원이 아니라 남북 농업 협력 과정에서 상호발전적인 기술을 공유하고 향후 농장이 자생력을 가지고 꾸려나갈 수 있도록 계획되었다. 구체적으로는 농산물 전체 납품가액의 40퍼센트는 현대아산이 현금 구매하는 조건으로 100만 달러(당시 12억 원)를 선투자하고, 온실 농장에서 생산한 농산물로 분할상환한다는 계획이었다.

그리고 농장이 정상 가동될 때까지 영농 기술 지원과 추가 투자까지 현대아산이 책임지기로 했다. 그러니까 공익적 농업 지원 사업과 상업적 농업 협력 사업이 결합된 형태인 것이다. 금강산 관광객과 현대아산 직원의 고정 소비처가 있었기 때문에 이 사업이 계획대로 진행되었다면 아마도 5~6년 사이 투자금을 회수하고 고성 농장은 자력으로 독립할 수 있었을 것이다.

1,200평이 1만 2,000평으로

정근우에게서 다시 연락이 왔다.

"회장님, 북한 비닐하우스 건 말인데요, 상황이 좀 바뀌었어요."

"뭐가? 일이 잘 안 돌아가?"

"그게 아니라 규모가 엄청나게 확대되었어요."

"얼마나?"

"하우스 시설 1만 2,000평에 노지 1만 8,000평까지 전체

3만 평이랍니다. 게다가 시설 시공만이 아니라 제대로 운영될 수 있도록 영농 기술 지도 협력까지 해야 하는 사업으로 전환이 되었어요."

"어허……."

순간 머릿속이 복잡해졌다. 단순히 규모 확대만의 문제가 아니다. 처음 계획대로 1,000여 평의 하우스라면 다소 문제가 발생하더라도 즉시 수습이 가능하다. 하지만 1만 2,000평대 규모라면 단순 시행착오도 엄청난 손실을 가져올 수 있다. 일이 커진 것이다.

더욱이 농사일이란 시간과의 싸움이다. 규모가 커진다는 것은 육체적으로만 힘든 게 아니라 때를 제대로 맞추기가 어려워진다는 의미도 있다. 자칫하면 1년 농사를 그르칠 수도 있는 것이다. 아마도 나에게 이번 사업의 결정권이 있었다면 절대로 처음부터 일을 크게 벌이지 않았을 것이다. 거창하게 시작하면 거창하게 망한다는 말이 있다. 작게 시작할수록 훨씬 강한 효과를 낼 수 있다는 게 내 생각이다. 하지만 사업은 이미 결정되었고 나는 그 전에 이 일을 하겠다고 승낙까지 한 상태였다. 다른 방도가 없었다.

이번 사업은 계획 단계부터 시행착오가 없도록 만전에 만전을 기해도 녹록지 않은 상황이었다. 시설만 설치하는 것이 아니라 40여 가지 이상의 작목에 대하여, 접해보지 않은 북한 농업 노동자들에게 영농 지도와 협력까지 해야 하는 것이다. 어느 것 하나라도 허술히 했다가는 일을 추진하는 우리도, 북측도 힘들어질 게 자명했다.

1970년대 은백색 비닐을 씌운 하우스 농사가 등장하자 이는 '백색혁명'이라 불렸다. 자연의 제약과 한계를 인위적으로 극복한 하우스 농법은 우리 식탁 문화까지 변모시켰다. 우선 농산물 수확량이 20~30퍼센트 늘어났다. 더욱이 연중 농작물 재배가 가능하여 우리 식탁에서 계절이 사라지게 되었다. 전 세계가 이 백색혁명의 덕을 톡톡히 보고 있었고 북한도 이번 사업을 통하여 '백색혁명'의 기회를 맞게 될 것이었다.

이 사업의 엄청난 규모에 대한 나의 두려움은 북한 동포에 대한 생각으로 금세 극복되었다. 시설농업이 이루어지면 농한기인 겨울에 온실을 통해 북한에 또 다른 희망이 심어지지 않겠는가 하는 생각이 들기 시작하자, 오히려 이 사업이 반드시 성공해야 한다는 결기가 생겼다.

육백마지기 농장이 나 없이 잘 돌아갈까 하는 걱정과 제천 농장까지 전체를 감당해야 하는 아내에게는 참으로 미안한 일이었다. 하지만 수많은 사람의 반대에도 육백마지기로 올라갔을 때처럼 어느새 내 마음은 북한에서의 농사로 골똘해지기 시작했다. 당시는 공교롭게도 가나안농군학교

김범일 교장이 팔레스타인 현지 농군학교 건립으로 나에게
조력해줄 것을 당부하셨을 때였다. 존경하는 분의 거절할
수 없는 요청이었지만 나는 북한 농업 협력 사업에 우선적
으로 임하게 되었다.

서둘러 준비 팀이 꾸려지는 시점에 또 한 명의 건실한 청
년이 합류했다. 중부온실의 이광호 대리. 지금은 자기 회사
를 차려서 전국적으로 비닐하우스 시공 관련 사업을 하고
있으며, 시설 재해 심사관을 하고 있다. 그는 북한 영농 사
업 초기부터 시공 현장에서 살다시피 온갖 궂은일을 감당
하며 남새온실 시공을 일구어낸 사람이다.

준비 팀은 무인도에 들어가는 심정으로 1만 2,000평의
비닐하우스 사업을 기획하고 추진해나갔다. 우선 각종 자재
와 공구, 작물 재배와 수확까지 사업 전반에 소요되는 자재
목록을 작성했다. 소요 품목은 무려 300여 종류가 넘었다.
20킬로와트 출력의 자가 발전기는 기본, 하다못해 면도칼과
유성매직펜, 가위, 실타래에 이르기까지 현지 사정에 대비
하여 필요 물품을 챙겨야 했다.

사람 일이라는 게 아무리 꼼꼼하게 챙겨도 빈 구석이 생
기게 마련이지만, 우리는 할 수 있는 한 꼼꼼하게 준비를 해
나갔다. 상당 기간 준비가 필요했지만, 정근우와 이광호를
중심으로 실무 팀의 열정적인 노력으로 무리 없이 진행해나

갈 수 있었다. 나는 향후에 현장에서 진척될 모습을 머릿속에 그리면서 작성된 목록을 다시 점검하고 보완하면서 실무 팀과 협력해나갔다.

북한 가는 거, 재고할 수 없냐?

이런저런 준비로 바쁜 시간을 보내고 있을 때 서울에서 이해원 형님이 육백마지기로 찾아오셨다. 국회의원과 보건사회부 장관, 서울시장을 역임하셨고, 우리나라 산업화 시기에 새마을운동을 비롯하여 여러 부문에서 중심 역할을 하셨던 분이다. 수십 년 정부 요직에 있으면서 부정한 일은 한 바 없고, 그래서 내가 은근히 자랑스러워하는 전주이씨 13대손 우리 문중 종손 형님이다.

그런 형님이 심한 당뇨로 힘든 몸을 이끌고 동생인 해권 형과 함께 서울에서 강원도 평창까지, 그리고도 30여 리의 비포장 경사 길을 달려 육백마지기 농장으로 오신 것이다. 마침 배추가 귀한 한여름이었지만 시원하다 못해 차가운 바람을 맞으며 지평선을 가득 채운 배추밭의 장관을 보고 놀라시는 듯했다.

"야, 이 높은 산에 농토가 엄청나구나! 해권이 말대로 그동안 네가 고생은 숱하게 했겠으나 이 들판만 보고 있어도 배부르겠다. 이제 보니 해극이 네가 세상에서 제일 행복한 놈이구나. 너는 '미래소년 코난' 만화영화에 나오는 코난 같아."

같이 동행한 해권 형이 한 수 거들었다.

"야는 길들이지 않은 망아지라 해도 후하게 쳐주는 거죠. 고집불통에 남의 말 안 듣기로는 소문난 애예요. 제수씨가 남편이 아니라 못 말리는 웬수랍니다. 허허허!"

"그런 심지가 있으니 이런 일들을 해내는 거야. 그런데 이 배추는 냉이 맛이 나는구나. 유기농이라 그런가? 옛날에 먹던 냉이 향 나는 그 배추 맛이네."

해원 형님이 배추를 씹으니 냉이 맛이 난다며 반가워하셨다. 그러고는 대뜸 북한 이야기를 꺼내셨다.

"야, 너 북한 가는 거 재고할 수 없냐? 너 거기 가면 안 되는데……."

"왜요?"

"네가 가서 말 한마디라도 실수를 하여 그들에게 책을 잡히면, 설령 그것이 오해일지라도 온갖 구실을 붙여서 너를 억류할 수도 있다. 내가 널 말리려고 여기 온 거야."

불현듯, 우리가 처한 분단 현실이 실감났다. '서로 불신하고 벽을 더욱 높게 쌓아온 세월의 장벽이 이런 것이구나' 하는 생각이 스쳤다.

"형님, 농부인 제 머릿속에는 사상이나 이념 같은 건 눈곱만큼도 없습니다. 오직 농부로만 살아왔고, 남북이 생명 산업인 농업 분야에서 협력한다면 신뢰를 회복해갈 수 있겠다는 믿음에서 내린 결정입니다."

나는 독립투사 같은 심정으로 덧붙였다.

"일제강점기 우리 선조들은 전 재산을 내놓고 만주까지 쫓겨가면서도 조국 독립을 위해 목숨까지 바쳤는데, 우리는 어떻습니까? 지금 이 분단 시대에 적어도 먹고사는 일만은 어떻게 해서라도 지원해야 한다는 게 제 생각입니다. 서로 적대시하면서 천년만년 살 수는 없는 노릇 아닙니까? 언젠가 통일이 된다면 누구라도 첫 실행의 노고를 감수해야 한다고 생각합니다."

해원 형님은 천방지축 일에 미쳐 열정만으로 덤벼드는 철부지 동생을 아끼는 마음에서 하신 말씀이었다. 산을 내려가면서 형님이 당부하셨다.

"하긴, 누군가 해야 할 일인 것은 분명하지. 그렇게 확고한 네 뜻은 알겠다. 기왕 참여하기로 했으면 명확하게 신변안전 각서 같은 안전장치는 마련해야 한다. 그리고 또 한 가지,"

해원 형님은 내가 북한 협력 사업을 하는 동안 두고두고 떠올렸던 한 말씀을 덧붙이셨다.

"북측 사람들은 자존심이 무척 강하다. 교만한 모습을 보이거나 그들이 마음 상할 짓은 절대 하지 말아라. 진솔하게 그들의 인격을 존중하고 배려해야 한다. 상대가 예민할수록 대수롭지 않게 던진 한마디 때문에 상처도 받고 오해도 따르게 마련이다."

나중에 안 일이지만 북한 사업 절차 안에는 신변안전 각서를 받는 것이 포함되어 있었다. 그리고 여러 가지 우여곡절을 겪으면서 금강산 영농 사업 시작의 날짜가 어느덧 다가왔다.

애증의 첫 방북

1999년 10월 15일, 본격적인 온실 사업 실행을 위한 1차 방북 길에 올랐다. 그해 4월 23일에 북측과 협의를 위하여 방문한 적이 있었지만 본격적인 사업 진행을 위한 방북은 그때가 처음이었다. 먼저 정근우, 이광호와 동행하여 동해항으로 가서 북한행 크루즈 '금강호'에 탔다. 당시는 금강산 관광 초기였는데 금강산에 관광시설이 아직 갖추어지지 않아서 숙박을 배에서 해결하는 크루즈 관광 방식으로 금강산 관광이 진행되고 있을 때였다.

배는 오후에 출발하여 서행하면서 배 위에서 하룻밤을 보내고, 다음 날 아침 장전항으로 들어갔다. 2003년에 금강산 육로 관광이 시작될 때까지는 이렇게 1시간 이내의 거리를 1박 2일이 걸려서야 갈 수 있었다. 불과 몇 킬로미터밖에 안 되는 거리의 금강산이 아득하게 먼 나라나 다름없었다. 지구촌에서 가장 가깝고도 먼 곳이었다.

배가 장전항에 도착했다. 해군 생활을 했던 경험을 미루어볼 때, 호수 같은 지형의 장전항은 동해안 최고의 천연 요새임에 틀림없었다. 그런데 아직 입항 부두가 여의치 않아서 금강호에서 다시 바지선으로 갈아타고 접안 부두로 이동했다. 육지에 가까워지면서 북쪽으로 웅장한 돌산이 보였다. 해안으로는 군데군데 흩어진 해변 촌락이 보이고, 우측으로는 암회색의 북한 해군 군함 몇 척이 정박해 있었다. 검색을 마치고 건물을 빠져나가자 광장 맞은편에 "동포를 열렬히 환영한다!"라고 쓴 대형 간판이 우뚝 서 있었고, 스피커에서는 앳되고 낭랑한 목소리를 가진 여성의 노래가 흘러나왔다.

동포 여러분 형제 여러분
이렇게 만나니 반갑습니다
얼싸 안고 좋아, 웃음이요

절싸 안고 좋아, 눈물이네
어허허 닐리리야

동포 여러분 형제 여러분
정다운 그 손목 잡아봅시다
조국 위한 마음 뜨거우니
통일 잔칫날도 멀지 않네
애국의 더운 피 합쳐갑시다
해와 별이 좋아 행복이요
내 조국이 좋아 기쁨일세
반갑습니다 반갑습니다
반갑습니다!

누가 작사, 작곡을 했는지는 모르겠으나 통일을 염원하는 소박한 가사와 흥겨운 노랫가락에 노인 몇 분은 감정을 주체하지 못하고 꿈속을 헤매듯 덩실덩실 춤을 추기 시작했다. 북쪽이 고향인 듯 보이는 노인들의 춤사위는 참으로 신명나고도 애잔한 모습이었다. 수없이 외국에 나가보았지만 이만큼 가슴이 뭉클하고 야릇했던 적이 없었다.

'정말로 통일이 되면 남북 모두 얼마나 신이 날까. 금강산이 놀랄 정도겠지.' 어느새 내 마음은 기약 없는 한반도 통일과 평화의 미래로 달려가고 있었다.

관광객들은 다시 셔틀버스로 갈아타고, 우리는 별도의 승용차를 타고 온정각으로 향했다. 가는 길에 몇 백 미터 간격으로 검문소가 늘어서 있었다. 조금 전 반갑다며 흘러나오던 노랫소리가 무색하게 검문소 초병의 눈초리가 사뭇 살벌하다. 그 노려보는 눈빛으로 자동차에 구멍이 날 것 같았다. 정적 속에 검문이 끝나면 손에 들고 있던 작고 빨간 깃발을 휘파람 소리가 나도록 세차게 흔들어 통과 수신호를 한다. 그러면 비로소 차가 움직일 수 있었다. 우리가 염원하는 통일은 아무래도 멀리 있다는 생각이 밀려와서 가슴이 답답하고 슬퍼졌다. 세상 어느 나라와도 이만큼의 적대 관계를 갖고 있지는 않은데, 남북 어느 쪽도 원하지 않는 민족의 불행이다. 머릿속이 혼란스럽기만 했다.

출입국 절차를 마치고 북한 땅에 발을 디뎠지만 현장에 바로 가볼 수는 없었다. 북측과 일정 합의가 이루어지지 않고서는 아무것도 진행할 수 없는 것이다. 오후 5시가 넘어서야 북측과 남측의 협의가 이루어졌다. 통관 절차와 하역 등 다음 날부터 진행될 현장 작업 인원을 파악하고, 작업 진행을 위한 준비 사항을 확인했다.

우리 숙소는 관광지구 한쪽의 '생활 단지'라는 컨테이너 집합 건물 중에 있었다. 당시 금강산 관광지구 개발과 부두

공사 등이 한창이었는데, 현대아산의 직원과 중국인 노동자들의 숙소에서 조금 떨어진 곳에 우리 숙소가 있었다. 숙소로 가서 창문을 여니 바로 코앞에 철모를 쓰고 총을 짊어진 북한 병사가 보였다. 아, 이곳은 북한이구나 하는 실감이 났다.

아버지는 돕고 아들은 감시하는 서글픈 현실

다음 날 현대아산에서 준비한 도시락을 들고 마이크로버스에 올랐다. 현대아산 전영욱 과장과 우리, 그리고 북측 신변안전보호 요원 두 사람이 동승했다. 이들은 우리의 신변보호와 감시 두 가지 임무를 동시에 가진 사람들로, 우리가 관광지구를 벗어난 곳으로 이동할 때는 그림자처럼 동행했다. 차량이 온정리 관광지구를 벗어나 동북쪽으로 방향을 틀자 또 다른 검문소가 나타났다. 영농 단지까지 가는 동안 여러 개의 검문소를 지났고, 지날 때마다 내려서 행선지와 탑승 인원을 보고해야 했다.

검문소 병사들은 대개 10대 후반이거나 20대 초반의 앳된 청소년이었다. 그런데 그 위세가 사뭇 거칠었다.

"목소리가 그것밖에 안 됩니까?"

기선을 제압하려는 것인지, 구두 보고에 대한 불만을 거친 질책으로 드러냈다. 그러면 다시 목소리를 높여 '우렁차게' 탑승 인원 보고를 해야 했다.

아들뻘 되는 어린 병사에게 '복창 불량, 다시!'를 반복해서 당하면서 순간 자괴감이 들기도 했다. 우리 동포끼리 잘 살아보려고 협력 일을 하러 왔는데 이렇게 상대 눈치를 봐야 하는 것이 도무지 낯설었다.

당시 나의 두 아들은 입대하여 강원도 화천 최전방 고지에서 남으로 침입하는 주적의 거취를 경계하는 임무를 맡고 있다. 아버지는 동포를 위해 북한에 가고, 아들은 그 동포가 남으로 침입하는 것을 감시한다. 이것이 엄연한 현실이다. 대관절 어느 나라를 위해서, 누구를 위해서 이런 일을 하고 있는 것일까 생각하니 심한 회의감이 몰려왔다.

우리 일행은 방향을 북동쪽으로 틀어 관광지구를 벗어났다. 그러자 북한 산천이 한눈에 들어왔다. 길옆으로 민가가 잇따르고, 멀리 왼편으로는 금강산 자락이, 오른편으로는 농지가 펼쳐졌다. 금강산 자락이었지만 민가 가까운 쪽으로는 나무가 많지 않고 기암괴석이 눈에 띄었다.

농사꾼 눈에는 뭐만 보인다고, 제일 먼저 눈에 들어온 것은 남한에서는 흔히 볼 수 있는 갈대숲도 잡초도 없는 자연환경이었다. 남한 하천은 부영양화, 다시 말해 과잉영양으

하우스 시설 1만 2,000평에 노지 1만 8,000평까지 전체 3만 평으로, 시설 시공만이 아니라 영농 기술 지도 협력까지 해야 하는 사업으로 전환된 남북 영농 협력 사업.

로 오염되고 '녹조라테'로 변했다. 게다가 잡초도 비만이다. 그런데 북한의 하천변에는 풀도 그다지 무성하지 않고 색은 연두색을 띠고 있었다. 마치 내 어릴 적 강가처럼 풀은 자연스러운 연초록이었고, 흐르는 물은 수정같이 맑아서 모래알이 또렷하게 보일 정도였다.

이런저런 생각을 하는 틈에 고성읍을 벗어났다. 오른편으로 구획 정리가 잘된 드넓고 평탄한 농지가 펼쳐져 있고, 개울을 사이에 두고 건너편에는 우리가 원예 단지로 조성해야 할 벌판이었다. 현장에는 토목 기술자 주헌영 지도원과 고성군 인민위원회 책임자 리병철이 나와 있었다. 그 후 원산 농업대를 나온 농업 기술자 리상민 지도원도 합류했는데 이들은 앞으로 고성 온실 사업을 함께 해나갈 북측 사람들이었다. 하지만 이들은 결정된 일을 집행하는 현장 협력자일 뿐 결정권을 갖고 있지는 않아서, 새로운 사안이나 변경 사안이 생기면 금강산관광총회사 측과 별도로 협의를 해야 했다.

금강산관광총회사는 조금이라도 문제가 될 만한 일은 평양으로 전달하였고 우리는 그 결정을 기다려야 했다. 문제는 이러한 의사결정 구조로 인해 시간을 다투는 사안일 경우에 낭패를 보는 일이 거듭되었다는 것이다. 예를 들면 작물에 병충해가 발생할 때도 문제일뿐더러, 때를 맞추어 파

종해야 하는 종자를 남측에서 반입해야 하는 시점에 평양
으로부터 그에 대한 허락이 떨어질 때까지 세관에 묶여 있
어야 했다.

단 한 번도 쉽사리 넘어갔던 적이 없다 보니 시기를 맞추
는 것이 무엇보다 중요한 계획 영농에 차질을 빚을 수밖에
없었다. 우리는 현장의 인력 동원 계획, 자재 배치, 각종 공
구 사용 방법에 대한 교육, 강풍과 폭우, 폭설 대비, 부지 평
탄 작업, 토질 개선 대책, 육묘 대책, 기타 전기시설 설치, 농
사용 지하수 개발 등 총체적인 사안을 북측 인력과 논의하
면서 일의 완급에 따른 순서를 그들에게 주지시켰다.

생소한 땅에서 생소하게 만난 사람들끼리 일을 맞추어가
는 것이 쉽지는 않았다. 그런데 참으로 묘하게도, 이러한 생
소함은 잠시였다. 향후 어떻게 해나갈 것인가를 논의하면서
'척하면 삼천리'라고, 북측 사람들은 우리가 하는 말을 즉
각 알아듣고 공감했다. 역시나 우리는 생각이 비슷한, 태생
이 하나로 이어진 민족이라는 것을 속일 수가 없었다. 말이
통하고, 이런 감각으로 남북 경제 협력을 한다면 일본이나
중국과는 비교도 안 될 만큼 아시아 최고 경제 대국이 되지
않을까 하는 생각도 들었다.

부지 평탄 작업에 대한 오해

북측에서 선정한 농장 부지는 북으로 천불동계곡에서 바다가 보이는 쪽으로 펼쳐져 있었다. 이곳은 금강산 화강암이 풍화되어 수만 년 동안 빗물에 씻기고 이동되어 퇴적된 하천 충적토 지역이었다.

가장 먼저 해야 할 과제는 부지 평탄 작업이었다. 3만 평이라 하면 대략 축구장 15개 정도를 합해놓은 면적이다. 얼핏 보기에 그곳은 구획만 나누고 바로 비닐하우스를 지어도 될 만큼 평탄한 듯했다. 하지만 이는 사람의 감각일 뿐 착각, 착시, 착오를 포함하고 있는 판단이다. 적어도 과학영농을 할라치면 과학의 힘을 동원해야 예단의 오류를 바로잡을 수 있다. 내 눈썰미에도 전반적으로는 평탄해 보이지만 곳곳에 함몰된 부분이 있어서 하우스를 곧바로 짓는 것은 상식적으로 안 될 일이었다. 특히 1만 2,000평의 독립된 단동 하우스뿐만 아니라 총 76동의 연동 하우스를 지을 계획이었기 때문에 더더욱 그랬다. 약간의 굴곡만 있어도 구배가 맞지 않고, 그렇게 되면 배수 불량과 하우스 자체의 내구력 저하로 반드시 문제가 생긴다.

문제는 부지 평탄 작업 비용이 사업계획에 아예 포함되어 있지 않았다는 것이다. 추가 비용을 포함해서 인력과 장비를 동원하는 문제를 백지 상태에서 검토해야 했다. 나는 우선 정근우와 상의했다.

"평탄 작업을 하지 않고 이 상태에서 시설을 짓는 것은 세상없는 재주로도 안 돼. 비용이 문제라면 우리가 비용을 대서라도 하자."

내 말이라면 100퍼센트가 아니라 120퍼센트 수긍하는 정근우와 이광호는 모금에 흔쾌히 동의했다. 다행히 금강산 토목건설 때문에 많은 중장비가 들어와 있었고, 중국인 노동자도 300명 정도 일하고 있어서 장비와 인력 문제는 해결할 길이 보였다. 하지만 금강산관광총회사 측을 대변하던 정원찬이 가로막고 나섰다. 새로운 비용이 발생할 것이고 그렇게 되면 금강산관광총회사와 현대아산이 다시 논의해야한다, 왜 자꾸 돈이 드는 일을 새로 만드느냐는 것이었다. 참으로 딱한 일이었다. 집을 짓는 것 이상으로 지면의 수평을 잡는 일이 중요한 온실 시공 원칙을 알 턱 없는 그에게 어떻게 이해를 시켜야 할지 난감했다.

온실 터로 가장 바람직한 것은 모내기 직전 물이 수평을 이룬 논바닥과 같은 상태다. 정원찬은 일을 주관하는 농업 기술자라는 내가 괜히 일을 까다롭게 만드는 것으로 오해하는 것 같았다.

"현 상태에서 하우스 시공은 전혀 불가능합니다. 설령 궁여지책으로 시공이 된다 해도 전체적으로 결함이나 하자가 발생할 수밖에 없습니다. 나중에 문제가 생기면 정원찬 과장께서도 평양에 보고할 일이 난감해질 뿐 아니라 그 책임에서 자유로울 수 없습니다."

나는 단호하게 평탄 작업 의지를 밝혔다. 사후 책임 떠넘기기를 넘어서 설득 작업에 들어갔다.

"비용이 문제라면 우리가 부담할 테니 일이 제대로 되도록 합시다."

나는 이 사업이 완벽하게 추진될 수 있도록 그에게 애원에 가까운 설득을 했고, 평탄 작업을 하는 것으로 결론이 났다.

나는 북측 책임자들과 첫 대면을 했을 때부터 앞으로 어떤 일을 진행하든 서로 책임전가를 하는 일은 없어야 한다고 강조해왔다. 무엇 때문에, 누구 때문에 일이 잘못 되었다는 떠넘기기 자세로는 책임 있는 참여를 기대할 수 없기 때문이다. 분단 이후 처음으로 남측과 북측이 함께 일을 해나가는 것이다. 이 일을 제대로 성사시키기 위해서 책임전가를 하지 말아야 한다는 기조는 절대적으로 필요하다. 내가 평탄 작업을 완강히 주장하고 강행하려는 것은 미래에 발생할 어떤 사태도 책임지고 실천하겠다는 의지를 단단히 보여주는 사례가 될 것이었고, 북측 인사들을 이러한 공동책임으로 묶어내는 과정이기도 했다.

우선 측량부터 시작했다. 북측 건설 담당 주헌영에게 측량기를 요청했다. 신변안전보호 요원인 이철이 의아해하며 물었다.

"회장 선생, 남측 농민은 측량도 합니까?"

"누구라도 5분이면 배울 수 있잖아요."

그들이 가져온 측량기는 스위스제였는데 삼각다리 하나가 부러져 있었다. 측량기야 본체 수평만 맞으면 되니까 아쉬운 대로 부러진 다리를 테이프로 동여매고 수평 원점을 맞춘 후에 측량을 시작했다.

먼저 1만 2,000평 부지를 2,000평씩 6등분하여 기점을 잡았다. 기점 끝에서 끝까지 몇 백 미터가 되니 측량기 쪽에서 아무리 크게 소리를 질러도 깃대를 잡고 있는 사람에게 들리지 않았다. 불가피하게 무전기가 필요했다. 하지만 무전기는 군사 장비에 속하는 것이어서 북측 감독하에 부지 측량에 한정하여 사용하기로 약속을 하고서야 사용할 수 있었다. 그제서야 무전기로 송수신을 하면서 단숨에 부지 측량 작업을 끝낼 수 있었다.

예상대로 아주 난감한 결과가 나왔다. 높낮이 차이가 대략 1~2미터는 족히 났다. 수평 그라인더 장비로 일주일 이상 평탄 작업을 하고 나서야 비로소 자재를 옮길 수 있었다. 파이프 등 1차로 가져온 자재만 해도 몇 백 톤 되었다. 현장에 다시 옮기는 수고로움과 비용을 줄이기 위해서 적재 장소를 6곳으로 정하고 내려놓는 데만 며칠이 소요되었다.

하역 작업에 동원된 노동자들은 일사불란하게 일을 진척시키는 우리를 마치 남측 비밀 요원을 바라보듯 했다. 젊은 청춘들인 이광호와 정근우, 이들과 함께 눈빛만으로도 일을 해낼 수 있는 팀워크가 가동되기 시작한 것이다.

연습 없이 지휘하는 오케스트라

당초 목표는 1999년 말까지 상추 등의 엽채류를 첫 번째로 수확하는 것이었다. 오케스트라는 상당 기간 동안 수도 없이 합주 연습을 하고 나서야 한 편의 교향악을 청중에게 선사한다. 하지만 이 사업은 한 번도 손발을 맞춰보지 못한 사람들이 만나서 제한된 시간 안에 성과를 내야만 하는 일이었다. 마치 2018 평창 동계올림픽에 남북 단일팀으로 참가하여 세계와 겨루어야 했던 여자 아이스하키 팀과 같은 형국이었다.

우리는 연습을 하지 못한 오케스트라를 치밀한 설계와 계획으로 보완하며 무대에 올리기 위해 노력했다. 하지만 일은 생각처럼 되지 않았다. 1,200평에서 1만 2,000평으로 규모가 커졌을 때부터 마음을 다잡았지만, 실제 현장에서는 남북 영농 교류의 첫 삽을 뜨는 것이니 어떤 일이 있어도 오차가 있거나 실패해서는 안 된다는 중압감이 나를 짓눌렀다. 남북 교류 협력 활성화이든, 신뢰 회복이든, 우선은 이번 첫 사업이 성공적으로 정착되는 것이 중요했기 때문이다.

큰 틀에서 우리가 해야 할 일은 온실 시공과 육묘 생산 두 분야였다. 하지만 세부적으로는 할 일이 너무도 많았다. 비닐하우스 배치, 농업용수와 수막 재배를 위한 지하수 개발, 방풍막 설치 작업도 계획에 따라 병행하여 추진해야 했다.

모종 생산은 시설이 완공되는 대로 즉시 정식할 수 있도록 별도의 육묘 하우스를 지어 모종을 길러내야 하고, 이와 함께 토양 분석, 퇴비 투입, 시비도 함께 추진해야 했다. 여기에 인력 대부분이 북측 노동자들이기 때문에 이들에게 전동공구 사용 안전, 육묘 생산에 관한 교육도 체계적으로 준비, 실행해야 했다.

우리는 먼저 북한의 전력 사정을 감안하여 당초 설계 때부터 별도의 20킬로와트 발전 설비를 갖추기로 결정하고 발전기와 분전반을 설치했다. 이와 함께 해결해야 할 난제는 육묘를 비롯한 과채류의 재배였다. 설비가 하드웨어라면 오이, 멜론 등의 과채류를 생산하는 것은 일종의 소프트웨어다. 농장의 최종적인 성패는 결국 엽·근채류와 과채류를 얼마나 제대로 생산해내는가에 달려 있는 것이다.

농사는 종합 응용과학이다. 종자를 뿌려 모종을 기르고 이를 농장에 옮겨 심어 수확을 할 때까지, 즉 식용 가능한 상품으로 생산해내기까지의 일은 땅과 기후, 병충해 등 온갖 자연환경 조건을 잘 이겨내야 하는 과정이다.

우선 육묘장 문제 해결에 나섰다. 하우스 시설이 완공되는 대로 곧바로 정식 작업을 하려면 한두 달 전에 파종해 모종을 키우는 작업을 동시에 진행해야 했다. 북측에서 인근 지역에 온실 시설이 있다 하여 둘러보러 갔다. 그러나 곧바로 가동하여 농장 전체에 육묘를 공급하기에는 턱없이 부족했을뿐더러 시설 또한 중국 수광식 온실과 유사한 형태로 벽돌로 만든 벽에 천정은 목재 시설이어서 비닐을 씌우기 어려운 구조였다.

육묘 작업은 무엇보다 긴급을 요하는 사항이어서 농장 입구 좌측에 지반 평탄 작업과 동시에 육묘장을 우선 시공하기로 했다. 연동 하우스를 포함하여 1구역 2,000평에 12동의 하우스를 시공하는 데 대략 30일 정도가 소요되니 그 기간에 모종을 기를 수 있었다. 이렇게 하면 하우스 준공과 동시에 작물을 재배하여 시설의 농지 이용률을 높일 수 있다는 계산에서였다.

다음은 토양 분석이다. 애초에 흙을 남한으로 가져가서 종합적인 분석을 할 생각이었지만 토양 반출입은 남북 양쪽에서 허락되지 않았다. 부득이 간이 산도 측정기로 검사를 진행했다. 그 결과 약 5.2ph 정도의 산성 토양이었다. 유기질 부식 함량 또한 1.0 정도로 남측 보통 수준 경지의 절반이 되지 않는 매우 낮은 수준이었다. 하천변 잡초 생육을 보고 어느 정도 예상은 했지만, 악조건이었던 육백마지기 농사 초기에나 보던 토양 수준과 비슷했다.

땅심이 없는 땅에서는 어떤 시설과 기술, 재배 관리법이 있다 해도 무용지물이다. 허기진 사람이 수레를 끌 수는 없지 않은가. 척박한 땅을 비옥한 땅으로 만드는 일은 결코 단시간에 이룰 수 없다는 것을 나는 경험으로 잘 알고 있다. 결국 이 문제는 북한에서 어떠한 영농 사업을 진행하든, 녹비 작물 재배 등을 통하여 부단히 선행 개선되어야 할 과제다.

이후에 도드람축산협동조합장이었던 진길부 씨가 지원하여 북한에 양돈 사업이 조성되었는데, 이는 '유축농업'의 고기 생산이 주목적이 아니라 양질의 유기질 퇴비 생산을 목표로 하는 것이었다. 향후에 여건이 조성되면 축산업은 북한에 특구를 지정하여 부산물인 축분으로 지력 배양을 도

모하면 좋겠다는 생각이었다.

우리는 종종 지력 배양을 위하여 북측 관료들에게 제안하여 유기질 퇴비와 이탄을 구해 오기도 했고, 당장은 궁여지책으로 관광단지에서 나오는 인분을 발효하여 사용하는 계획을 포함하여 퇴비장 건설 사업을 추진했다. 이는 북한 영농 사업 내내 주요한 과제로 설정되고 추진되었다. 그리고 우선은 퇴비와 황토, 석회를 투입하기로 합의하고 이 작업은 북측에서 맡아서 진행했다.

평탄 작업과 구획 정리, 육묘장 시공, 종자 선택과 파종 계획 수립, 자재 배치와 발전 시설 설치 등 우선 급한 사안을 해결하는 동안 영농 사업을 위한 제1차 방북 기간 만료일이 다가왔다. 토양 개선 사업과 공사를 위한 기초 작업, 육묘장 파종 및 관리 등의 작업을 후임자인 경북 춘양 출신 유기농 농부인 김선만 씨에게 맡겨놓고 귀환해야 하는 상황이었다.

사업 시행 초기에 세운 연내 수확이라는 당초 목표를 이루기 위해서는 육묘 문제 해결이 가장 시급했다. 나는 남측에서 육묘하여 정식하는 방안을 제안했고, 토의 끝에 합의를 보았다. 그리고 다음 방북 때까지 육묘를 가지고 와야 하는 과제를 안고 북한을 떠났다.

일이 진척되는 동안 현대아산과 파트너인 금강산관광총

회사 관료들, 그리고 실제 작업을 담당하는 북고성 인민위원회 관료와 기술직 지도원들과는 수시로 접촉이 이루어졌다. 하지만 매끄럽지 못하고 어색한 관계는 쉽사리 나아지지 않았다. 금강산 영농 사업 협의차 처음 만났을 때, "우리 공화국의 박막 온실 기술은 가히 세계 최고 수준"이라면서 "자재만 공급해주면 북측 독자적으로 건설하겠다."던 그 완고함도 그대로였다.

다만 나에 대한 예우만은 깍듯했는데, 내 이름 앞에 붙은 '회장'이라는 호칭이 이런 분위기를 만드는 데 주효했던 것 같다. 그때는 내가 농민발명협회 회장으로 있을 때라 남측 사람들이 모두 나를 '회장'이라 불렀다. 그러니 북측 사람들도 자연스레 나를 '회장 선생'이라 불렀다. 북측 사람들에게 '회장'이라는 호칭은 아마도 현대 정주영 회장을 떠올리게 했을 거고, 그러니 회장이라 불리는 나도 정주영 회장 격으로 보지 않았을까 싶다.

하지만 경계해야 할 '회장'에서 애정이 담긴 '회장 선생'이 되기까지는 한참이 걸렸다. 함께 일하면서 농업 분야가 번영해야 할 일이라는 데 대한 나의 열정과 진정성이 전달되었을 것이다. 농기계를 능숙하게 다루는 내 굳은살 박인 손을 그들 눈으로 직접 보았을 때, 비로소 나는 그들이 신뢰의 눈빛으로 불러주는 '회장 선생'이 되었다. 결국은 함께 일하면서 풀어나갈 문제였던 것이다.

언덕 넘어 태산

1차 방북에서 우리가 맞닥뜨린 또 하나의 장벽은 바람이었다. 물론 예상은 했었다. 바닷가를 면한 지역이기 때문에 바람의 방향을 포함한 강풍 대책이 필요하리라 판단했다. 하지만 내가 누구인가. 강풍이 전봇대도 부러뜨린다는 육백마지기에서 7~8년 동안 온전하게 견디는 비닐하우스 농사를 지어온 경험을 바탕으로 대책을 마련했다. 남한에서는 통상 표준 설계 비닐하우스의 경우, 25밀리미터 굵기의 파이프를 60센티미터 간격으로 시공한다. 북고성에서의 하우스 시공에는 이보다 굵은 32밀리미터를 채택했고, 간격도 좀 더 촘촘하게 50센티미터로 했다.

아니나 다를까, 어느 날 시공 현장에서 부는 바람이 심상치 않았다. 불길했다. 나는 우려스러운 마음으로 현장에서 나이가 가장 많은 강씨 노인에게 물었다.

"여기 바람이 예사롭지 않네요. 이런 바람이 자주 붑니까?"

"여기 금강산 바람이라면 말도 마쇼. 저기 저 집들 좀 보시오. 지붕 귀퉁이 기왓장이 없는 게 다 바람에 날아가서 저렇게 된 겁니다."

아뿔사! 웅장한 천불산 자락 아래 아늑해 보이기만 했던 촌락에 저런 변고가 일상이라니 기가 막혔다. 허풍이 아닌 상상을 초월한 현실을 목격하고 나니 상황이 더욱 심각하게 다가왔다.

시설농업에 있어서 그 지역의 기후는 무엇보다 중요하다. 우리는 본격적인 방북이 시작되기 전부터 수차례에 걸쳐 이 지역의 기상 자료를 북측에 요구했지만 이런저런 핑계로 번번이 거절당했다. 1996년에 러시아의 쁘리야티 지역에서도 해당 지역 기상 자료를 구하지 못한 경험이 있는데, 아마도 대부분의 공산국가에서 그렇듯이 지방정부기관에서는 기상 자료를 갖고 있지 않거나 전쟁 시에 이용할 것을 우려하여 노출을 꺼리는 듯했다.

그런데 1차 방북 후 본격적인 시설 시공 논의에 들어갔을 때 북측 인사가 무심코 그 유명한 금강내기에 대한 이야기를 했다. 시설 시공 직전에야 금강내기라는 바람에 대해 알게 된 것이다. 나중에 알고 보니 '금강내기'는 브리태니커 백과사전에도 등재된, 사납기가 세계적인 바람이었다. 심지어 초속 40미터에 이른다니, 지금 우리가 시공하는 비닐하우스는 그야말로 풍전등화였다.

하지만 주사위는 이미 던졌다. 상황이 이렇다고 시공을

철회할 수는 없었다. 강풍 대책이 불가피했다. 그때 불현듯 일본 돗토리현 농가 연수를 갔을 때 보았던 '파풍막'이 떠올랐다. '파풍'이란 말 그대로 바람을 쪼개는 것이다. 간격이 1센티미터 내외인 그물망을 설치하면 바람이 쪼개진다. 예를 들어 초속 40미터의 강풍이 파풍막을 통과하면서 쪼개지면 초속 20미터의 바람으로 순치되는 것이다. 평양에서 온 정원찬에게 방풍막으로는 시설 자체가 견딜 수 없으며 차선책으로 파풍막의 설치가 불가피하다는 것을 심각하게 설명했다. 하지만 돌아오는 반응은 예상대로 짜증스러운 답변이었다. "회장 선생은 왜 자꾸 돈 들어가는 이야기만 하십니까?"

그러나 그를 나무랄 수만도 없었다. 그의 생각에 고성 온실 농장 건설에 무려 미화 100만 달러가 드는 데다 나의 기술 지도 비용도 발생할 것이었다(물론 나는 한 번도 받지 않았다). 그런데 산 넘어 산이라고 또 10만 달러나 드는 파풍막을 추가 설치해야 한다고 하니 부담스러울 수밖에 없었던 것이다.

사후약방문 격이기는 했지만 그렇다고 유야무야 넘어갈 일이 결코 아니었다. 자칫하면 사업 전체가 일순간에 물거품이 될 것이 불을 보듯 뻔했다. 이 일을 관철시키지 못한다면 결과적으로 우리, 남북 모두가 잃는 결과를 초래할 것이고 나의 유약함을 두고두고 자책할 것이었다.

금강내기라는 바람의 위력과 정체를 알고 나서 특단의 대책 마련을 주장한 후 나는 남쪽으로 돌아왔다. 그러고는 곧장 고성과 인접 지역의 기상 자료를 찾아 나섰다. 수소문 끝에 강릉시 사천면에 해안 농업을 연구하는 기관이 있다는 말을 듣고 음료수 한 박스를 사 들고 찾아갔다. 같은 동해안 지역이니 북측 고성의 영농 농장에 참고할 자료가 있을 것 같아서였다. 연구소장은 김상수라는 분이었는데 자초지종을 설명하니 오히려 나를 위로했다.

"통일 농부시군요. 악조건에서 고생이 많으십니다. 동포를 위하여 꼭 성공하셔야겠습니다."

"고맙습니다. 그런데 녹록지는 않을 것 같습니다."

그의 호의로 30년 동안의 기상 자료를 확인할 수 있었다. 필요한 온도, 강우, 풍속 등의 기상 자료를 요청하니 흔쾌히 사본을 만들어주었다. 그가 가진 통일의 소망이 여운으로 남는 고마운 사람이었다.

금강내기란 태백산 줄기의 동쪽 비탈면을 따라 산에서 불어오는 덥고 건조하고 거센 바람을 말한다. 매년 5~8일 정도 부는데, 심할 때는 땅이 패고 나무가 뿌리채 뽑히며 건축물까지 무너지는 사태가 발생한다고 한다. 특히 고성군과 그 위쪽 통천군에서 가장 심한데 그중에서도 온정리부터 고성읍까지 바람 세기가 가장 강하다. 다른 지역에서 초속 15~20미터의 바람이 분다면 고성에서는 초속 20~40미터의 바람이 불고, 한 번 불면 네댓 시간은 보통, 길게는 55시간 동안 분 적도 있다고 한다. 공교롭게도 우리가 사업을 진행하고 있는 고성 농장이 금강내기 피해가 집중되는 지역이었다.

그야말로 범 무서운 줄 모르던 내가 악명 높은 강풍 금강내기라는 임자를 만난 것이었다. 이런 환경에서 단순한 방풍망에 허술한 방풍림 조성만으로 비닐하우스를 지었다면 결과는 뻔했다. 파풍막이라는 대비책을 세웠음에도 불구하고 이 금강내기라는 바람은 이후 사업 전체를 지연시키거나 심각한 피해를 입힐 정도로 막대한 지장을 초래하였다.

이것이 무엇에 쓰는 물건입네까?

남한으로 돌아온 나는 육묘 생산을 위해 여러 기관을 찾으며 도움을 요청하고 북한으로 보낼 모종 준비를 위해 분주한 나날을 보내고 있었다. 그 사이 정근우와 이광호는 2차 자재 이송과 하우스 작업 진행을 위하여 보름 만에 다시 방북 길에 올랐다. 이때 그 유명한 '웃지 못할 신문지 사건'이 터졌다.

당시 통관 운송 하역 업무는 정근우가 도맡아 처리하고 있었다. 컨테이너 50개 정도의 농자재를 국가 간 무역 형식으로 북측에 반입해야 했다. 당시는 남북 교역이 활성화되어 있지 않았던 때라 어느 경우도 쉽게 넘어가는 일이 없었다. 300여 품목 하나하나를 품목별 무역 코드를 일일이 찾아서 절차를 밟아야 했는데, 관습도 다르고 용어도 달라서 일을 처리하는 것이 마치 밀림 속을 헤쳐나가는 것처럼 힘들었다. 그래도 정근우는 탁월한 업무 능력으로 이 일을 순조롭게 풀어가고 있었다.

일이 터진 것은 야적장에 산더미처럼 쌓인 컨테이너 박스를 하나둘 개방하여 통관 절차를 밟고 있을 때였다. 정근우의 말을 듣자니, 자재 중에 기계 부품을 포장한 박스를 개봉하자 부품 손상 방지를 위해 구겨 넣은 남한의 신문지가 나온 것이 문제였다. 주먹만 한 부품들이 온통 신문지로 포장되어 있었던 것이다. 남쪽에서는 물건을 운송할 때 충격 완화를 위하여 신문지를 말아 넣는 것이 일상적인 일이었다. 그런데 이것이 남북 관계에서는 민감하고 중대한 사안이었다. 납품 업체에 누누이 주의 사항을 전달했건만 습관적으로 일을 처리하다 보니 그리된 모양이었다. 일그러진 북측 세관원의 표정을 보니 그쪽도 당황한 기색이 역력했다.

"아니, 이런. 이게 뭡네까?"

분위기가 순간 살벌해졌다. 그들 눈에 신문지는 단순한 포장 완충재가 아니라 불순한 '삐라'였던 것이다.

"어드렇게 이런 부도덕한 행위를 할 수 있습네까?"

"대단히 미안합니다. 납품업체 실수입니다. 의도적으로 그런 것이 아니니 오해는 하지 마십시오."

하지만 북측 입장에서는 그냥 넘어갈 수 없는 상황인 모양이었다. 통관 담당자는 신문지 내용을 일일이 확인하기 시작했다. 북한 사정을 콕 집어 비판하는 내용이 아니더라도 그들에게는 남한의 우월성을 홍보하는 불순한 의도의 문서일 수도 있었고, 하나하나 확인하다 보면 북한을 비판하는 내용이 나오지 않으리라는 보장도 없어서 조마조마했다. 로마에 가면 로마법을 따르듯, 규정대로라면 벌금 2,000달러를 내고 모두 남한으로 반품 조치를 해야 하는 상황이었다. 그런데 신문에 '다행스럽게' 이 상황을 벗어날 수 있는 내용이 있었다. 바로 모 지역 신문에 조그맣게 실린 성인 용품 광고였다. 검시관이 도무지 이해가 가지 않는지 한참을 들여다보더니 물었다.

"이것이 무엇에 쓰는 물건입네까?"

정근우가 남성들의 성기를 키우는 물건이라고 설명했다. 되묻는 말이 걸작이었다.

"남조선 남성들의 물건은 다 작습니까?"

순간 야적장은 웃음바다가 되었고 엉뚱한 이유로 분위기가 누그러졌다. 우리 측은 겨우 양해를 얻어 밤새도록 포장을 뜯고 신문지를 모아 소각 처리한 후에야 사태를 수습할 수 있었다.

농부가 울 때

남쪽에서 한 달여 동안 통일을 염원하며 정성스럽게 기른 모종을 차량을 통해 먼저 북송한 후 나 또한 방북 길에 올랐다. 작업이 한창 진행 중인 비닐하우스 시공 상황과 모종이 차질 없이 관리되고 있는지 파악하고 모종을 본포에 옮겨 심는 일을 점검하기 위함이었다. 거기에 더하여 남한에서 모종을 생산하여 북으로 보낸 것도 '연내 농작물 수확'이라는 당초의 사업 일정을 맞추기 위한 고육책이었다. 고성 현지에서 육묘가 정상적으로 이루어지기 전까지의 대안으로 마련한 방책이었다.

역시 현지 육묘장의 발아와 육묘 상태는 그리 좋지 않았다. 정근우와 이광호는 이미 보름 전에 방북하여 고추와 배추 등의 육묘 샘플을 전달하고 육묘장 보온 개선 방안과 공동 퇴비장 건설을 위한 협의를 진행하고 있었다. 이제, 배추와 오이, 고추, 상추 등 남한에서 튼실하게 길러진 7만 6,000여 포기의 모종이 북한 농토에서 진가를 발휘할 때였다.

이 모종들도 통관 검역 절차를 밟고 있었다. 그런데 이전과 달리 통관 분위기가 싸늘하고 무거웠다. 불길한 예감은 적중했다. 정원찬에게서 "북송해 온 남측 모종에서 바이러스가 검출되었다. 전량 다시 남측으로 반송해야겠다."는 통보가 왔다. 그 말을 들을 때까지만 해도 나는 '설마, 과정상의 문제겠지. 이 또한 넘어갈 수 있겠지.'라고 가볍게 생각했다. 그도 그럴 것이 이틀 전에 이 사업의 북측 최고책임자 격인 금강산관광총회사 방종삼 사장이 이례적으로 농장을 방문하여 나를 격려했기 때문이다.

"이 회장 선생, 일본과 미국에게 보란 듯이 우리끼리 잘해 봅시다!"

이렇게 각별한 의욕을 보이는 상황에서 육묘 반송이라는 결정은 도무지 믿을 수 없는 일이었다.

때는 12월 초순으로 추위가 상당한 때였다. 내가 정성으로 키운 어린 모종들이 보온 덮개가 다 벗겨진 채 노지에 방치되었다. 서리가 내리는데도 컨테이너에 들어 있는 모종들을 거들떠보지 않는 것이다. 이대로 더 두었다가는 얼어버릴 것이 분명했다. 나는 마음이 조급해졌다. 마침 생활 단지 옆 쓰레기장에 스티로폼이 쌓여 있었다. 나는 저것으로라도 내 모종들을 덮어주어야겠다는 마음으로 달려갔다. 그런데 누군가의 고함소리가 들렸다.

"뭐하는 거요?"

모종을 덮을 거라 했지만 그는 눈을 부라리며 안 된다고 소리를 질렀다. 기가 막히고 억장이 무너졌다. 내가 얼마나 애지중지 키운 모종들인데, 무슨 이유로 이 추운 날씨에 얼어 죽어야 하는가 말이다. 나는 치미는 화를 주체할 수가 없었다. 자재가 쌓여 있는 좁은 통로에서 컨테이너 박스를 주먹으로 내리쳤다. 그러고는 땅바닥에 주저앉았다. 나도 모르는 사이 눈시울이 불에 데인 것처럼 뜨거워졌다.

나는 냉정하리만치 눈물에 인색한 사람이다. 하늘같은 아버지가 돌아가셨을 때도, 맏아들이 나보다 먼저 하늘나라에 갔을 때도, 하늘의 뜻이라 생각하고 입술을 깨물고 가슴으로만 울었다. 아내와 아들, 동생들에게 나약함을 보일 수 없었기에 애써 태연해야 했고, 숨 죽여 남몰래 삭였다.

그런데 어쩌된 일인지 북한 땅을 밟고 선 지금, 나답지 않게도 소나기처럼 흐르는 눈물을 주체할 수가 없었다. 통일에 대한 염원과 생명산업의 불씨를 지핀다는 한마음으로 기르고 가져온 모종들이었는데, 이렇게 눈앞에서 얼어 죽는 것을 보면서도 속수무책으로 아무것도 할 수 없는 이 무기력한 상황이 견딜 수 없었다.

"이런 식이라면 앞으로 다시는 북한에 안 올 거요. 모종이 무슨 죄가 있나? 이 상황을 소인인 나로서는 도저히 감당할 수가 없습니다. 이제 내려가면 절대 안 올 거요. 지금 이 순간, 내 인생을 후회합니다!"

그러나 어떤 항변도 이미 소용없는 일이었다. 어쩔 수 없는 것은 그들도 마찬가지였다. 그들이 할 수 있는 일이라고는 나를 진정시키는 것뿐이었다. 안전 문제로 늘 그림자처럼 붙어다니며 나를 안내하던 이혁주와 이철은 칸막이 사이에서 이성을 잃고 돌출 행동을 하는 나를 멀리서 지켜보고 있었던 모양이었다.

"회장 선생이 괴로워할 때 가슴이 아팠습니다."

'평양'이라는 이름의 불붙인 담배 한 대를 권하며 그들이 나를 위로했다. 그날 오후에는 농장 관리 담당인 김수만이 털게로 끓인 탕과 순두부 음식을 가져와 격분하여 실의에 찬 나를 진정시키려고 애를 썼다.

컨테이너 박스를 내려치고 울부짖어도 변하는 것은 없었다. 단지 내 오른손만 고장이 나서 보름 동안 수저를 들지 못했을 뿐이다. 돌보지 못하고 고아처럼 팽개쳐진 모종들은 끝내 모두 얼어 죽었다. 이것은 운명이 아니었다. 분명 인간

의 어리석음 때문에 벌어진 일이라는 생각으로 분노가 가시
지 않았다.

나중에 알게 된 일이었지만, 모종 반입이 거부된 것은 엉
뚱하게도 남측 모 대학 인사의 경박한 생색내기가 원인이
었다. 그 사람은 북고성에 씨감자 30여 톤을 보내고 이와
같은 기증 사실을 남측의 주요 언론에 기사로 제공했다. 미
래의 예상 실적까지 전망하면서, 북송한 씨감자 30톤이면
몇 백 톤의 식용 감자로 증식 생산되어 굶주림에 시달리는
동포들을 어마어마하게 도울 것이라는 것이 기사의 골자
였다.

남북의 교류 협력이 시작되던 초기, 북한의 식량난은 가
장 예민한 부분이었다. 그런 상황에서 이러한 생색내기는
빈곤에 지친 북한의 자존심을 있는 대로 짓밟는 것이었다.
본래 사람이란 감정이나 자존심이 없는 다른 동물들과 다
르다. 하물며 이렇게 모멸감과 수치심을 유발하는 상황은
굶어 죽는 한이 있어도 받아들이기가 쉽지 않을 것이다. 두
발로 걷는 인간은 발에 걷어차이면서도 주는 먹이를 받아
먹는 개나 돼지가 아니기 때문이다. 그러니 봉사나 기증을
할 때도 상대를 진심으로 존중하고 겸허해야 양쪽이 모두
행복할 수 있는 것이다.

북측의 자립을 목표로 하는 교류 협력 사업이라 해도 초

기에는 지원의 성격을 띨 수밖에 없다. 그런데 이렇게 씨감자 생색내기같이 자존심에 상처를 입히는 사건이 생기니 북측으로서도 받아들이기 어려웠을 것이다. 그러니 "생색내기의 구차한 원조, 이런 식이라면 다 필요 없다."는 입장을 이해할 수 있다. 나 또한 그런 상황이 발생했다면 어떤 피해와 손실이 있더라도 감수하고 굶는 자존심을 선택했을 것이다.

우리 모종이 거부당한 것이 이러한 자존심의 문제에 기인한 것이라는 사실은 여러 정황이 설명하고 있었다. 바이러스 식물 검역은 그렇게 단순하지 않다. 미생물 배양을 거쳐야 확인되는 바이러스는 단 몇 시간 만에 검출할 수 있는 것이 아니다. 미루어 짐작건대 분명 상부의 불편한 심기에 따른 판단과 결정이 있었을 것이다. 우리 의지와 전혀 상관없이 어떤 소인배의 생색내기로, 애써 키워서 가져간 그 많은 모종이 죗값을 치르고 반송될 상황이 되어 얼어 죽었으니 얼마나 억울하고 개탄스러운 일인가!

남북 평화의 염원을 담아 남측 농업 동지들이 길러서 보내준 모종 7만 6,000여 포기가 모두 얼어 죽었다. 배추, 오이, 고추, 상추 등 튼실한 모종이 순식간에 사라진 것이다. 천박한 입방정이 초록색 희망과 꿈을 낙엽처럼 부스러뜨렸다. 육백마지기 농장까지 올라와서 '베풂의 기품을 갖춘 배려'를 당부하던 해원 형님의 말씀이 새삼 떠올랐다.

그때를 회상하니 지금도 가슴이 멘다. 살다 보면 힘겨운 순간들이 예기치 않게 닥치게 마련이다. 하지만 내 능력으로 어쩌지 못하는 것에 대해 이때만큼 힘들고 괴로웠던 적이 있었나 싶다. 얼어 죽어가는 모종을 맥 없이 지켜보면서 아무런 조치를 할 수 없는 현실은 어떤 시련 앞에서도 긍정적으로 생각하고 행복이라는 단어를 마음에 담고 살았던 내 인생에 처음 겪는 비애였다. 그만큼 마음을 추스르기가 쉽지 않았다.

그럼에도 불구하고 남북 최초의 공동 영농 사업을 순간의 감정으로 망칠 수는 없는 노릇이었다. 대관령 육묘장 임근성 씨, 목창균 씨, 제천농촌지도소의 지동헌 소장과 임직원 등 모종을 보내준 분들의 얼굴이 떠올랐다. 이유가 무엇이든 그들의 기대에 부응하지 못한 죄책감과 응어리를 가슴에 품고 다시 협력 사업에 나서야 했다.

남북이 함께 치는 환희의 박수

비닐하우스 시설이 하루하루 구축되어가는 것과 함께 반드시 해결해야 하는 문제는 작물 재배에 꼭 필요한 농업용

지하수를 확보하는 일이었다. 더욱이 단순한 농업용수 조달을 넘어 섭씨 15도 내외 지하수의 온열을 이용한 수막 재배를 위한 용수를 개발하는 일이기도 했다. 영하의 날씨에서도 온실에 작물을 재배하기 위해서는 80퍼센트 이상의 절전 효과가 있는 수막 재배 방식을 도입해야 했고, 당초 계획에도 포함되어 있었다.

문제는 농장 부지가 수만 년 동안 금강산 쪽에서 쓸려 내려온 마사토와 자갈로 이루어진 하천 충적토 지대라는 것이었다. 1~2미터만 파내려가도 북극 빙하가 무너지듯 주변 흙이 무너져 내려, 그냥 우물 파듯 했다가는 인명사고의 위험이 있는 붕괴 지반이었다. 이런 지질 조건 때문에 우물을 파는 방식의 지하수 개발은 불가능했다. 시간은 자꾸 흐르고, 나는 꼭 성공한다고 단정할 수 없지만 어떤 묘안이라도 짜내 시도를 해보아야 했다.

이렇게 나온 방법이 '파이프 때려 박기 시추 방식'이었다. 참말로 궁여지책이라는 말이 딱 어울리는 방법이었다. 택했다기보다는 달리 다른 방법을 찾을 길이 없었다는 게 맞을 것이다. 가지고 있는 공구라고는 파이프 절단기와 전기 용접기가 전부인 시공 현장에서 시추에 필요한 기구를 찾는다는 것은 무인도에서 스마트폰 충전기 찾기와 다름없었다.

우선 금속 절단기로 직경 50밀리미터짜리 파이프 끝을 부챗살처럼 방사형으로 썰어 팽이처럼 뾰족하게 두드려 용접을 했다. 그런 다음 파이프 하단에 용접봉으로 숭숭 구멍을 뚫어 물이 흘러 들어올 여지를 만들었다. 이제 해머로 땅속으로 두드려 박는다. 그리고 다시 파이프에 잇대어 용접을 하고 또 박는다. 운이 좋았는지 충적토인 땅이 물렁하여 3미터 길이의 파이프가 쑥쑥 들어갔다. 속이 시원할 정도의 수월한 시추 작업은 남북 모두의 이목을 집중시켰다.

이렇게 10미터 정도 깊이까지 파이프를 연결하여 박아 넣은 후 작은 물 호스를 파이프 관 속으로 밀어 넣어 물의 압력으로 파이프 안에 끼어 있는 오니를 말끔히 훑어낸 후에 그 끝 마구리에 2마력짜리 2인치 양수 모터를 연결했다. 드디어 펌프에 마중물을 채우고 전원을 넣었다. 윙 -소리가 나면서 모터 펌프의 회전음이 들리기 시작했다.

우리 모두는 '잘되어야 할 텐데……' 하는 한마음 한뜻이 되었다. 이런 때는 남북이 따로 없다. 남측이든 북측이든 외국을 상대로, 특히 일본을 상대로 국제 경기를 할 때 승리를 염원하는 마음이 한 치도 다르지 않은 것처럼 모두의 시선만이 아니라 마음까지 하나로 모이고 있었다. 이 순간 성공하길 바라는 한결같은 마음, 이런 게 통일에 대한 마음이 아닐까 하는 생각이 스쳐갔다.

만일 실패하면 북한 동포들은 말할 수 없이 실망할 것이며 나에게는 '어설프고 형편없는 남측 농업 기술자'라는 딱지가 대번에 붙을 것이었다. 하지만 그런 걱정을 할 때가 아니었다. 달리 뾰족한 대안이 없었다. 이 상황에서 점잖게 체면치레를 하는 것은 사치일 뿐, 어리석은 일이든 엉뚱한 일이든, 될 때까지 반드시 해내야 할 일이었다.

그야말로 두 손 모아 기도하는 간절한 마음으로 기다리는 시간이 얼마나 지났을까? 모터에 연결된 파이프를 바라보는 수십 명의 눈총이 집중되고 일각이 여삼추 같은 시간이 흘렀다. 드디어 졸졸졸 흐르던 물이 조금씩 많아지는가 싶더니 "피시시-식- 픽!" 소리와 함께 팔뚝만 한 굵기로 희뿌연 물줄기가 3미터 높이만큼 솟구쳐 올랐다. 구룡연폭포도 이보다 멋지지 않았을 것이다.

"와아!"

"야아!"

12월 초, 기온은 낮은데 쏟아지는 물은 얼마나 따뜻한지 물이 흐르는 도랑에서 마치 불이 나서 뿜어내는 연기처럼 수증기가 피어올랐다. 누가 먼저라고 할 것 없이 현장에 있던 사람 모두의 입에서 함성이 터져 나왔다. 남북 모두 손바닥이 아프도록 박수를 쳐댔다. 현대아산 전영욱 과장은 쏟아지는 물 폭포에 옷이 죄다 젖는 것도 아랑곳하지 않고 엄

지손가락을 추켜세우며 희색이 만연하여 펌프 옆에 동상처럼 서 있었다. 그때의 감격은 평생을 두고 잊을 수가 없다. 방북 이후 최고로 통쾌한 순간이었다. 나는 또다시 통일을 생각했다. '통일이라는 것이 이런 식으로 함께 동고동락하면서 이루어져가는 것이겠구나.'

그 순간 우리들에게는 사상이고 이념이고 없었다. 분단이라는 현실도 그 순간만큼은 모두의 머릿속에서 사라진 것 같았다. 쏟아지는 지하수 온도를 재보니 수막 재배에는 최상의 온도인 16.7도를 유지했다. 나는 이렇게 외쳤다. "이 물은 곧 기름이다!"

0도를 기준으로 섭씨 16도의 물이 최소 200톤이 나온다고 가정하면 20만 리터의 잠열 에너지는 무려 320만 킬로칼로리(Kcal)라는 계산이 나온다. 이 열원은 연탄 한 장당 열량 5,500킬로칼로리로 계산하면 연탄 581장과 맞먹으며, 경유 열량이 리터당 9,800킬로칼로리라면 경유 326리터와 맞먹는 에너지다. 못해도 400톤 이상의 물이 날 것으로 추정한다면 2마력의 한 관정마다 200톤으로 계산한 에너지의 두 배가 되는 셈이다. 가히 물 유전이라 해도 좋았다.

어설프지만 성공적인 시추로 2,000평마다 하나씩 6개의 관정을 설치하여 1만 2,000평의 관수 시설은 식은 죽 먹듯 해결이 되었다. 우리 동포와 함께 한 용수 개발, 이보다 더

신나고 재미있는 일은 없었다. 이로써 비가림 온실 재배의
최대 관건인 농업용수가 확보되고 배수로 정비와 파풍막 거
치대 공사가 병행 추진되면서 온실 단지는 제 모습을 갖추
어갔다.

　금강산 지역은 풍부한 해산물과 넓은 농경지를 가진 축
복받은 지역이다. 단지 바람만 아니라면 말이다.

끝내 오고야 만 금강내기

　다시, 상상을 초월하는 바람 이야기로 돌아가야겠다. 금
강내기 예고편으로 찾아온 바람도 만만치가 않았다. 아침
에 농장에 도착해보니 아직 비닐을 씌우지 않은 500여 평
규모 3개의 연동 하우스는 수십 톤 무게의 하우스 골조 전
체가 전날 밤 천불동에서 불어온 바람에 밀려 수백 개에
이르는 기둥이 해변 쪽으로 7도 이상 일제히 기울어진 게
아닌가!

　현장에 동원된 100여 명의 일꾼들이 일단 기둥 하나에
한 사람씩 붙어서 밀어보았지만 요지부동이었다. 궁리 끝
에 마침 내가 출근하면서 몰고 간 2.5톤 트럭에 농장 사람
들을 태우고, 밧줄로 연동 하우스 파이프 중앙 골조와 연

결하여 묶은 후 지그시 끌어당겼다. 일단은 간단하게 수직으로 바로잡아 해결은 되었다. 그러나 내심 걱정이 태산이었다.

남한 농부 중에는 비닐도 씌우지 않은 하우스 골조가 바람에 쓸렸다는 말을 믿을 사람이 아무도 없을 것이다. 하지만 이곳 바람의 위력으로는 엄연한 사실이었다. 500여 평의 골조는 씨름판의 패자처럼 해변 쪽으로 가지런히 누워버렸다. 그런데 이것은 그저 예고편이었다.

내가 직접 금강내기를 마주한 것은 다섯 번째 방북했던 2000년 3월 15일이었다. 날짜도 정확히 기억한다. 트럭을 타고 농장을 향해 가는데, 바람 때문에 차가 휘청거려서 주행이 어려울 지경이었다. 메타세쿼이아 가로수가 서 있는 길가를 지나가는 사람들은 등을 납작 구부리고 걷느라 애를 썼다. 그 모습은 마치 술 취해 비틀거리며 걷는 사람 같았다. 농장에 도착하여 트럭 문을 여는데 바람 때문에 붙잡을 틈도 없이 세차게 열렸다. 내려서 다시 문을 닫으려고 했지만 허사였다. 바람 때문에 2센티미터 두께의 쇠로 만든 문짝의 장석이 바람에 활처럼 휘어진 것이었다. 옆에 있던 강씨 노인이 고개를 절레절레 흔들며 걱정스러운 눈길을 보냈다.

"바람이 정말 대단하군요."

"말도 마시라요. 저번에 이야기했던 것처럼 지붕 모서리 기왓장 날린 정도는 바람으로 치지도 않는다니까요."

강씨 노인에게서 이 지역 바람의 위력에 대해 벌써 몇 번째 들었던 말이었다.

온실 농장은 아수라장이 되어 있었다. 구조상 불가피하게 천불동 바람의 방향과 직각으로 지어진 육묘용 비닐하우스는 이미 마른 오징어처럼 납작하게 짜부러져 있었다. 난리라는 말이 무색하게 휘몰아치는 바람은 비행기보다 더 큰 굉음을 내고, 찢어진 비닐이 여기저기 날아다녔다. 나는 농장의 바람 피해 현황을 사진 자료로 남겨 보수 작업에 참고하려고 현장 사진을 찍고 있었다. 그때 누군가가 등을 두드렸다. 정원찬이었다.

"이 회장 선생, 그 사진기 조사해야겠으니 잠깐 봅시다."

폭풍 중에도 내가 북측 기밀이라도 몰래 촬영한다고 여겼는지 카메라를 압수하겠다고 나를 다그쳤다. 발을 굴러도 시원찮을 난리 통에 한가하게 사진기나 보자 하니 도저히 이해가 되지 않았다. 나는 심기가 불편해졌다.

"나는 남한 농부의 양심과 자존심을 걸고 절대 비굴한 짓은 하지 않습니다. 보고용 강풍 피해 상황을 찍은 것 말고는 아무것도 없으니 줄 수 없습니다."

"그렇다면 카메라를 못 줄 이유가 없지 않습니까?"

참으로 딱한 일이었다. 내가 아무리 진심을 토로해도 압수하겠다는 의지를 관철시킬 태세였다.

"좋습니다. 내 결백이 입증될 게 분명하지만 이건 도리와 경우가 아니지요."

북측은 관광객이나 외래 방문객에 대하여 촬영하는 것을 금지하고 있다. 관람 수칙을 모르거나 단순 호기심, 또 어떨 때는 고의적으로 촬영을 시도하다 적발되는 경우를 종종 보았다. 그래서 농장 방문자들에게 이곳의 정서를 감안하여 기본 예의를 지킬 것과 함께 함부로 사진을 찍어서는 안 된다고 누누이 당부하곤 했다. 나 자신도 남새온실 관련 사진 말고는 내가 찍힌 변변한 사진 한 장이 없다. 더구나 남한에서 온 유일한 농부인 내가 처신을 잘못해 북측으로부터 불신이나 책망의 대상이 된다면 앞으로의 전례가 될 것을 염려하여 조금이라도 바람직하지 않은 행동은 철저하게 자제해왔다.

나는 남한 농민 중 최초로 농업 협력 사업을 하기 위하여 북측에 와 있는 공인이었다. 새로운 생명산업은 민족의 동질성과 신뢰를 회복하고 분단으로 절름발이가 된 현실도 극복할 수 있다는 굳은 신념과 소망을 가진 '통일 농부'를 자처하고 있었다.

카메라를 빼앗기고 언짢은 마음을 가라앉힐 정신도 없

고성에서의 영농 협력 사업은 남쪽의 기술과 경험에다 북쪽의 성실함이 결합되어 성과를 낼 수 있었다. 북한 여성 농업 노동자 중 한 명인 원명숙이 작성한 영농 일지.

이 모종을 심어놓은 또 다른 곳으로 달려갔다. 있어야 할 모종이 한 포기도 보이지 않았다. 도무지 이해가 되지 않았다. 바람에 하우스가 파손되고 비닐 피복이 날아간 것은 이해할 수 있지만 모종이 한 포기도 보이지 않는 것은 설명이 되지 않았다. 황당한 마음으로 한참을 서성이는데, 아버지가 의사라는 농장 일꾼 원명숙과 다른 여성 일꾼들이 바람을 가누면서 비틀비틀 다가왔다.

"아직 비닐이 날아가지 않은 동쪽 하우스로 모종을 옮겨놓았습니다."

강풍으로 모종이 상할까봐 이 여성들이 밤을 새워 모종을 다른 곳으로 옮긴 것이다. 나는 지금도 그녀들의 이름을 정확히 기억하고 있다. 원명숙과 류은별, 박명옥. 이들의 농사에 대한 애정과 금강산 자락에 남북 최초의 합동 농사를 성공시키고자 품었던 의지를 확인할 수 있어 가슴이 저려왔다. 그리고 어떠한 역경이 있더라도 이 순진무구하고 기특한 여성들의 희망이 꺾이지 않기를 간절히 소망했다.

비닐하우스 시공 초기에 농장에 고정적으로 배치되어 출퇴근하는 열서너 명의 여성 노동자가 있었다. 이들은 내 지시대로 비닐하우스 온도 관리, 작물 상태 관찰, 기상 상황, 1일 작업 내용에 대한 영농 일지를 작성했다. 그 기록을 보니 매우 구체적이고 꼼꼼했다. 그중에서도 원명숙이 남긴 영농 기록을 보면 그야말로 감탄이 나왔다. 언제인가, 파종일과 수확 예정 시기에 관련하여 원명숙이 작성한 일지를 확인할 일이 있었다. 그녀는 표지의 '관리공 일지'라는 제목 밑에 이렇게 써놓았다. "사람은 어데서 무슨 일을 하든 혁명에 필요한 사람, 없어서는 안 될 사람이 되어야 한다."

원명숙, 류은별, 박명옥은 그런 세계관으로 솔선하여 실천하는 기특한 여성들이었다.

마침내 첫 수확이 이루어지다

바람의 위력은 대단했다. 육백마지기에서 고군분투하던 시절이 떠올랐다. 그곳 또한 해발 1,200 고지라 태풍이 지날 때는 매우 강한 바람이 분다. 컨테이너에 임시 숙소를 마련하고 기거하던 때였는데, 바람이 너무 세서 작은 출입문을 혼자 힘으로 도저히 열 수가 없었다. 그때 바람의 엄청난 위력을 경험하고 나서 비닐하우스 파이프를 기존보다 더 굵은 것으로 바꿔 지었던 경험이 있었다.

한평생 농사꾼으로 살아왔지만 하늘이 하는 일만큼은 어쩔 도리가 없었다. 농사를 짓다 보면 숙명처럼 자연과 기후 변화 앞에 서게 된다. 그것을 너무도 잘 알고 있던 나는 방북 초기부터 고성의 기상 자료를 여러 차례 요청했지만 끝내 받지 못했고, 그대로 온실 작업에 착수할 수밖에 없었다. 자구책으로 남측에서 구한 기상 자료를 거꾸로 정원찬 과장에게 제시하면서 "지척에 있는 강릉에서도 강풍이 이 정도인데 이곳에서 하우스가 견디겠느냐"고 따졌다. 파풍막 설치를 제안했을 때도 의견이 맞지 않아 불만을 가졌던 그였지만, 결국 내가 동분서주, 남분북주하는 모습에 감화되었다. "남측 사람 중에 믿을 사람은 이해극 회장 선생밖에 없습니다."

심각한 바람으로 온실 현장이 아수라장이 된 것을 보는 그의 표정도 보통 때와는 사뭇 달랐다. 파풍막을 설치한 기둥 골조 자체가 무너졌을 정도로 피해가 심각했다. 500평짜리 연동 하우스가 총 6동으로 3,000평 규모였는데, 먼저 시공한 4동이 피해를 입었고 전체 70동 규모로 예정된 단동 하우스 중에서 시공이 완료된 29동 가운데 17동이 피해를 입었다.

시공은 중단되고 강풍 피해 복구 작업이 시작되었다. 우선 오이, 토마토 등의 모종은 단동 하우스으로 모두 옮겨 심었고, 연동 하우스의 붕괴된 부분은 해체하여 다시 시공했다. 비닐 파손 부분은 재피복 후에 이중 결속으로 강풍에 대비했다. 당초 5미터 높이의 파풍막을 1미터 더 높여 보강

했고 방풍림 조성 공사도 병행했다. 실패를 경험하지 않는 성공은 없다지만 이건 너무 가혹했다.

피해 복구 작업은 어느 정도 이루어졌지만 추가 자재를 남측에서 조달하다 보니 보수 작업은 그해 말까지 계속되었다.

"이해극 회장 선생, 죄송하게 됐습니다."

정원찬이 미안해하며 현상한 사진이 든 봉투와 압수해 간 필름을 내놓았다. 그 자리에 현대아산 우시연 사장과 김영수 부장이 동행했다. 우 사장이 격한 말투로 정원찬을 나무랐다.

"이 회장께서는 사진에서 보다시피 가나안농군학교에서 이미 계획한 팔레스타인 영농 시범사업을 포기하고 동포를 위해 이곳에 와서 고생을 자청하고 계시는 분입니다. 고맙다는 격려는 못할망정 의심이나 하다니 말이 됩니까?"

나도 내 마음을 한마디 말로 전했다.

"정 선생, 어찌되었거나 나를 못 미더워했던 오해가 해소되었으니 다행이오. 그런데 이번 일로 볼 때 내가 안타까운 것은 상호 신뢰가 전제되지 않는 남북 협력 사업은 성공할 수 없다는 겁니다."

그가 현상해서 되돌려준 사진을 주욱 훑어보았다. 사진 속에는 강풍으로 찢겨 하늘 높이 휘날리는 비닐이 찍힌 현장 사진과 함께 남쪽에서 강의할 때의 모습도 담겨 있었다. 거기에는 가나안농군학교 구호인 '알도록 배우자!'와 '내가 먼저, 희생! 봉사! 헌신! 하자'라는 새마을 정신의 기본 문구가 선명했다.

강풍 때문에 당초 세웠던 '연내 수확'이라는 목표는 지연되었다. 그래도 그다음 해인 2000년 2월부터는 배추와 쑥갓, 시금치 등의 첫 수확이 이루어져 현대아산에 납품이 시작되었다. 남북이 협력하고 최초로 수확한 농산물은 상징적이고 의미심장했다. 하지만 상품성을 따지자면 아직 목표 지점에 이르지 못했다. 전기 사정이 원활하지 않은 탓에 수막 재배가 제대로 이루어지지 않아서 일부 작물은 냉해 피해를 입었다. 게다가 토양이 비옥하지 않은 상태에서는 작물 생육도 좋지 않고, 각종 병충해에도 쉽게 노출된다.

병충해 방제 또한 제때 해야 하는데, 자재를 남측에서 구해 와야 하는 데다 통관은 하세월이었다. '도둑질도 손발이 맞아야 한다.'는 속담이 딱 들어맞았다. 사업 초기부터 줄곧 통관 절차를 간소화해줄 것을 건의했지만 허사였다. 농업의 특성상 농자재 통관에서 이렇게 시간을 지체하면 계획 영농에 막대한 차질을 빚게 된다. 농사에 때가 있다는 것을 아는 내 마음만 급했을 뿐, 세관은 평양에서 결정이 내려지기까지는 어떠한 융통성도 보이지 않았다.

농자재 통관 지연은 농사에 많은 피해를 가져왔다. 예를 들어 달팽이 피해가 발생하여 긴급하게 농자재를 직접 들고 가면 세관에서 억류당했다. 토마토를 심어놓고 화경에 수정을 해야 하는데, 수정액은 성분 검사를 해야 한다며 농장이 아닌 평양으로 가져갔다. 결국 수정액이 농장으로 왔을 때는 이미 수정 시기를 놓쳐서 무용지물이 되었다. 종자도 마찬가지다. 처음에는 북측 요구대로 북측 종자와 남측 종자를 반반씩 사용하다가 발아율이 높은 남측 종자를 사용하기로 합의했다. 그러나 통관이 늦어져서 제때 파종하지 못하는 사태가 수시로 발생했다. 필요한 종자와 농자재 등을 포괄적으로 지정하여 통관 문제를 해결하자는 제안은 그후로도 상당 기간 동안 받아들여지지 않았다.

이런 수많은 악조건 속에서도 고성 농장에서는 작물이 자라기 시작했다. 하지만 토양이 비옥한 상태로 회복되기 위해서는 육백마지기에서 겪었던 것처럼 또다시 인고의 세월을 견뎌야 할 것이었다. 때문에 객토 작업, 유기질 비료 생산 및 투입 등은 핵심 기초 과제가 될 수밖에 없었다. 고성 농장에서 제대로 상품성을 갖춘 농산물을 수확하는 데는 앞으로도 상당한 시일이 필요할 것이었다.

"보시는 바와 같이 우리는 제국주의와 맞서 싸우느라 현재 모든 것이 부족합니다. 그래도 행복하게 살고 있어요. 미국 놈들이 봉쇄 정책으로 우리를 이 지경으로 만들었지만 우리는 굴복하지 않습니다. 회장 선생, 이 사업을 통해서 열심히 서로 협력하여 성과적으로 잘해봅시다!"

농장 관리 담당인 김수만이 진지하게 자신의 의지를 말했다. 하지만 아무리 굳은 다짐의 말을 해도 쉽게 가까워질 수 없는 것이 현실이었다. 지금 생각해보면 하나의 목표로, 그것을 성취하기 위해 노력하면서 신뢰를 쌓는 것이 서로 가까워지는 길이었다는 생각이 든다.

북한 노동자들의 적극성과 성실함은 감탄스러울 정도였다. 생전처음 접하는 비닐하우스 시공 작업에서도 한 달 만에 시공 기술을 숙지했다. 그리고 자신들의 능력으로 나머지 하우스를 차질 없이 지어나갔다. 그들은 단기간에 공사를 마칠 수 있도록 각종 부속 자재들이 효율적으로 만들어진 것을 보고 신통해했다.

"생각보다 굉장히 과학적으로 설계 제작된 것 같습니다. 이 정도면 웬만한 바람에도 끄떡없겠습네다. 여기서 우리 힘을 합해 본때 있게 잘해봅시다."

그들은 감탄과 희망의 말을 거듭 되풀이했다. 그들이 하루아침에 달라진 것은 아니었다. 처음에는 북쪽의 박막온실(북에서 비닐하우스를 박막온실이라고 한다.) 시공 기술이 국제적 수준이니 자재만 보내주면 알아서 다 한다고 장담했다. 그런 그들이 이제는 남측 시공 전문 기술자가 철수하려 하자 공동 작업 기간을 연장해달라고 스스럼없이 부탁할 정도로 막역한 사이가 되었다. 더 나아가 남북이 지금의 협동 작업을 통하여 민족 동질성 회복에 한걸음 다가서고, 남측과 북측 모두의 마음에 '우리가 힘을 합하면 무엇이든 할 수 있겠구나.' 하는 공통의 자신감을 회복하여 마음이 열렸다고 보는 것이 맞을 것이다.

통하면 참으로 많은 일을 할 수 있다. 우리 팀에서 자재를 빈틈없이 준비한다고는 했지만 품목별로 빠지거나 부족한 게 생겼다. 그 한 가지 예가 멜론과 오이 줄기를 감아올리는 유인선이었다. 길이 1,000미터에 몇 천 원밖에 하지 않는 비닐 끈을 깜박 잊고 방북한 적이 있었다. 난감한 마음으로 농장 점검을 하는데, 북측 노동자들이 일일이 새끼를 꼬아서 수천 폭 오이와 멜론 덩굴 유인 작업을 하고 있었다. 내심 미안한 마음과 함께 감동이 밀려왔다.

"회장 선생, 새끼를 꼬아서 덩굴을 감아올리니 미끄러지지도 않고 더 잘 올라갑네. 참 보기 좋지 않습니까?"

나는 비닐 몇 뭉치면 해결할 일을 그들의 수고로움으로 해결했구나 싶어서 거듭 미안한 마음이었다. 하지만 이 일을 성공시키고 싶은 마음으로 이미 하나가 된 북측 노동자들의 적극적인 행동은 억지로 나오는 것이 아니었다. 말 한마디가 얼마나 서로에게 힘도 되고 상처도 되는지를 이곳에서 협력 사업을 하면서 순간순간 느낄 수 있었다.

물론 늘 좋은 일만 있는 것은 아니었다. 사업 초기, 현장에서 일하던 북측 건설 노동자가 불쑥 내게 불손하고 당돌한 질문을 던졌다.

"김대중 대통령이 대통령 깜냥이나 됩니까?"

건설 노동자들 중에서 중간 지도자 정도의 위치에 있는 김모라는 사람이었다. 나는 단호하고 엄한 말투로 대응했다.

"동무! 지금 한 말 당장 취소하시오!"

그것으로는 모자란 것 같아서 수첩을 꺼내들면서 다그쳤다.

"동무, 이름이 뭡니까?"

그는 부동자세로 얼어붙었다. 나는 그가 아무리 무식한 사람이라 해도 결코 경우가 아니라고 생각했기 때문에 재차 다짐하는 말로 단속을 했다.

"나는 우리 동포끼리 서로 도와서 오직 농사 잘 짓겠다는 마음으로 여기에 온 것이오. 앞으로는 농사와 농장일 이외에는 얘기를 꺼내지도 마시오!"

이렇게 황당한 일화도 있지만 대부분 북한 노동자들은 정말 성실하고 솔선하는 자세로 농사일을 도왔다.

하나의 기쁨, 통일 연습!

남과 북의 사람들 서로 간에 그나마 자연스러운 대화가 오가게 된 시점은 아마도 2연동 하우스가 완성되었을 무렵부터였던 것 같다. 속전속결, 그야말로 번갯불에 콩 구워 먹듯 한 달 만에 폭 21미터, 길이 84미터의 하우스 3연동이 완성되었다. 천불동 자락에 사상 처음으로 남북이 힘을 모아 기둥을 세우고 430여 개의 서까래를 걸치는 것을 시작으로, 그 완성된 모습은 누가 보아도 참으로 장관이었다.

측창은 물론, 천장 평면 커튼 개폐 자동화 시설까지 갖추었다. 전원만 넣으면, '열려라 참깨!'의 마술처럼 500평 면적의 천정 커튼이 소리 없이 좌우로 움직이면서 하늘이 일제히 열리고 닫혔다. 여기에 내가 개발한 주먹만 한 자동 개폐기는 80여 미터나 되는 두꺼운 보온 덮개를 상하로 가지런히 열고 닫았다. 이 장면을 보면서 사람들은 덩치에 비해 매우 강하다며 찬사를 아끼지 않았다.

이 연동 하우스가 완성될 즈음 북고성군 이병철 인민부 위원장이 농장에 왔다. 들뜬 분위기에 힘입어 그에게 넌지시 준공 자축연 이야기를 꺼냈다. "이 위원장, 남한에서는 이런 걸 다 짓고 나면 돼지머리도 삶고 막걸리도 내오고 하는데, 북한에서는 아무것도 없습니까?"

"소라도 잡지요! 그까짓 돼지 갖고 되겠습니까?" 그의 답변도 분위기만큼 호쾌했다.

사나흘쯤 후에 그는 북측 사람들 손에 들리고 등에 짐 지워 뭔가를 잔뜩 가져왔다. 하우스 준공에 즈음하여 먹을거리를 정성스럽게 챙겨 온 것이다. 가장 기억에 남는 것은 동해 연안에서 채취했다는 자연산 홍합이었는데, 그 크기가 어른 손바닥만 했다. 우리는 절을 하면서 고사를 지내지는 않았지만 금강신 천불동 자락에서 분단 이후 처음으로 남북이 함께하는 화기애애한 자리를 가질 수 있었다.

맨 바닥에 자투리 비닐을 깔고 리민상, 박찬호 등 기술지도원 및 중견 간부들이 처음으로 함께 둘러앉았다. 일에 쫓겨 서로 얼굴 볼 틈도 없이 동분서주하느라 사업 시작 이후 이런 자리는 처음이었다. 50여 년 분단의 시간은 서로의 술 문화도 다르게 만들었다. 서먹한 분위기가 계속되자 내가 먼저 그들이 가져온 '옥류동'이라는 북한 소주와 잔을 들고 일어섰다.

"남쪽에서는 나이 많은 어른부터 술을 드리는 게 예의인데 여기서 가장 나이 많은 분이 누굽니까?"

"물론 나지요!"

나는 주헌영 기사가 최고 연장자라고 생각했는데, 나와 동갑이라는 이병철 인민부위원장이 손을 들었다. 의외였다. 사업 초기 부지 측량 때부터 하우스를 짓는 내내 토목 기술자인 주헌영 기사가 나보다 연장자로 보여서 깍듯하게 예우했던 터였다. 내가 그에게 술을 따라 주면서 물었다.

"그럼 주헌영 기사는 금년 연세가 어떻게 되십니까?"

"마흔일곱입니다."

그때 내 나이가 쉰이었으니까 나보다 세 살 연하인 둘째 동생 해상과 동갑내기였다.

"아이고 그렇습니까? 내 나이가 올해 쉰입니다. 동생뻘 되는 분을 상전 모시듯 했습니다. 영광입니다."

이렇게 건배사 아닌 건배사를 하면서 모처럼 이루어진 잔치 분위기가 깊어갔다.

일단 우리의 사업은 성공적이었다. 모질게 불어대는 바람 피해도 극복했고, '우리가 같이 해냈다.'는 것에 서로 자부심을 가지고 기쁨을 함께 맛보았다. 이런 순간에 마음이 열리는 것도 새삼 느낄 수 있었고, 통일도 가깝게 느껴졌다. 현장에서 일하면서 내내 얼굴을 맞대는 사람의 나이를 아는 것이 뭐 그리 어렵다고, 이제야 알게 되었다. 그런데 결국 함께 이룬 성취가 이러한 사소한 것들도 서로 통하고 알게 해준 것이다.

금강산관광총회사 리덕수 부사장이 시공 현장에 와서 의미 있는 이야기를 나누던 것도 이때쯤이었다. 포마드 기름을 발라 뒤로 넘긴 머리를 가지런히 빗질하고 다니던 그가 속내를 드러내며 말했다. "이해극 회장 선생, 잘해봅시다. 이거 잘하면 일본 놈이 먹을 거야요, 미국 놈이 먹을 거야요. 우리끼리 민족 번영을 위해 잘해봅시다!"

나는 확신한다. 적어도 북한 고성군 농업 노동자들, 남새농장에 와서 일하던 인민들과 남한에서 방북하여 일하던 친구들은 서로 신뢰하고 존중하는 내면적 통일을 이루었다. 이렇게 신뢰가 쌓이면서, 원칙을 고수하며 융통성 없는 태도를 시종 보였던 정원찬 과장 또한 마음의 문을 연듯했다.

나는 사업 초기에 정원찬 과장에게 내 진심을 전한 적이 있다. "궁극적인 목적은 남북이 어우러져 농사를 잘 짓고자 함이 아닙니까. 남측에서 나를 비롯한 기술자들이 오든 안 오든 상관없지만, 남북이 협력하면서 추진한다면 더 훌륭한 성과를 낼 수 있지 않겠습니까?"

일을 성취해가는 과정에서 나의 진심이 전달되었다는

것을 알 수 있었다. 정원찬 과장의 태도가 변한 것을 드러내듯 숙소에서 현장까지 늘어선 검문소의 숫자가 줄어들었다.

통일은 눈에 보이는 철조망을 거두는 것이 아니다. 남과 북의 사람들이 서로의 진심을 알아보고 하나의 목표를 향해 서로 공명하고 공감하면서 내면적 통일을 이루어가는 것이다. 그런 다음에 철조망이 거두어진다면 서로의 갈등 상황을 줄이고 앞을 향해 나아갈 수 있을 것이다.

나는 통일에 앞서 생명산업인 농업 협력 사업을 통하여 서로 합의하고 하나의 노정을 따라 나아가면서 이러한 성취 과정을 경험했다. 그리고 이러한 성과들이 부문별로 모일 때 바람직한 통일 조국을 그릴 수 있을 것이라 확신한다.

다시 초심으로

이렇게 좋은 분위기와 환경이 만들어질수록 초심을 잃지 않고 마음을 다잡아야 했다. 하루 종일 정신없이 뛰어다니는 나를 줄곧 그림자처럼 동행해온 신변보호 책임자 이혁주와 이철은 정신없이 일에 매달려 입술까지 부르튼 내가 안

쓰러웠던 모양이다.

"회장 선생, 잠시 시간을 내서 쉬실 겸 금강산 구경도 하시라요. 여기까지 와서 금강산도 안 보고 갑네까?"

"나는 금강산 구경하러 온 사람이 아닙니다. 기왕이면 농장 농사가 잘되었을 때 그때 아주 즐거운 마음으로 금강산 구경을 가겠습니다. 이러다 농사가 잘못되면 영영 못 갈 수도 있을 테니 열심히 해야겠지요."

애써 화제를 돌려놓으면 그들은 다시 이야기로 돌아왔다.

"회장 선생, 마누라님은 여기 안 오십니까? 마누라님을 한번 보고 싶습네다."

"내가 여기 남새 농사가 잘돼 마누라한테 체면 서고 자랑하고 싶을 때, 그때 같이 오지요."

금강산 영농 사업이 시작된 지 만 5년이 지난 다음에야 내 아내는 순수 농민단체인 제천시 새농민회 회원들과 함께 이곳을 방문했다. 그때 아내는 남새농장 일꾼들로부터 찬사와 위로를 받았다. 늘상 아내에게 "일 못 해 죽은 귀신 붙었나, 일이 하고 싶어 잠은 어떻게 자요?"라며 지청구를 받던 나는 북한에서도 일에만 빠져 살았다. 일이 곧 행복이라는 나를 누가 말리겠는가. 깨진 바가지 밖에서도 새긴 마찬가지라고, 이런 기질은 북한에서도 달라질 게 없으니 불철주야로 일이 성사되기만을 바라며 전력을 다 했다.

몇 년이 지나고, 항상 나와 동행하던 이혁주와 이철이 임무 교대로 복귀한다며 인사를 하러 찾아왔다. 독립군의 후손이라는 이철이 먼저 말을 꺼냈다.

"회장 선생, 그동안 무탈하게 잘 지냈습니다. 이제 임무가 끝나서 돌아가게 되었습네다."

"독립군 아버지께서 못 다 이루신 민족 평화 통일을 우리가 이루도록 노력합시다. 그리고 그때 다시 만납시다."

나는 작별의 악수를 굳게 하며 말했다.

"언젠가 통일이 되면 제가 맨발로 뛰어가더라도 제일 먼저 회장 선생을 찾아보겠습니다."

금강내기 바람에 컨테이너가 수십 미터 날아가던 날, 강풍에 터진 비닐하우스를 응급조치하느라 정신없던 때의 그가 생각났다.

"회장 선생, 이러시다가는 죽습네다!" 그러면서 괴력으로 나를 끌어내 신변을 지켜주었던 사람이다.

우리의 인연을 조국 통일의 기쁨으로 승화시키자는 작별 인사를 남기고 그는 평양으로 돌아갔다. 그를 내 생전 언젠가는 만날 것 같은 좋은 예감이 들었다. 아버지가 자랑스러운 독립군이셨다는, '당성이 좋은' 그 친구도 내가 꿈꾸는 그러한 조국 통일을 꿈꾸고 있을 것이라고 믿는다.

2000년 3월, 금강내기는 두 번에 걸쳐 막대한 상처를 남겼고, 복구 사업은 그해 내내 계속되었다. 그럼에도 남새농장은 점차 안정을 찾아가고 완성된 하우스에서는 과채류가 생산되기 시작했다. 토양 개선, 생산성 향상 등의 장기 과제가 남아 있었지만 큰 틀에서는 농장이 본격적으로 가동되었다. 여기에는 희망에 부푼 농장 노동자들의 헌신적인 노력이 크게 한몫을 했다. 하우스 해체와 재시공 등은 그동안 쌓은 기술을 바탕으로 그들 스스로 해결했다. 남한에서도 일부 농가만 응용하고 있는 수막 재배를 자기들 스스로 관리할 수 있을 만큼 기술도 숙련되었다.

작물 출하에서 상품성을 높이려는 노력도 했다. 상품의 질이 낮으면 가격도 낮게 결정된다는 사실을 인식하면서 출하하기 전에 선별, 정선하는 세부 노력도 하기 시작했다. '상품'에 대한 개념이 생기기 시작한 것이다. 사업 초기에는 물자 절약에 대한 인식도 부족했지만 점차 한정된 물자를 알뜰하고 합리적으로 이용하려는 모습을 보여주었다.

진보된 과학영농을 접하는 자세도 달라졌다. 농작업 일지 작성도 달라진 점이었다. 매일매일 온도를 기록하고 계획안과 문제점을 꼼꼼히 적으면서 내가 의도하는 영농 기술을 현장에 적용하기 시작했다. 이렇게 나의 목표는 결실을 맺어갔다.

북고성군 농업협력단

하지만 남새농장의 애초 목표 달성은 아직 요원했다. 원래 계획은 시설 투자와 기술 지원 비용을 현대아산이 투자하고, 본격적인 생산이 이루어지면 상업 거래 방식을 통해 투자비 회수, 그리고 농장은 자립한다는 것이었다. 단 이러한 계획은 관광객 수가 연간 20만 명으로 유지된다는 것을 전제로 수립된 것이었다.

계획대로라면 3~4년 후에 현대아산은 투자 원금을 회수하고 농장을 자립시켜, 상업적 거래를 지속하는 경제 협력 모델이 완성되어야 했다. 하지만 상황은 전혀 달랐다. 우선은 관광객 수가 1999년 14만여 명, 2000년에 21만여 명을 기록하더니 2001년에 5만여 명, 2002년에는 7만여 명 수준으로 감소했다. 그러니 상업적 거래 규모도 축소될 수밖에 없었다.

게다가 농장의 조건도 순조롭지 않았다. 첫해 금강내기로 인한 피해는 작물 생산을 지연시켰고, 2002년에는 태풍 여파로 인한 침수로 과채류 재배는 큰 타격을 입었다. 무엇보다 농작물 생산의 선결 요건인 토질 개선에는 북측의 여건 조성과 함께 지속적인 시간이 필요했다.

이때 강정일 전 농촌경제연구원장의 주선으로 탄생한 것

이 '북고성 농업협력단'이다. 경제 협력 사업은 현대아산과 농장의 상업적 거래 방식을 그대로 유지하고, 인도적 지원 사업은 분리한다는 것이 기조였다. 이렇게 하여 현대아산도 참여하면서 농협중앙회, 한국유기농업협회, 도드람축협 등 4개 농업 관련 단체와 국제종합기계, 대동공업, 바이오베스트, 경농, 동부한농화학, 농우바이오, 일신화학, 익산농기계 등 농자재 생산업체, 그리고 종교단체인 안동교회와 연구기관인 농촌경제연구원이 참여하는 협력단이 설립되었다. 북고성 농업협력단은 기존 사업에서 인도적 지원 사업을 분리하여 분담하는 방식을 모색했다. 현대아산은 기존대로 행정과 물자 수송을 맡아주었다.

북고성 농업협력단이 만들어지면서 나의 역할에도 변화가 찾아왔다. 북고성 현장 기술 자문역으로 참여하면서 농장 사업이 자리를 잡아가도록 돕는 한편, 농장에 관련된 물자와 자재, 기계 등을 조달하는 사업을 본격적으로 추진하게 되었다. 이러한 지원은 통일농수산사업단의 활동이 본격화될 때까지 이어졌다.

이러한 큰 틀의 변화는 농업 협력 사업의 확장과 지원 체계가 다양해진다는 긍정적 측면이 있었다. 하지만 사업 모델을 정착시켜 통일 사업의 기조를 다져간다는 장기적인 안목에서 볼 때는 부정적인 측면이 있는 것도 사실이었다. 지원이라는 관점에서만 보면 북한에 도움이 될 것이지만 사업이 자립을 목표로 성장해가고 교류 협력 당사자로 거듭날 수 있는 협력 모델의 정착이 더욱 중요했기 때문이다. 그런 의미에서 고성 남새농장은 아직 갈 길이 멀었다.

북한에서도 극히 제한적이기는 하지만 시장이 형성되기 시작했다. 하지만 그것이 제대로 작동하는 단계는 결코 아니었다. 고성 농장에서 일하는 노동자들은 이 시설에 얼마나 많은 투자가 어떻게 이루어지고 있는지에 대하여 거의 정보가 없다. 따라서 농산물 판매 수익으로 남새농장이 유지되어야 한다는 절박함이 없었다. 우리에게는 너무나 익숙하고 당연한 적기 출하, 적기 납품, 상품성 개선 등의 시장원리가 이들에게는 아직 생소했다. 상품의 생산과 상품의 거래가 이루어지는 시장경제, 그리고 이를 기반으로 하는 북한식 '농업기업소'가 유지, 발전되려면 많은 시간과 노력이 필요해 보였다.

대북 협력 사업에 흔쾌히 참여해준 고마운 사람들

대북 협력 사업에 기꺼이 참여해준 분들이 많다. 이분들이 특히 고마운 것은 거창한 구호로 포장한 생색내기가 아니라 '함께 협력하고 함께 배불리 먹고 살기' 위한 터전을 닦는 일에 열정적인 지원을 아끼지 않았기 때문이다.

'죽을 때 죽더라도 종자는 베고 죽는다.'는 말이 있다. 종자는 생명의 근원이다. 내가 북한 농업 지원을 시작하면서 맨 먼저 떠올린 사람도 지금은 고인이 되신 농우종묘의 고희선 씨였다. IMF 외환위기 당시 국내 최대 씨앗회사인 흥농과 서울, 중앙종묘가 쓰나미처럼 다국적 기업으로 넘어갈 때 국내 종묘회사를 지켜낸 분이다. 1980년대 흥농종묘 수원 지점장을 지내다 독립하였는데, 웅성불임 F1 고추 종자의 성공으로 지금의 농우종묘가 되었다. 토종 국내 종묘회사로는 단연 1위다. 1980년대 후반쯤 농우종묘에서 주최하는 고추 현장 평가회에 독농가 심사위원으로 참석했을 때 나와의 인연이 시작되었다.

북한 종자의 발아율이 저조하여 계획 생산을 가늠할 수 없게 되자 남한 종자 선택이 불가피해졌다. 북한 고성 농장에 사용할 종자를 외국계 회사에 부탁하는 것이 구걸 같아 내 자존심이 허락지 않았다. 우선 농우종묘에 연락을 했다. 안휘영 부사장이 재직할 때인데 북한 영농 사업에 대한 이야기를 했더니 즉시 협조 승낙이 떨어졌다. 당시 농우종묘에서 무상 지원한 종자를 값으로 따지면 수천만 원어치는 될 것이다.

이 외에도 수많은 분이 북한 영농 사업을 위한 지원을 아끼지 않았다. 무엇보다 감사한 것은, 그들의 도움이 매스컴을 포함한 외부에 전혀 알려지지 않아야 한다는 것을 전제로 했다는 점이다. 도움을 주는 사람의 입장에서는 외부에 알리고 싶은 것이 당연할 수도 있다. 하지만 다행스럽게 지원해준 분들은 하나같이 '동포에 대한 보람 있는 일'이라는 생각에 동의했고, 나와 뜻을 같이해주었다.

고성 농장은 토양 상태가 매우 나빠서 응급 환자에게 영양제가 필요하듯 복합비료와 엽면 시비제 등의 투입재가 많이 필요했다. 그때도 나르겐, 부리오, 미리근 제품 생산으로 유명한 대유화학 대표 권옥술 씨가 많은 도움을 주었다. 권옥술 씨와도 오랜 인연을 이어오고 있었다. 1990년대 초반 대유화학에서 양액 관주용 복합비료를 생산하기 시작했을 때인데, 내가 '물푸레'라는 제품명을 지어주고 작명료 40만 원을 받았다. 그 돈으로 한국유기농업협회에 커다란 텔레비전을 사서 기증했던 추억도 있었다. 이렇게 몇 십 년 동안 친분을 유지해오던 분인데 사정 이야기를 듣고는 지원을 아끼지 않았다.

"이 일은 텔레비전에도, 신문에도 나오지 않는 일입니다."

이렇게 앞서서 양해를 구하기라도 할라치면 농우종묘나 대유화학 모두 나를 무색하게 만드는 답변을 했다.

"우리 동포에게 봉사, 협조할 기회를 주어서 오히려 고맙습니다. 농사가 잘되기만 바라겠습니다."

농민 발명가인 신흥공업사 윤태욱 대표도 빼놓을 수 없는 사람이다. 그는 1993년 내가 한국농민발명협회 회장으로 있을 때 경기도 이사를 하던 분이었다. 원래 발명가들이 그렇듯, 윤태욱 대표도 매사에 긍정적이고 호쾌하며 통이 큰 사람이었다. 경기도 화성에서 대규모로 벼농사를 지었는데, 가래질 등 힘든 현장 경험을 바탕으로 아이디어를 내서 실용적인 농작업기를 개발하고 사업화하여 성공한 농민 발명가였다.

당시 북측 농업은 거의 수작업에 의존하다 보니 농번기에는 일손이 달리고 때를 놓쳐서 어려움을 겪었다. 특히나 논두렁 조성 작업 같은 경우도 인력만으로 하니 어려움이 많았다. 이 이야기를 들은 나는 남으로 내려오자마자 이 분야 전문가인 윤태욱 씨에게 연락했다.

"윤형, 삼일포 인근 논농사 면적이 1,000헥타르가 넘는데 수십 킬로미터나 되는 논두렁을 순전히 사람 손으로 작업합니다. 그러니 동포들이 고생은 고생대로 하고 봄철 일손을 다 빼앗기다 보니 제때 농사도 어렵답니다. 그래서 부탁드리는데, 형님이 개발한 논두렁 조성기를 지원해주셨으면 해서요. 그리고 감자 굴취기도 주시면 더 고맙겠구요."

"이 회장, 그래서 몇 대나 필요한 거야?"

내 말이 떨어지기도 전에 윤태욱 대표가 승낙의 말부터 해왔다. 논두렁 조성기와 감자 캐는 기계는 기계 값이 한 대당 몇 백 만원씩 하는 비싼 농기계다. 내가 개인적으로는 한 번도 해본 적 없는 부탁이 염치없는 데다, 그에게 부담을 주고 싶지는 않았다.

"각 한 대씩만 주셔도 저야 고맙지요."

"알았어. 두 대씩 줄게. 어디까지 실어다주면 되지?"

"서쪽 끝 경기도 화성에서 동해까지 가져가야 하는데, 주시기만 하면 운반은 제가 하겠습니다."

"아니야. 기계가 육중해서 다칠 수도 있어. 게다가 지게차 불러서 올리고 내리고 하는 게 번거롭고 위험하니까 크레인으로 내가 동해까지 실어다줄게."

무거운 기계를 4대씩이나 그것도 직접 운반까지 해준다니, 고마운 마음을 금할 길이 없었다. 게다가 논두렁 조성기는 사람 노동력의 1,000배, 감자 굴취기는 100배의 일을 할 수 있는 아주 신통한 농작업기였다. 이것으로 북측 동포들이 힘든 노동에서 해방될 수 있다고 생각하니 횡재를 한 기분이었다.

익산농기계의 김완수 사장도 북한 영농 사업에 큰 보탬을 주었다. 통일농수산사업단에서 삼일포 지역에 처음으로 이

모작 실험을 할 때 보리 수확이 늦어져 모내기에 차질을 빚는다는 이야기를 듣고 즉시 수확용 콤바인 한 대를 올려 보내주었다. 성질이 다소 급하지만 그래서 더욱 어떻게라도 적시에 동포에게 도움을 주겠다는 생각을 실행으로 옮길 수 있는 사람이었다. 결정하고 단 10분 만에 비료와 펠릿, 유박 등을 한 번에 3,000평 정도 뿌릴 수 있는 성능을 가진 농기계를 비롯하여 파종기, 양수기 등을 1,000대나 올려 보내기도 했다. 이분들 말고도 화물자동차를 기증한 허브다섯뫼 조강희 대표를 비롯하여 많은 분의 도움이 있었다.

홍보나 한 줄 기사도 없이 이렇게 북한 영농 사업에 지원을 아끼지 않았던 분들에게는 공통점이 있다. 나눌 것이 있다는 데 행복해하고, 스스로 개발하고 취급하는 제품에 대하여 자부심과 보람을 느낀다는 것이다. 먼 훗날까지 이분들의 나눔과 협력의 사연은 아름다운 추억으로 남을 것이다.

남북 협력, 금강산 제천 사과로

북한 영농 사업의 과도기에 탄생한 것이 '금강산 제천 사과'다. 남북 교류가 활성화되면서 제천시와 북고성군 간 과

수 원예 협력 사업이 성사된 것이다. 여기에는 제천 엄태영 시장의 순발력과 제천 농민들의 도움, 그리고 제천 시민들의 평화 통일에 대한 염원이 한마음으로 어우러져 있다.

당시 내가 만나는 사람들은 누구나 할 것 없이 북한에 관해 이야기하였다. 내 농사까지 제쳐놓고 북한을 오르내리며 정성을 쏟을 때이니만큼 실적보다는 아직 진행 중이라는 이야기 정도만 오갈 정도였다. 그때는 금강산 관광이 활성화되어 있을 때라 제천 새농민회 회원들 중 일부가 직접 고성 농장에 와보고 싶어했다.

2004년, 그동안 북한 관료들과 어느 정도 신뢰가 쌓인 터라 제천의 순수 농민단체인 새농민회를 소개했다. 그리고 금강산 관광을 겸한 고성 남새농장 방문이 가능할지 물었다. 며칠 후 북측의 장훈일 부장에게서 추진해보자는 답변이 왔다. 금강산 관광 일정에서 한나절 정도 시간을 내 남새농장 방문을 주선해보겠다는 것이었다. 그리하여 제천 새농민회 회원 20명과 엄태영 제천시장, 당연직 명예회원 자격의 이종호 도의원이 합류하여 고성 농장 견학이 추진되었다.

새농민회원은 원예, 식량, 과수 등 각 부문 최고 기술과 실력을 겸비한 농업 전문가들이었다. 그런데 이념이라는 것이 뭔지, 제천에서 북한 농업을 지원한다는 이야기가 나오자 우리도 힘든데 북한을 돕는 게 말이 되느냐는 비판이 많왔다. 더구나 당시는 IMF 외환위기가 닥친 시기여서 나라 전체가 어려움을 당하고 있을 때라 더욱 거센 비판이 쏟아졌다. 심지어 어느 자리에서는 나를 보고 빨갱이라 상종해서는 안 될 사람이라고 노골적으로 비판하고 선을 긋기도 했다.

하지만 새농민회 회원의 북고성 남새농장 방문은 사람들의 생각을 완전히 바꿔놓았다. 나로서는 5년째가 되는지라 여러 상황이 익숙해져 있었지만 처음 방문한 그들에게는 상당한 인상을 남긴 모양이었다. 농작물이 싱그럽게 잘 자라 생동하는 농장을 눈으로 직접 보고 나서는 무엇이라도 돕고 싶은 마음까지 갖게 된 것이다.

금강산 관광 코스와는 달리 남새농장으로 가는 길은 북고성 마을을 지난다. 그 길을 지나다 보면 '리발소'와 남새 상점들이 보이고 장마당에서 채소를 거래하는 사람들, 얼음과자를 파는 사람들을 보게 된다. 그러는 사이 조금씩 북한에 대한 인식이나 감정이 달라져갔다. 대표적인 사람이 학교 후배인 제천 Y뉴스 양승달 기자였다. 그는 내가 한 번도 북한 영농에 대하여 기사가 될 만한 정보를 주지 않고 입을 다물자, 그 섭섭함 때문인지 북한 협력 사업에 대해 사사건건 비판적인 험담을 하던 친구였다. 그런데 직접 고성 농장을 방문하면서 그의 생각이 완전히 달라졌다. 그리고 자신의 생각이 얼마나 편협했었는가에 대해 나에게 미안해했다.

남북 동포가 협력하여 질서정연하게 조성된 1만여 평 규모의 시설 단지에서는 북측 농업 노동자들의 정성어린 보살핌으로 온갖 작물이 잘 자라고 있었다. 이를 본 엄태영 제천시장이 감탄했다.

"해극 형님, 여기는 벌써 통일이 된 것 같습니다."

그러면서 엄 시장은 남북이 뭉치면 무엇이라도 할 수 있겠다는 생각에 착안하여 머릿속에서는 또 다른 사업 구상을 하고 있었던 모양이다. 1.2킬로미터 파풍막 시설이 있는 남새농장 중앙 통로를 지나면서, 엄 시장이 나에게 뜬금없는 이야기를 꺼냈다. "형님, 여기 금강산 지역에 현대식 과수원 조성 협력 사업을 할 수 있을까요?"

농장을 둘러보는 동안, 이곳에 품질 좋기로 소문난 제천 사과 협력 과수원을 조성하면 좋겠다는 생각을 하게 된 것이다. 그는 그렇게 되면 제천 사과를 홍보하는 것은 물론 민족 동질성을 회복하는 데 제천시가 기여할 수 있다는 것을 부연 설명했다. 마침 평양에서 와 있던 장훈일 씨가 동행하고 있었다. 나는 즉석에서 그에게 의견을 물었다.

"제천시장 의견인데, 분단 이래 최초로 과수 분야 협력 사업을 해보지 않겠습니까?"

"이 회장 선생, 북남이 번영할 일이라면 나로서는 쌍수 들어 환영입니다. 상부에 보고하겠습니다."

엄 시장은 순발력 있게 지자체 차원에서 남북 교류 협력 사업을 구상했고, 북측 관료들과의 만남에서 자신의 아이디어를 제안했다. 제안 내용은 '제천시와 북고성군 간 영농 협력에 있어서 세부적으로는 사과, 복숭아 등 과수 사업을 추진하여 금강산 관광객을 대상으로 제천 농산물 브랜드를 알린다. 북한에는 최신 시설 과수원 농자재를 제공하여 이를 모델로 북측에 신기술 과수원으로 확대한다.'는 것이었다.

그러나 남측의 지원이 남긴 나쁜 기억 때문에 부정적이고 회의적으로 바라보는 사람도 있었다. 금강산 관광지구 파견 관료로 수위 직급에 있었던 정원찬 과장이 나서서 불만을 토로했다. "무슨 나무젓가락 같은 묘목 몇 개 심어놓고 또 생색내기나 하려는 것 아닙니까?"

"아니, 우리 이 회장님이 이제까지 그런 식으로 일하는 거 보셨습니까? 생색내기라면 제일 못마땅해하는 분인 걸 정원찬 선생도 잘 알고 있잖아요." 나를 잘 아는 김영수 부장이 먼저 나서서 얼굴을 붉히면서 화를 냈다.

하지만 정원찬 과장의 말이 틀린 것도 아니다. 협력 사업으로 방북한 남측 인사 중에 매스컴에 너무 거창하게 떠벌리고 지나친 생색내기를 해서 사업의 취지를 오히려 망치는 인물도 많았다. 농장을 방문한 남한 사람 중에도 별의별 사

지자체 단위에서의 첫 남북 협력 사업인 삼일포 과수원. 이 덕에 제천 시민은 금강산 관광에서도 특별한 환대를 받곤 했다.

람들이 다 있었다. 연탄과 라면 등을 기증하고는 인증 사진을 찍느라 작업 중인 북한 동포들을 오라 가라 요청하며 부산떠는 게 다반사였다. 안내를 맡아 함께 있던 내가 보기에도 민망한 경우가 허다했다.

어떤 관계이든 도움을 주는 쪽은 상대를 주눅 들게 하거나 자존심에 금이 가게 하지 말아야 한다. 이는 진정한 배려와 배치될 뿐만 아니라 지원과 협력이라는 순수한 관계를 망가뜨린다. "자존심 강한 북측 사람들에게 겸손에 각별하라.”는 해원 형님의 말씀은 나를 비롯해 남측 사람들 모두가 명심해야 할 말이었다.

김영수 부장의 흥분을 가라앉히고 장훈일 부장의 중재로 과수원 사업 계획은 어렵사리 성사되었다. 엄 시장은 이 사업을 조용히 속전속결로 성사시키고자 했다. 북측 허가도 변수이지만 이미 북한 지원 사업 통로가 다변화되어, 다른 단체나 지자체가 중간에 개입하여 협력 사업 자체를 비판하거나 이념론으로 확대라도 하게 되면 사업 자체가 무의미해질 수도 있었기 때문이다.

제천 지역은 겨울에 춥기로 유명하다. 그래서 사과 수확기에는 일교차가 커서 제천 사과는 단연 맛과 향이 뛰어난 최고 일품이다. 하지만 충주는 오래전부터 지자체를 중심으로 ‘사과 하면 충주! 충주 하면 사과!’라는 문구와 함께 충주 사과를 브랜드화해, 소비자들에게는 ‘충주 사과’라는 인식이 널리 퍼지고 제천 사과는 뒤로 밀려 있었다. 이러한 상황을 반전시키기 위해서라도 누가 훼방을 놓거나 끼어드는 것을 경계해야 했다.

‘은밀하게, 속전속결로’ 제천을 홍보하고 제천 사과 브랜드 가치를 높이려는 사업가 출신의 엄태영 사장답게 열정과 추진력이 대단했다. 우선 과수원 부지 물색에 나섰다. 가장 중요한 홍보 효과를 감안하여 삼일포고등학교 앞 해금강으로 가는 관광 도로 옆 보리밭에 과수원을 조성하기로 합의했다. 이미 심어놓은 보리밭을 갈아엎는 대신 그 생산량에 해당하는 곡물로 지원하는 사업도 병행 추진했는데, 이 일은 해권 형님이 불교계인 구인사, 법주사에 부탁하여 쌀 6톤을 지원받아 해결했다.

제천으로 돌아온 엄 시장은 별도의 과수원 사업팀을 결성하고, 일차적으로 소요 자재 목록을 작성하여 즉시 계약을 체결했다. 당장 현금이 필요한 일은 사과 묘목 구입이었다. 갑작스러운 사업 조성으로 시 예산이 있을 리가 없었다. 엄 시장은 급한 대로 사비를 털어서 자금 문제를 해결했다. 엄 시장 개인 통장을 받아들고 사업 실무를 주관하던 제천시 농산과장 이충우 씨와 엄두용 씨, 농업기술센터 이수현 씨 등 팀원들은 엄 시장이 무모해 보일 정도였다고 회고한다. 만약 사업이 성사되지 않으면 묘목 대금으로 지불한 비용을 회수할 길도 영영 없어지기 때문이었다.

민관이 혼연일체가 되어 주도면밀하게 준비한 사업은 일사천리로 진행되었다. 사업이 공식적으로 성사되고 그 전처럼 해상 운송이 아닌 남한 고성군을 경유한 육로 운송으로 자재를 북측에 들였다. 남측의 과원 조성 방식과 북측의 노동력이 결합된 과수 단지 조성 사업은 잘 마무리되었다.

사업을 구상한 지 불과 두 달여 만에 북고성군 삼일포리

해금강 관광도로변에는 반듯하게 조성된 최신식 과수원 단지가 탄생했다. 이 사업 추진을 지켜보며 조력했던 현대아산의 김영수 부장도 이토록 신속한 대북 농업 협력 사업은 없었다며, 일사불란한 진척에 놀라워했다. 그는 이런저런 검토와 사유로 최소 1년의 준비 기간이 필요하다고 예상했던 것이다.

사과밭 7,000평과 복숭아밭 3,000평, 총 1만 평의 과수원에는 남한에서도 가장 현대적인 기술과 최신 자재가 총동원되었다. 제천농업기술센터 이수현과 제천 사과 영농조합원법인 김동천 등 기술인력 3명이 영농 기술을 지원하고, 북측에서는 하루 40명씩 인력을 투입하여 5일 만에 식목을 완료했다. 이제 명실공이 남측에서도 흔하지 않은 최고 수준의 최신식 과수원이 북측 해금강변에 탄생한 것이다.

과수는 키가 크지 않아도 결실을 잘 맺는 왜성 묘목을 심었고, 지상부에는 점적 관수를, 지하부에는 과원 전체에 유공관을 매설하여 가뭄의 수분 공급, 장마의 배수와 통기성 확보를 일거에 해결했다. 여기에 북측 노동자들의 열정도 한몫을 했다. 남측 기술자가 제시한 설계도대로 땅을 파고, 식목과 지주 작업 등에서 한 치의 오차도 없이 단 시간 내에 조성 사업을 끝낸 것이다.

과수원 사업 비용은 제천 시민들의 성금으로 충당했다.

제천시에서 북한에 '사과나무 한 그루 심기' 캠페인을 벌였는데, 당시 시민들의 반응은 예상을 뛰어넘었다. 농협중앙회와 새농민회뿐만 아니라 일반 시민과 택시 운전기사, 심지어 어린이들까지 이 캠페인에 동참했다. 그리고 마침내 1억 600여 만 원의 성금이 순식간에 마련되었다. 의병의 고장답게 통일을 소망하는 시민운동으로 고무된 제천시는 한바탕 북새통을 이루었다. 엄태영 시장은 당시 한나라당 소속이었는데, 야당 지자체장으로서 남북 지자체 간 교류 협력 사업으로는 최초, 1호라는 성과를 낸 것이다. 남북 교류가 중단되지 않았더라면 전국 지자체 간 남북 교류 협력이라는 더 없이 좋은 모델로 정착할 수 있는 혁신적인 사업이었음에 틀림이 없었다.

제천과 북측 지자체 협력 사업은 2007년 신계사에 제2차 과원 조성으로 확대되었고, 지속적인 영농 기술 지원 사업과 농자재 전달은 해마다 수차례 이루어졌다. 뿐만 아니라 과원 조성 기념식수 행사와 과원 관리사옥 신축, 사과 판매장 개설 및 판매 행사도 성황리에 가질 수 있었다. 보리밭이었던 과원 조성지 지원 식량도 통일부 승인하에 매년 3회씩, 3년 동안 직접 전달할 수 있었다. 아울러 삼일포소학교와 삼일포중학교 체육 시설 및 운동기구 지원도 이루어졌다.

사과 수확 축제가 열렸을 때는 약 300명의 제천 시민이

2박 3일 동안 금강산 관광을 겸하여 참석했다. 첫째 날은 제천 사과 따기 체험과 판매 행사에서 제천 사과를 홍보하고, 둘째 날은 금강산 관광을 하는 일정이었다. 북으로 갈 때 겨우 엄지손가락 굵기였던 사과나무를 남북의 기술자들이 각별한 정성으로 돌보았는데, 통일 소망을 품은 탓인지 밤낮없이 잘 자라주었다. 그리고 3년 만에 많게는 한 그루에 30여 개의 사과를 가지가 휘어질 정도로 주렁주렁 매달았다.

제천 시민의 성금으로 잉태되고 남북 동포의 농심으로 길러진 사과를 한 입 베어 물고 있는 모습은 나에게 큰 의미로 다가왔다. 그것은 평화가 머무는 성역, 바로 그것이었다. 통일이 언제쯤 이루어질까, 그것은 아무도 모른다. 그러나 시공을 초월하여 지금 이곳, 이 순간만큼은 분명히 '남북의 동포가 한마음이 된 통일'이었다.

이렇게 제천시와의 교류가 활발해지자 북측 사람들에게 제천이라는 지명은 지극히 익숙한 이름이 되었다. 검문소를 통과할 때 그런 현실이 더욱 실감났다. 과수원은 관광 구역을 벗어난 지역이라 검문소를 지나간다. 차량으로 검문소를 지날 때 매우 우호적으로 무사통과할 수 있었던 것이다.

"어디에서 왔습니까?"

"제천이요."

"아, 그렇습니까? 가십시오."

금강산 관광 중에도 재미난 일이 벌어졌다. 2인 1조로 일하는 안내원들과 금강산을 돌아보면서 있었던 일이다.

"어데서 왔습니까?"

"제천이요."

"아이고, 제천에서 왔습니까? 진짜로 환영합니다."

그때 마침 울산에서 온 친구가 있었다. 그 친구에게도 같은 질문이 이어졌다.

"동무는 어데서 왔습네까?"

"저는 울산에서 왔습니다."

"울산이 어디야요?"

"울산도 모릅니까?"

"우리는 서울하고 부산하고 제천밖에 모릅니다."

금강산 주변에 심은 제천 사과의 브랜드는 '금강산 제천 사과'로 명명되었다. 그리고 관광객 숙소가 있는 온정각에 판매장을 차리고, 삼일포 과수원에서 3년차부터 수확한 소량의 사과는 홍보용으로 진열했다. 그리고 실제로는 제천에서 가지고 간 최고 품질의 사과가 판매되었다.

금강산 관광객에게 제천 사과 알리기 행사는 매년 사과 수확철마다 이어졌다. 입담 좋은 오동팔, 노숙자 씨의 품바 공연도 함께 진행되어, 가을 단풍철 관광객과 함께 가장 신나게 치러지는 연례행사가 되었다. 2007년에는 관광 코스 중 하나인 신계사 과원 입구에 '금강산 제천 사과'의 인지도 개선을 위한 홍보 게시판을 설치했다. 남과 북의 지역 간 교류 협력 사업의 성공은 사업 자체를 넘어 경제적으로는 따질 수 없는 큰 의미를 가지는 것이었다. 북측 동포들은 남북 최초로 조성한 최신식 과수원에서 사과나무가 자라는 것을 지켜보면서 새로운 희망도 품을 수 있었을 것이다.

나중에 들은 이야기로 삼일포 과원은 원산농업대학교 현장실습장으로 활용되었다고 한다. 이 과원이 존재하는 한 제천 시민들이 품었던 동포에 대한 마음, 그리고 사과나무를 심었을 때의 희망은 추억 속에서 영원히 회자될 것이다. 박도순 새농민회 회장의 손은 거친 일을 하느라 굳은살이 박여 곰 발바닥처럼 거칠고 투박하다. 북측의 노동자들이 그 손을 어루만지면서 무슨 생각을 했을까? 물질적 풍요를 부러워하는 막연한 동경이 아니라, 그만큼의 땀방울이 있어야 이룰 수 있는 것이라는 현실적 노력의 징표가 되었으리라고 믿는다.

과거 우리가 일본 농가를 견학하면서 느꼈던 것과 비슷할 것이다. 1980년대 우리 농가들은 경제적으로 앞선 일본의 농장을 선진 현장 체험장으로 방문하곤 했다. 제천 새농민회에서도 몇 차례 방문한 경험이 있었다. 대한민국에서도 일 많이 하기로 소문난 이들이었지만 일본 농부들과 함께 작업하면서 그들의 노동강도에 절절 맸던 기억이 생생하다. 아마도 북한 농민들 마음속에도 그러한 현실적 자극이 있었으리라.

어느 날 제천 엄 시장한테서 전화가 왔다.

"해극 형님, 과수원 사업에서 남은 돈이 있는데 어디에 쓰면 좋을까요?"

매사 꼼꼼하고 사려 깊은 그는 금강산 사업 중 남은 기금을 어떻게 운용하면 좋을지 나에게 자문을 구했다.

"기왕에 과수원이 조성되었으니 그 안에 창고와 회의실을 갖춘 부속 건물을 짓는 것이 좋을 듯한데."

고성 농업 협력 사업을 시작한 지 5년차에 접어든 시점에, 이와 관련하여 통일농수산사업단, 국영남새온실사업단을 비롯하여 수많은 남측 농업 관련 단체와 사람들의 잦은 왕래가 이루어지고 있었다. 그렇지만 공식적인 농업 관련 회의 장소가 없었다. 2층으로 부속 건물을 지으면 1층은 과원에 필요한 농기구와 부속 자재 등을 보관하는 장소로, 2층은 사무실 겸 회의실 등으로 쓸 수 있으니 여러 가지 필요가 충족될 수 있을 것 같았다.

엄 시장은 내 제안을 수용하여 허허벌판이었던 삼일포 과수원 들녘에 반듯하게 2층 건물을 지어 올렸다. 제천 새

농민회에서는 농기구와 생필품, 그리고 '조국은 하나다!'라
는 구호를 새긴 커다란 앉은뱅이 괘종시계를 싣고 과수원
부속 건물 준공을 축하하기 위해 방북했다.

"형님, 빨리 오세요!"

흰 장갑을 끼고 한 손에 가위를 든 엄태영 시장이 나에게
손짓했다.

"이해극 선생, 어서 이리로 오시라요."

북측 관계자인 김철호, 장훈일, 현대아산 김영수 부장이
준공 테이프 절단식에 동참하라고 거듭 재촉했다.

"나는 아니지. 사양하겠네. 우리 새농민회 회장인 박도순
씨가 대표로 하시게. 이 자리에서 나는 일개 새농민회원일
뿐이야."

나는 극구 사양하고 박도순 회장의 등을 떠밀었다. 이리
하여 언젠가 이루어야 할 큰 통일에 앞서 작은 통일이 남북
의 갈채 속에서 무르익어갔다.

그러나 뜻밖의 2008년 금강산 관광객 총격 사건으로 모
든 남북 교류가 일체 중단되었다. 과수원과 남새농장이 온
전히 관리되고 있는지, '금강산 제천 사과'라고 쓰인 옥외 광
고판이 지금도 무사한지 궁금하다. 이산가족의 마음이 이런
것일까. 막연한 그리움으로 위성사진 속 흐릿한 화면만 바
라볼 뿐이다. 그렇지만 삼일포 농장에 '조국은 하나다!'라는

글씨가 박힌 괘종시계는 오늘도 여전히 째깍거리고 있을 것이다. 겨울이 깊으면 봄이 멀지 않다는 것이 농부로 살면서 알게 된 순리다. 북측 동포와의 재회를 기대해본다.

협력단은 사업단으로 확대되고

남북 교류의 과도기적 상황은 이후 사단법인 통일농수산 사업단이 출범하면서 체계적으로 검토되기 시작했고, '협동 농장 공동 운영'이라는 해결의 길을 찾게 된다.

국영 남새농장이 자리를 잡아가던 무렵, 금강산 관광지구에서도 남북 농업 협력 확대를 모색하는 또 다른 움직임이 있었다. 남측 농업계 원로인 이우재, 이길제, 황민영 씨를 주축으로 통일농수산포럼을 창립하여 금강산에서 현지 포럼을 개최하고 영농 물자 지원, 농업 환경 조사, 시험 재배 추진 등의 사업을 체계적으로 진행하게 된 것이다.

고성 남새농장은 금강산 육로 관광으로 접근성이 좋고 모니터링이 용이한 곳이었다. 그리고 무엇보다 남북 영농 교류 가능성을 확인시켜준 곳으로, 농업 협력의 시범 적지로 물색되었다. 때문에 이미 북측 사람들과 협력하여 온실 농장을 완성해본 경험을 바탕으로 나와 김영수가 이 포럼에 초기부터 참여했다.

2005년 4월에는 연구 성격의 포럼을 확대 개편하여 사단법인 통일농수산사업단을 출범시키고, 이병호, 이태헌 씨 등 뛰어난 기획 능력을 가진 사람들이 실무를 맡아 본격적인 대북 사업을 추진하게 되었다. 그해 8월에는 남북 당국 간에 개최된 남북농업협력위원회에서 이 사업의 추진을 공식적으로 확인하면서 사업은 더욱 탄력을 받게 되었다.

이 사업은 북측에서는 금강산국제관광총회사가, 남측에서는 통일농수산사업단이 한 축을 이루어 진행되었다. 남북한 당국은 한 발 뒤에 있고 민간단체가 주도하는 형식이었다. 추진 내용은 북한에 이미 존재하던 협동농장을 공동 운영하는 것이었는데, 논농사 지역인 삼일포 협동농장 사업으로 정해졌다. 우리 쪽에서는 이 사업을 '공동 영농사업'이라 불렀고, 북측에서는 '삼일포 방식'이라고 불렀다.

성북리에는 도드람축산협동조합이 지원한 양돈 사업과 함께 축산 분뇨를 이용한 액비 공장 사업이 시작되었다. 또한 협동농장은 2006년에 밭농사 지역인 금천리 협동농장으로 확대되었고, 2007년에는 개성 지역의 송도리 협동농장까지 공동 운영 사업지가 확대되었다. 고성 남새온실 농장이 제한된 범위 안에서 남북 영농 협력 교류의 첫 삽을 떴다면, 통일농수산사업단은 전면적이고 본격적인 남북 영농 교류 협력의 길을 개척한 것이라 할 수 있다. 논농사와 밭농사는 물론, 축산과 과수, 인삼과 더덕 등 특화 작물에 이르기까지 농업 전 분야에 걸친 사업이었다.

기술 지원도 병충해 방제를 비롯하여 유기질 비료 생산과 시비 관리, 시설 재배 등 모든 부문에서 교류 협력이 이루어졌다. 또한 기계화 농업을 위하여 국제농기계의 지원으로 온정리에 농기계 수리·제작소까지 설립했다. 그뿐만이 아니다. 상품 작물을 생산하기 위한 계약 재배, 관광지구 농산물 납품 등 경제 협력 사업을 통하여 협동농장의 자립 기반을 구축하는 것까지 사업의 범위는 그야말로 전면적이었다.

각 분야별로는 필요에 따라 남측 최고의 농업계 전문가가 결합했다. 사업단 내에서 나는 농업기술위원장의 직무로 북측과 먼저 교류한 사례와 경험을 전수했다. 작목별 전문 농업 지식과 현장 농업 기술을 겸비한 독농가를 발굴, 조직하여 지원 사업에 동참할 수 있도록 했다. 또한 농자재 회사에는 영농 자재를 지원할 수 있도록 제안하는 등 내 힘이 닿는 대로 도왔다.

2005년에서 2008년까지 4년 동안 농수산통일사업단이 이루어낸 성과는 괄목할 만했다. 협동농장의 자립 기반 구축이라는 목표는 턱밑까지 이루어진 상태였다. 하지만 2008년 7월의 금강산 관광객 총격 사망으로 관광 사업이 중단되었고, 이 사업은 그나마 2008년 말까지 이어졌지만 끝내 전면 중단된 채 재개될 날만 기다리며 세월을 보내고 있다.

하염없이, 그래도 기다리는 마음

나는 2013년 10월에 대산농촌재단이 주는 농업 기술 부문 대산농촌문화상을 받았다. 유기농업 기술 발전과 감전사고 없는 세계 최초의 자동 개폐기 개발 등의 공적을 인정받은 결과였다. 대산농촌재단은 '일하면서 배우고, 배우면서 일한다.'는 철학으로 세계 최초 교육보험을 창안한 신용호 (1917~2003) 선생이 '농촌은 우리 삶의 뿌리요, 농업은 생명을 지켜주는 산업'이라는 슬로건을 내걸고 농촌 부흥을 위해 설립한 재단이다.

한국의 농업 노벨상이라는 상의 품격에 걸맞게, 부상으로 상금 5,000만 원을 받았다. 나는 상금 전액을 항상 마음속에 맴도는 북한 농업 협력 사업의 발전을 위해, 특히 유기농업 기술 교육을 위해 기탁하기로 마음먹었다. 더 나아가 연해주, 몽골, 만주 등 북방 농업 등, 남북이 함께 하는 농업 개척에 이 상금이 쓰일 수 있도록 마음을 정했다.

아무리 정국이 경색되었어도 남북 농산업 교류와 협력 사업은 반드시 지속되어야 한다. 더욱이 남한은 곡물 자급률이 23퍼센트대에 머물고 있다. 한마디로, 1년 중 9개월을 유전자 조작 작물(GMO)을 포함한 수입 농산물에 의존한다는 얘기다.

남북 농업 협력 사업은 단지 북측에 대한 지원 사업이 아니다. 북방 농업은 큰 틀에서 보면 남한의 식량 자급률에 대한 대안이 될 수 있다. 나는 남북 영농 협력 사업이 재개되길 바라는 마음으로 시상식장에서 소감을 밝혔다. 지금은 중단되었지만 미래라는 더 큰 희망의 끈을 놓지 않기 위해서였다.

우리는 지금, 유전자 조작 농산물을 전 지구에 공급하는 초국적 기업들에게 먹거리를 맡기고 있다. 북측의 드넓은 초록 들판에 넘실대는 건강한 먹거리는 북측의 농부들도 살리고, 남측의 먹거리 문제도 해결할 수 있는 대안이다. 우리는 이것을 잊어서는 안 된다.

시상식장에서 농업 관련 기자들이 질문했다. "농민 신분으로 5,000만 원이라는 거액을 쾌척하신 소감 한 말씀 해주세요."

"먼저 한국의 농업 진흥을 위해 이런 상을 제정한 대산농촌재단에 감사드립니다. 애당초 제 것이 아닌 상금으로 거

열다섯 살에 농부가 되길 작심했던 제가, 씨앗을 뿌리면 싹이 튼다는 믿음과 희망을 가지고 농업에 대한 애정으로 예순을 넘긴 오늘, 이렇게 뜻밖의 과분하고 영광스러운 수상을 하게 되어 진심으로 감사의 말씀을 드립니다.

많은 분들이 과분한 칭찬으로 저를 농업의 고수, 또는 농업의 달인이라고 말씀해주시지만, 진솔하게 고백하자면 올해는 40여 일간의 긴 장마로 자동화 비닐하우스를 제외한 노지 농사는 속수무책으로 보잘것없는 결과를 얻었습니다. 자연 앞에 인간이 얼마나 하찮고 무력한가를 체감하고 또 한 번 겸손을 배우는 한 해였습니다.

그러나 저는 행복한 농부임을 자부합니다. 처음 유기농업을 시작하던 70년대는 유기농을 한다면 거짓말쟁이로 낙인 찍히는 시절이었습니다. 그런 시기를 지나 이제 친환경 농업은 국민 건강을 위한 애국의 농업으로 자리매김해가고 있습니다. 그리고 하우스 농사를 짓는 데 가장 힘들고 어려운 악성 노동을 해결해주고 감전사고의 위험이 전혀 없는 하우스 전자동 전동 개폐기 100만 대 생산 보급 실적을 쌓는 등 '지혜 기술 함께 모아 쾌적한 농촌 만들기'라는 농민 발명 슬로건의 소망이 결실을 이루고 있기 때문입니다.

스물 몇 해 전 현장 농민이 어쭙잖은 아이디어로 개발한 무인 환경 제어장치는 열악한 국내 농업 경쟁력을 높이고 더 나아가 대한민국산(MADE IN KOREA)이라는 자랑스러운 이름으로 세계로 수출되고 있습니다. 이렇게 되기까지 지난 20여 년간 영농 현장 과학 구현을 위해 고생하며 묵묵히 기술을 연구하고 부단히 기술 개발을 위해 노력하고 역량을 발휘해준 동료와 아우들이 고맙고 대견합니다.

대산농촌문화상을 제정하신 대산 선생의 뜻을 받들고, 오늘의 영광을 저보다 더 기뻐해줄 농산업 분야의 지인 및 선후배와 함께할 것입니다.

또한 상금은 농업에 각별한 애정을 가지고 저와 뜻을 같이하는 분들과 함께, 이념과 사상을 초월한 남북의 생명산업인 통일농업 진흥에 작은 디딤돌로 알뜰하고 소중하게 선용할 것을 다짐하고 약속드립니다.

부족한 저에게 분에 넘치는 영예를 주신 재단 관계자 분들과 심사위원 분들께 다시 한 번 감사드립니다.

2013년 10월 24일
대산농촌문화상 수상자 이해극

창하게 저만 생색을 내게 되어 송구스럽습니다. 대산 신용호 선생 뜻을 받들어 앞으로도 부단히 노력하겠습니다."

일생 동안 나는 상금으로 받은 돈을 사적으로 사용한 적이 없다. 상은 내가 잘나서 주는 것이 아니라 잘하라고 주는 것이라는 신념이 있고, 또 좋은 일에 써야 내 마음이 편하기 때문이다.

돌이켜보면 40여 년 동안 농부의 신분으로 생각지도 못한 상을 참 많이 받았다. 1970년대 모범예비군 표창을 시작으로 농업 기술, 친환경 유기농업, 농업 발명, 윤봉길 의사를 기리는 매헌농업봉사상까지, 그리고 감사하게도 대산농촌재단에서 주는 큰 상까지 받게 되었다. 심지어 북측 협력 사업 중에도 상을 주어야 한다는 농담을 주고받았다.

금강산 온실 영농 사업을 신나게 추진하고 있을 때였다. 이우재 마사회장, 황민영 농특위원장, 정진영 유기농협회 회장 등 남한 측 농업 관련 인사와 함께 한 북측 관계자가 우스갯소리를 했다.

"이해극 선생은 북조선에서 표창을 주어야 할 사람입니다."

"내가 북측에서 표창을 받으면 남한 1호 빨갱이로 지목되어 무조건 붙잡혀 갈 텐데, 그러면 여기 남새농장에 차질이 생길 거요."

나의 너스레 답변에 담화장이 웃음바다가 되었다.

이렇게 많은 상을 받은 것이 감사하지만 버거운 것도 사실이다. 서른다섯의 젊은 나이에 받게 된 새마을 노력장 훈장도 나에게는 감사함을 넘어 그 의무를 다 해야 한다는 짐을 어깨에 짊어지게 된 것이라 생각한다. 덕분에 나는 휴지 조각 하나도 함부로 버리지 못하게 하는 훈장의 채찍질을 당하며 평생을 살게 된 것이다.

내가 정말 우리 농업 발전에 기여해 상을 받은 것인지 묻는다면 나는 머리를 숙일 수밖에 없다. 농촌 계몽과 조국 독립을 위해 타국에서 스물다섯 청년의 나이로 순국한 윤봉길 의사의 기개와 희생정신을 생각하면 부끄럽고 숙연해진다.

丈夫出家 生不還 (장부출가 생불환)
대장부가 집을 나가 뜻을 이루기 전에는 살아서 돌아오지 않는다

나라면 어땠을까? 그렇게 젊은 나이에 민족을 위한 순국의 기상을 펼치고 죽음을 선택할 수 있었을까? 지금 당장 답할 수 있다. 나에게 목숨을 바쳐 나라를 구하라 한다면 단번에 '노(NO)'라고 답할 것이다. 나는 이렇게 형편없는 속

물이다. 다만 우리 선조가 거룩한 희생으로 지켜온 이 땅 금 수강산의 자연과 민족 공존공영을 꿈꾸며 내심 그럴듯한 시늉을 하느라 노력했을 뿐이다.

칭찬이 고래도 춤추게 한다는 말처럼, 콩깍지가 생겨야 그 속에 콩 알맹이가 영글어가는 것처럼, 이렇듯 성원과 격려가 나를 채근하고 좀 더 잘하는 쪽으로 변화시킬 것이라 믿는다.

지금 나에게 가장 큰 바람은 남북 농업 협력 사업이 재개되어 민족 모두를 위한 건강한 먹거리를 생산하는 것이다. 그리고 이와 같은 소망에 한걸음 더 다가가는 대안으로 청와대 농업인 초청 간담회에서 비무장지대(DMZ)에서의 남북 평화농장을 제안했다

비무장지대에서 남북이 협력하여 함께 농사를 짓고, 그렇게 생산한 건강한 먹거리를 함께 먹을 수 있다면 우리는 통일로 한 걸음 더 나아갈 수 있을 것이라 믿는다.

한반도의 평화와 번영을 위한 대통령님의 여정에 지지와 함께 존경의 인사를 드립니다.

저는 유기농업을 천직으로 알고 평생 농부로 살아온 한국유기농업협회 회장 이해극입니다.

제가 대통령님께 남한 농부의 입장에서 한 가지 건의를 드리려고 합니다. 부디 우리의 염원이 담긴 이 건의가 실현되어 남과 북이 하나 되는 통일의 길에 작은 주춧돌이 되었으면 좋겠습니다.

저는 세계 유일의 분단국가, 냉전의 상징인 한반도의 DMZ에 평화농장을 만들 것을 제안합니다. 남과 북이 공동으로 DMZ에 평화의 씨를 뿌리고 평화의 새싹을 키우고 함께 가꾸는 일입니다. 자연환경이 잘 보전되어 있는 DMZ를 훼손하지 않는 생태농업지구로 지정, 선포하고 남과 북이 함께 유기농업으로 평화의 싹을 키웠으면 합니다.

내년 초부터 이 사업을 실행한다면 향후 6~9개월 이내에 DMZ에서 생산한 안전하고 깨끗한 유기농산물을 우선, 남북의 영·유아들에게 공공 급식으로 제공할 수 있으며 협력과 나눔의 성과에 남북 모두, 드디어 진정한 평화를 실감하는 환호의 박수를 칠 것입니다.

이렇게 작은 단위에서 시작한 평화농장을 점차 남과 북이 함께 어우러진 공존의 공간, 민족의 건강한 먹거리를 함께 생산하는 공간으로 넓혀나간다면 평화와 통일의 문은 저절로 열릴 것이라 확신합니다.

우리는 과거 1999년부터 2008년까지 남북 농업 협력 사업(고성 국영 남새온실, 개성 송도리 농장/통일농수산사업단)을 성공적으로 수행한 경험이 있습니다. 그동안 남북 농업 협력 사업에서 체득한 경험을 토대로 농장을 가꾸어나간다면 반드시 성공하리라 생각합니다.

나아가 평화농장에서 생산한 유기농산물로 제3세계 빈곤 국가까지 돕는다면 분명히 세계가 주목하는 평화(인류가 지속가능한 생존을 위한)의 상징적 공간이 될 것입니다. 상상만으로도 행복한 우리의 희망이 부디 이루어지기를 소망합니다.

우리나라는 40여 년의 한국형 유기농업 역사(1978년 한국유기농업협회 창립)와 실천기술을 가지고 있습니다. 평화농장이 성공적으로 정착된 후 그곳에 세계에서 유일한 유기농업 대학을 만들어 DMZ가 더 이상 분단의 상징이 아니라 지구촌의 생태농업을 선도하는 글로벌 유기농업의 메카가 되기를 소망합니다. 장차 생명산업인 농업협력 과정에서 민족의 동질성 회복과 신뢰를 바탕으로 동포와 함께 북방 농업을 개척한다면 한반도의 식량 자급률은 획기적으로 개선, 해결될 것이라는 욕심도 내봅니다.

태초의 우리 땅에서 동포와 함께 땅을 갈고 씨 뿌려 풍요가 넘실거리는 들녘에서 부둥켜안고 통일과 풍년가를 우렁차게 불러볼 기회를 주십시오.

같은 민족인 남과 북이 평화롭게 자연 보전형 농사(인류가 공통으로 지향하는 유기농업)를 함께 지어 인간답게 먹고사는 문제를 해결하겠다는 통일 농심의 염원이 꼭 이루어지도록 농촌 현장에서 힘을 보태고 대통령님의 하시는 일 열심히 응원하겠습니다.

감사합니다.

2018. 12. 27

청와대 농업인 초청 간담회에서

4장

유기농업 이야기

1970년대 유기농업을 한다는 사람들에게는 으레 '되지도 않는 짓을 하는 미친놈', '남 몰래 밤에 농약을 치면서 낮에 거짓말이나 하는 사기꾼'이라는 딱지가 붙어다녔다.

당시 과학영농이라 함은 적당한 시기에 화학비료로 시비하고 작물의 병충해는 농약의 힘을 빌려 해결하는 소위 관행농업을 가리켰다. 이렇게 과학영농의 주역으로 칭송받던 농약과 화학비료 위주의 농법은 땅을 병들게 하고 급기야 사람과 자연이 함께 몰락하는 길을 걷게 만들었다. 농부로 살고자 하는 내가 일생 동안 한다는 게 지구촌 생태계를 오염으로 절단 내고 죽이는 일이라면 그게 무슨 농부의 인생인가!

1970년대 해군 복무 시절, 한 번 출항하면 몇 달씩 바다 위에서 지내면서 많은 책을 찾아 읽었고 농부의 꿈을 키워 갔다. 그러던 중, 내가 유기농업의 길을 걷게 된 계기는 아주 작은 책 한 권과의 만남이었다. 《병든 대지를 소생시키는 길》(송태우 지음)이라는 책이었다.

1975년 11월, 단 돈 1,000원을 주고 산 이 책은 '자연과

유기농업의 길을 걷게 된 계기를 제공한 이 책을, 나는 아직도 애지중지 간직하고 있다.

인간이 어떻게 공존할 수 있을까' 하는 고민에 빠져 있던 나에게 명쾌한 해답을 주는 등대와도 같았다. 그 책이 이야기하는 것은 "땅은 어머니의 몸과 같아서 이로운 미생물이 잘 번식할 수 있도록 좋은 유기물을 넣어주면 토양이 비옥해져서 농사가 안정된다."는 간결한 내용이었다. 나아가 시종일관 인간과 자연이 어떻게 공존할 수 있는가에 대한 모색으로 채워져 있었다. 그리고 무엇보다 나를 한없이 부끄럽게 만든 책이기도 했다. 이 작은 책의 '농약 공해 편론'에는 다음과 같은 내용이 있다.

소위 과학적인 현대 농법이라는 미명 아래 화학비료와 농약을 남용한 결과 현재 일본에서는 산모의 모유에서조차 40년이 지나야 독성이 분해되는 BHC와 DDT란 농약이 검출되고 있다. 더욱 놀라운 것은 농촌 주부에 비해 도시 주부의 모유에서 10배가 많은 양이 검출되었다는 사실이다.

지구촌 먹거리 중에서도 가장 안전해야 하는 엄마 젖에서 농약이 나온단다. 그것도 농약을 본 적도 없을 도시 엄마에게서 농촌 엄마에게서보다 10배가 많은 농약이 말이다. 갓 태어난 아기가 엄마의 농약 젖을 빨고 있다니, 무슨 죄가 있어서 그런 엄마 젖을 먹고 또 먹어야 한다는 말인가!

그 글을 읽는 순간 온몸에 소름이 돋았다. 뒤통수를 둔기로 아주 세게 얻어맞은 것처럼 정신이 몽롱하여 한동안 주저앉아 있었을 정도다. 그리고 나 자신이 그렇게 부끄러울 수가 없었다. '배불리 먹자고 뺑튀기하는 마법 같은 화학농법이 사람을 이 지경으로 만드는구나.'

평생 농사를 짓겠다는 꿈에 부푼 청년의 고동치던 심장이 무언가에 녹아내리는 허탈감을 주체할 수 없었다. 갓 입문한 새내기 농부였지만 나 역시 이 책을 만나기 전까지 소위 현대 과학농법인 비료, 농약의 순기능을 맹신하고 있었다. 증산만이 최선인 양 우쭐했던 농부로서의 지난 행적에 대한 자괴감이 한동안 나를 괴롭혔다.

엄마 젖에 함유된 농약의 중간 원료는 그가 섭취한 농산물이었고, 농산물에 축적된 농약의 원산지는 땅이었다. 공기나 물의 오염은 오염원을 제거하여 해결책을 찾을 수 있지만 농약으로 오염된 땅은 그것을 제거하는 데 수십 년이 걸리기 때문에 훨씬 더 심각하다.

제2차 세계대전 이후, 우리는 아직 반딧불이가 사라지기 전이었지만 일본은 훨씬 빨리 농업 현대화의 길을 걸었다. 늘 선망의 대상이었던 농업 선진국 일본에서는 벌써 이러한 경고가 시작되고 있었다.

이렇게 나는, 농사를 시작하자마자 작은 책 한 권을 통하여 소중한 땅의 경고부터 받았다.

당신은 유기농을 아는가

'유기농'은 요즘 보고 듣는 가장 흔한 말 중 하나가 되었다. 작은 슈퍼마켓에만 가도, 거리에 늘어선 간판 사이에서도, 대기업 광고에서도 '친환경 유기농'이다. 최근에는 유기농 면화로 생산하는 유아용 의류나 생리용품까지 등장하여 이제는 식품을 넘어 공산품 등 전 영역에서 고급 제품으로 대접받는다.

사람들이 유기농을 찾는 것은 참으로 좋은 일이다. 그런데 이런 시절이 오기까지는 수없이 많은 질곡이 있었다는 것을 아는 사람은 별로 없다. 더욱이 유기농과 관련된 아픈 역사는 현재도 진행형이다. 유기농이 비싼 값에 팔리고 있다는 것은 아직도 유기농이 아닌 식품이 대다수라는 현실을 역으로 말해준다.

옛날에 밤을 밝히는 기름을 살 돈이 없어서 명주천으로 만든 보자기에 반딧불이를 모아서 그 빛으로 공부를 했다는 이야기가 있다. 원래 반딧불이는 밤이 되면 집 주변과 온 들판에 지천이었다는 이야기다. 하지만 1970년대 이후 반딧불이가 사라졌다. 이제는 깊은 산간에서도 운이 좋아야 만날 수 있는 '여행 상품'이 되고 말았다.

이쯤에서 우리는 질문을 하나 던져야 한다. 도시나 공장 밀집 지역이야 공해 때문에 그렇다 하더라도, 파란 하늘 아래 공기 좋은 농촌 마을에서까지 반딧불이를 볼 수 없는 이유는 무엇일까?

이 물음과 답 속에는 현재진행형인 우리의 유기농에 대한 진실이 숨어 있다. 그리고 반딧불이는 이미 그 답을 알고 있다.

유기농업의 사전적 의미는 '일체의 화학비료나 합성농약, 항생제와 호르몬제를 사용하지 아니하고, 녹비와 퇴비, 미생물, 광석 등의 자연 물질을 이용한 농업 생산 방식'이다. 참으로 간단하다. 그런데 이런 지식을 갖고 있다고 유기농을 아는 것일까? 절대 아니다. 반딧불이가 돌아오지 않은 이유와 그 진실을 알 때 비로소 유기농을 안다고 할 수 있다. 반딧불이가 돌아올 희망은 있다. 반딧불이보다 더 예민하다는 나비를 보라. 매년 봄 브로콜리를 수확할 때면 나는 '나비밭'에서 일한다. 나비처럼 반딧불이도 언젠가 우리 곁으로 돌아올 것이라 믿는다.

선진국이라는 영국, 독일, 프랑스, 미국, 일본 등지에서 유기농에 관한 실제적인 노력이 본격적으로 시작된 것은 1960년대부터였다. 두 번의 세계대전을 치르면서 발달한 화학공업이 전쟁이 끝나자 농약 개발과 화학비료 생산으로 이어졌고, 그 해악이 나타나는 데는 얼마간의 시간이 필요했다.

미국에서 경천동지할 사회문제가 나타나기 시작한 것은 1960년대부터였다. 충격적인 이 사건은 자연에 대한 근본적인 고민을 시작하는 단초가 되었고 유기농의 역사가 시작되는 중요한 계기가 되었다. 여러 가지 살충제가 있지만 우리에게도 익숙한 것이 바로 DDT다. 1960~70년대 우리나라에서도 이를 잡는 약으로 낯익은데, 한국전쟁 당시 자료 화면을 보면 미군이 이가 많은 아이들 옷을 들추고 몸에다 하얀 가루를 뿌려대는 모습을 볼 수 있다. 그 약이 바로 DDT다.

DDT는 1874년에 처음 합성되었는데, 그 물질에 강력한 살충 효과가 있다는 사실이 밝혀진 것은 1939년 스위스의 과학자 밀러에 의해서다. 밀러는 그 공로로 1948년 노벨 생리의학상까지 받았다. 싼 가격에 대량으로 합성할 수 있는 DDT는 티푸스나 말라리아를 퇴치하는 데 강력한 힘을 발휘했다. DDT는 제2차 세계대전이 끝나고부터는 살충용 농약으로 제조되어 해충 방제를 목적으로 살포되었다. 그리고 이렇게 DDT가 다량 살포된 지역에서 새들이 사라지기 시작했다. 사람의 몸에는 어떤 해도 끼치지 않는다고 주장하는 DDT가 새들에게는 해가 되는 이유가 무엇일까?

이러한 사실을 파헤치며 세상에 경종을 울린 것이 바로 레이첼 카슨의 《침묵의 봄》이다. 아름다운 시골 마을에 울새가 사는 느릅나무 군락지가 있었다. 그런데 해충으로 피해를 입자 나무에 DDT를 대량 살포했다. 물론 해충은 사라졌다. 그리고 새들도 함께 사라졌다.

여성 해양생물학자인 레이첼 카슨은 해양생물의 몸속에서 화학물질이 어떻게 축적되는지 연구해왔다. 그러던 중 친구로부터 자신이 사는 마을에서 새들이 사라졌다는 이야기를 전해 듣고 그 원인을 파고들기 시작했다. 결국 DDT가 주 원인이라는 것, 그것이 어떤 경로로 울새의 몸속에 쌓여서 결국 죽어가게 했는지를 밝혔고, 문제의 심각성을 알리고자 했다. 하지만 세상은 요지부동 냉소적이었다. 심지어 잡지사로부터 그 글의 게재를 거부당하기도 했다.

카슨은 미국 국민들을 향해 직접 호소하는 방법으로 한 권의 책을 출간했고 그것이 《침묵의 봄》이다. 하지만 대형 살충제 제조회사, 그리고 그들과 결탁한 관료들은 카슨을 위험한 적으로 간주했고 반기업주의자, 체제전복주의자, 공산주의 동조자로 몰아붙였다. 하지만 그녀는 굴하지 않았고 세상에 진실을 알리기 위한 노력도 멈추지 않았다.

봄이 되면 지천에서 지저귀는 새가 사라져 '침묵의 봄'을 맞아야만 하는 상황을 카슨은 이렇게 썼다.

> 놀란 사람들은 자취를 감춘 새에 대해 얘기했다. …… 전에는 아침이면 울새, 검정지빠귀, 산비둘기, 어치, 굴뚝새 등 온갖 새의 합창이 울려 퍼지곤 했다. 그러나 이제는 아무런 소리도 들리지 않았다. 들판과 숲과 습지에는 오직 정적 속 침묵만이 있을 뿐이다.

이후에도 그녀의 싸움은 계속되었고, 각종 살충제에 대한 사회적 경각심은 높아졌다. 결국 1969년에 미국 의회는 DDT가 사람들에게 암을 유발할 수 있다는 증거를 발표했다. 하지만 그 후로도 농약회사와 관료들을 굴복시키기까지는 한참의 세월이 필요했다. 마침내 미국 환경부가 DDT 사용 전면금지 조치를 취한 것은 책이 출간된 지 10년이 지난 후였다.

문제는 그 이후에도 수출만은 계속 이어지고 있다는 것이다. 미국 내에서는 사용이 전면중지되었지만 세계는 아직도 DDT 사용이 진행형으로 남아 있다.

DDT, 사용하지 않아도 남아 있다

하얀 가루 형태로 보이는 DDT는 우리 시야에서 금방 사라진다. 그렇지만 눈에 보이지 않을 뿐이다. 땅에 뿌린 이 농약은 반감기가 2~15년이다. 15년이 지나도 고작 절반이 줄고, 30년 세월이 지나도 4분의 1은 남아 있다. 물속에서는 분해 속도가 더 느리다. 그래서 지하수나 강, 바다에서는 훨씬 오랫동안 남아 있게 된다.

더 심각한 것은 한 번 뿌려진 농약이 수십 년 이상 땅속에 남아 있으면서 각종 미생물과 식물이 이를 흡수한다는 사실이다. 또한 미생물을 먹는 지렁이, 곤충의 몸에 축적된다. 문제는 비록 미생물이 흡수한 양은 적어도, 먹이사슬의 상위층으로 갈수록 축적되는 농도가 높아진다는 데 있다. 이걸 '생물 농축'이라 하며 치명적이다. 참치나 상어 같은 최상위 포식자의 체내 농축이 가장 높은 것과 같다.

또 다른 문제는, 당장 치사량에 이르지 않더라도 몸속 대사 과정을 교란한다는 것이다. DDT가 분해되면서 생기는 DDE는 칼슘 흡수를 방해함으로써 알 껍질이 얇아지게 하여 알이 부스러져서 부화에 이르지 못한다. 부화한다고 해도 DDT의 대사 방해로 배아 단계나 새끼 상태에서 제대로 자라나지 못하고 죽는다. 결국, 사라지는 것이다.

그렇다면 현재 지구상에 존재하는 먹이사슬 최상위 포식자인 인간은 어떨까. DDT는 남성 호르몬이 붙을 자리에 대신 결합하고, 결국 남성은 여성화된다. 또한 정자가 만들어지는 정소에서 남성 호르몬이 기능하지 못하도록 방해하여 남성의 성징을 약하게 만들기도 한다.

우리나라에서도 1976년부터 DDT 생산이 중단되었고, 1979년부터는 사용이 전면금지되었다. 그러나 그로부터 40년이 지난 지금도 우리 몸에서는 DDT가 검출된다. 성인에게서만이 아니다. 당시는 태어나지도 않았을 어린이들에게서도 무차별적으로 나타난다. 식품의약품안전청의 조사 결과에 따르면, 전국 도시·농촌 지역 성인 240명, 초등학생 80명 중 23퍼센트에게서 DDT가 검출되었다.

왜 이런 일이 생기는 것일까? 땅과 지하수와 강과 바다에 축적된 DDT는 농작물과 가축이 흡수하고, 그 산물은 결국 우리 몸속으로 들어온다. 또 산모에게서 아이로 전달된다. 2017년 경상도 지역의 동물복지 방사형 양계장에서 생산한 달걀에서 DDT가 검출되어 사회적으로 떠들썩했던 적이 있다. 이 농장이 40년 전에 과수원이었는데 그때 살포된

DDT가 검출된 것이었다. 이 농가는 비고의적 피해로 결국 폐업하고 말았다. 어이없고 가슴 아프게도, 카슨의 경고가 우리 땅에서도 재현되고 있는 것이다.

DDT는 이제 사용 금지되었지만 다른 농약들은 지금도 여전히 사용되고 있으며 자연과 사람에게 치명타를 입히고 있다. 선진국에서는 한바탕 문제가 되면서 살충제와 특히 제초제(발암 물질 함유) 등의 농약 폐해가 전 국민의 관심사로 떠올랐지만 우리 현실은 그렇지가 못하다. 《병든 대지를 소생시키는 길》이라는 책의 충격은 우리에게 여전히 현재진행형이다. 우리 현실에서는 대지가 '소생'의 길을 가기는커녕 '증산'이라는 명분으로 더 크게 병들어가고 있다.

관행농법, 농약과 화학비료 농법

나는 1950년에 이른바 전쟁둥이로 태어났다. 어린 시절은 폐허를 극복하는 시간 속에 보냈고, 청년 시절도 넉넉지 않은 환경에서 밥이라는 말만 들어도 침이 나올 만큼 배고픈 시절을 보냈다.

1970년대까지도 우리나라는 절대빈곤의 시절을 살고 있었다. 소도 언덕이 있어야 비빈다고, 잘살아보려야 잘살 수가 없는 그때, 그러니까 1974년에 나는 마을반장을 맡았다. 1961년에 충주에 비료공장이 완공되어 요소 비료를 생산하기 시작했지만 수요에는 턱없이 못 미쳤다. 그래서 외국에서 들여온 유안 비료를 마을반장이 배급하는 식으로 구입하던 기억이 생생하다. 벼 못자리 15평을 기준으로 수입이나 원조로 들여온 유안 비료 200그램씩을 들저울로 계량하여 나눠주던 시절이었다.

자료를 살펴보면 1960년에 수입한 비료의 총량은 900만 톤이었다. 그런데 충주 비료공장 생산량은 9만 톤 정도였으니 농부들이 화학비료를 금싸라기처럼 귀하게 여겼다. 여기에 해충 방제용 농약인 DDT를 비롯한 갖가지 살균·살충제들이 등장했다. 대부분 원조로 들여왔고, 소량은 국내 생산으로 충당하던 때다. 처음 등장한 이런 살충제들은 내성이 없는 해충들에게 가공할 위력을 발휘했다.

절대빈곤의 시대, '증산'은 그 자체가 미덕이었다. 모두가 이유 불문, 증산에 전력을 다 했고, 화학비료와 농약은 증산에 최고의 위력을 발휘했다. 이 시절부터 농약과 화학비료를 투입하는 농사는 관행이 되었고, 이를 지금도 관행농법이라 부른다. 이러한 관행농법과 다수확 품종인 통일벼의 전국적인 생산으로 1970년대의 절대빈곤은 빠르게 극복되었다. 그리고 1977년, 정부가 '녹색혁명의 성공'을 선포하면서 한국의 절대빈곤 시대가 막을 내렸다.

하지만 우리는 관행농법의 순기능만을 강조하느라 그 역기능에 대해서는 애써 눈을 감으려 했다. 증산에 미친 농약의 위력은 대단했다. 그러나 그에 못지않게 농약의 피해 또한 위력적이었다.

내가 고등학교를 다닐 때까지만 해도 대문 앞 논두렁에는 개구리가 발 디딜 틈 없이 앉아 있었다. 그러다 인기척이 나면 첨벙첨벙 피아노 소리를 내면서 논물로 뛰어들었다. 그렇게 많았던 개구리가 미국 어느 마을 울새처럼 일순간에 사라졌다. 한 번 사라진 개구리들은 50여 년이 지난 지금도 여전히 눈에 잘 띄지 않는다.

땅속 미물들도 마찬가지다. 지렁이와 땅강아지, 심지어 두더지마저 멸종이나 다름없는 상태가 되었다. 쟁기로 논을 갈면 운 없는 놈들이 부지기수로 허리 토막이 잘려 나오던 미꾸라지, 공중을 날아다니던 반딧불이도 자취를 감추기 시작했다.

피해는 사람에게도 그대로 전해졌다. 당시 불가피하게 농약의 원액을 취급할 수밖에 없던 농민의 30퍼센트는 경미하게는 어지럼증부터 심하게는 사망에 이르는 피해를 경험했다. 농약 냄새가 난다는 것은 농약이 공기 중에 퍼져서 우리 몸속으로 들어가고 있다는 신호다. 코로 들이마시고, 피부로 접촉하여 몸에 흡수되면서 농민들을 중독에 이르게 하고 있는 것이다.

보통 농약은 1,000~5,000배까지 희석하여 사용하고, 해골이 그려진 '파라치온'이라는 농약은 1만 배 정도로 아주 묽게 희석하여 사용한다. 그런데 농약이 얼마나 독한지, 이렇게 희석한 것이라 할지라도 노천에서 이에 직접 노출된 해충은 즉사한다. '침묵의 봄'은 미국에서만의 일이 아니었다. 시차가 있었을 뿐, 한국에서도 농지를 중심으로 자연생태계가 망가지면서 침묵의 봄이 시작된 것이다.

나는 자연과학을 하는 농부다. 이런 농부의 관점으로 볼 때, 자연의 법칙은 비정상적인 원인을 제공하면 비정상적인 결과가 나오는 것이 정상이다. 비자연적인 원인을 제공하고서 정상적인 결과를 바라는 것은 요행을 기대하는 경박한 인간의 바람일 뿐이다. 모든 농약은 생명을 죽인다. 파리약을 뿌리면 날아가던 파리나 모기가 죽듯 조그만 생명체는 즉사한다. 큰 생명체는 당장 죽지 않을 뿐 서서히 죽음에 이른다.

농약을 소리 없는 총탄이라 부르는 이유가 여기에 있다. 한 번 파괴된 자연환경은 복원되는 데 수백 년이 걸릴지도 모른다. 그리고 한 번 파괴된 생명은 돌아오지 않는다.

이렇게 무지하여 아무런 죄의식 없이 농사를 짓다가 자연을 병들게 하고 나아가 사람을 병들게 하는 죄인이 되는 시절이 있었다. 아는 게 병이었다. 36년 전에 나는, 답답한 마음을 억누를 수 없어서 《한국유기자연농업 연구회보》 2호(1983. 10. 1)에 '죄와 벌'이라는 제목으로 기고를 했다.

단지 찰나의 인생을 살고 갈 뿐인 인간으로 인하여 전 지구촌이 절단 나고 있다는 것을 염려하고 걱정하는 사람이 얼마나 될지 궁금하다. 지구촌 평화를 위한 최상의 축복은 인간이라는 종이 사라지는 게 아닐까 하는 극단적인 생각도 해본다.

새로운 시작

다행스럽게도, 농부가 농사만 지었을 뿐인데 부지불식간에 죄인이 되고 마는 현실을 인지하고, 차마 보고만 있을 수는 없는 사람들이 있었다. 지금은 작고하셨지만 선견지명의 혜안을 가졌던 류달영 박사, 그리고 정진영 씨, 《병든 대지를 소생시키는 길》을 집필한 나주의 송태우 씨 등이 주축이되고, 유기농을 지향하는 200여 세대의 농가가 그 뜻을 한데 모은 것이다. 그리하여 1978년 건국대학교 축산대학에서 '한국유기자연농업연구회'라는 단체를 창립했다. 단체에 들

죄와 벌

　언제부터인가 우리가 모르는 사이에 농촌은 시골답지 않은 삭막한 분위기로 변해가고 있음을 조금만 관찰해도 알수가 있다. 비가 올라치면 극성스럽도록 울어대던 개구리의 합창, 무더위 한낮에 자장가처럼 들려오던 매미 울음소리, 몸뚱이 빠알간 고추잠자리며 초저녁의 반딧불, 소금쟁이, 메뚜기, 미꾸라지, 맹꽁이 등등…… 나 어릴 적엔 헤아릴 수 없을 만큼 지천이던 그들은 어디로 가버린 것일까? 이제는 아예 희귀 동물로 보호마저 필요하게 된 사실이 나를 우울하고 슬프게 한다. 자연생태계의 파괴는 인류가 생겨나면서부터 시작되었겠지만 지금에 이르러서는 그 속도가 갈수록 빨라지고 있음을 조금 전 라디오의 '수만 톤의 수도용 농약을 적기에 공급' 이런 뉴스에서도 얼핏 실감할 수 있는 것이다.

　농산물의 자급 달성은 우리에게 최대의 과제다. 아니 어쩌면 몇 나라를 제외하고는 전 인류의 지상 과제일 것이다. 그러나 수확 증가를 위해서는 수단과 방법을 가리지 않는 이제까지의 악순환이 앞으로도 영원히 계속되리라는 가정을 해본다면 몸서리치지 않을 수가 없다.

　일본에서 산모의 모유에서 유기염소계의 농약 성분이 검

출되었다는 기사를 본 기억이 있다. 우리는 쉽게 그 원인과 과정을 알 수 있고, 그것은 곧 인류가 증산을 위한다는 미명 아래 쏟아놓은 해독이 이제 인간들에게까지 부메랑처럼 돌아오고 있음을 경계해야 한다. 수확이 증가한 만큼 그 잔류 독성으로 인하여 인간의 수명이 반비례한다면 소위 만물의 영장인 인간이 얼마나 어설프고 부질없는 행위를 하고 있다는 말인가?

증산을 위하여 현재의 영농 방식인 화학비료와 고독성 농약 사용이 이대로 계속된다면 토양 황폐는 물론 먹이사슬의 파괴로 자연의 공존 균형이 깨져 모든 생물은 멸종될 것이 분명하다. 생물도 미생물도 모두 죽은 땅 위에서 우린 무슨 사상을 실현하겠다는 것인가?

국가의 백년대계와 후손에게 물려줄 좁디좁은 이 땅을 이 이상 병들게 해서는 절대로 아니 될 것이며, 과학영농으로 보호해야 할 책임은 조국 통일보다 더욱 중요하다고 감히 말하고 싶다. 그리하여 개구리들 합창에 풍요로운 가을을 약속하며 세월이 흐른 후 태어날 아기들에게도 반딧불이를 가리키며 '형설지공'을 얘기해줄 수 있어야 하지 않겠는가?

충북 제원군 봉양면 장평리 1008 이해극

어오고자 하는 농가와 농민은 그동안 농약 중독을 경험한 경우가 많았고, 나를 포함한 일부 농가는 생태 보전과 안전 먹거리 생산이 순리를 따르는 농업이며 애국이라는 사명감을 가지고 있었다.

당시 부회장이었던 정진영 씨가 '유기농의 이론과 실제'에 관한 연구를 진행하면서 나를 비롯한 작목별 독농가의 영농 사례를 취합하여 《무농약 영농은 불가능한가?》(1986년)라는 책을 펴내기도 했다. 《건강과 자연농법》이라는 회보도 발간하여 유기농가의 확산을 도모하는 사업도 벌여나갔다.

초창기 어설펐던 우리의 유기농 개념은 지금의 국제유기농업운동연맹(IFOAM) 기준에는 한참 못 미치는 것이었다. 당시 국제유기농업운동연맹의 기준은 농약과 화학비료, 항생제, 호르몬제 등을 일체 사용하지 않고 100퍼센트 천연물질로 농업 생산을 하는 것이었다. 그러나 그 기준에 전혀 미치지 못하는 우리의 현실을 감안하여 당장은 화학비료와 농약 위주의 관행농업에서 점진적으로 탈피하는 데 주안점을 두었다. 갓난아기가 바로 뛸 수 없듯이 유기농업으로의 전환도 오랜 시간과 노력이 필요했다. 유기물과 미생물을 활용한 '감농약 → 무농약 → 유기농'을 순차적으로 달성해가는 것이 우리의 목표였다.

하지만 유기농을 한다는 것은 당시 상황에서는 너무나 파격적인 일이었다. 그때는 유기농을 한다는 사람들을 날탱이, 건달 농사꾼, 심지어는 사기꾼으로 취급했다. '밤에 몰래 농약 뿌리고 낮에는 농약 안 친다고 사기 치는 놈들'이라는 것이다. 이 무렵 강사진으로 함께 활동하던 한남용 선생은 식량 증산에 반한다는 죄목으로 감옥살이 고초까지 겪으셨다고 한다.

유기농업이 이런 대접을 받은 것도 이유는 있다. 그때는 관행농업으로 배고픈 시절을 겨우 벗어나 어느 정도 먹고살게 되었을 때라, 유기농을 한답시고 감지덕지는 못할망정 이것저것 따지고 나불대는 놈들이 '배부른 지랄'을 한다고 혹평받은 것이다.

과연 화학농업은 마약과도 같았다. 불과 십수 년 만에 관행농업은 한국의 과학영농 자리를 꿰찼고, 그 자리를 공고히 하고 있었다. 그런 때에 자연의 순환 법칙을 따르는 방식에서 앞으로의 농업에 대한 희망과 답을 찾겠다고 설치는 우리 같은 사람들은 비행기가 날아다니는 시대에 짚신 신고 지게 짐을 운반하겠다고 고집하는 시대착오적인 농업 저능아에 이단아 집단일 뿐이었다.

그러니 유기농연구회를 사단법인으로 등록하려고 해도 농림부에서 아예 접수조차 받아주지 않았다. 오히려 농림부가 나서서 해야 할 일을 농민이 자발적으로 사회적 공익을 위하여 하겠다는데 오히려 막아서는 꼴이었다. 아직까지 먹을거리가 풍요롭지 못할 때라 '증산'이 최고의 덕목이었던 시절에, 유기농은 수확량을 감소시키는 원시적 농업이라는 인식 때문이었을 수도 있다. 아니, 어쩌면 농림부 공무원들이 퇴직 후에 관행적으로 옮겨 가기로 되어 있는 곳이 비료공장이고 농약 제조회사였기 때문일지도 모르겠다.

이런저런 문제로 농림부에서 난처해하는 사이, 유기농연구회는 하는 수 없이 환경부에 등록 신청을 했다. 친환경 농업을 명분으로 이름에 '환경'이라는 글자를 삽입하여 '한국 유기농업환경연구회'로 이름을 변경하고서야 겨우 환경부 산하 사단법인으로 등록을 마칠 수 있었다. 이후 농림부로의 이관은 창립 15년 만인 1993년에 가서야 김성훈 농림부 장관의 유기농 원년 선포와 함께 이루어졌다.

주눅이 들 수밖에 없는 환경 속에서도 성천 류달영 회장께서는 "역사는 앞서가는 사람의 것"이라며 우리를 독려했다. 우리가 갈 길이 험난하고 개척자는 늘 외롭고 힘들지만, 농업의 새 역사를 쓴다는 긍지를 가지고 매진하도록 다독여주시던 모습이 눈에 선하다. 무지몽매했던 우리에게 한국 유기농업의 미래를 열어주신 위대한 스승이 계셨다는 것이 얼마나 다행스럽고도 감사한 일인지 모른다.

못생긴 농산물의 가치

지금도 내 농장에는 플래카드가 하나 붙어 있다. "농민이 할 수 있는 최선의 애국은 안전 농산물 생산입니다."

우리 현실은 아직도 이 슬로건이 필요하기 때문이다. 우리나라 전체 농지 중에서 유기농업으로 농산물을 생산하는 경작지 비율은 4퍼센트가 채 되지 않는다. '친환경', '유기농'이라는 말을 어디서나 볼 수 있게 되었지만, 우리 농업 전반을 살펴보면 아직도 갈 길이 멀다.

배고프던 시절에는 결혼한 지 1년 이내에 자연적으로 아기를 가졌다. 그런데 지금은 결혼하고 4년이 지나도록 갖은 노력을 다 해도 아기를 못 가지는 부부가 150만 쌍이나 된다고 한다. 충청북도 인구와 맞먹는다. 이 중에는 불임의 원인도 알 수 없는 경우가 거의 40퍼센트에 달한다. 2005년에 식약청과 연세대학교가 공동 연구한 자료에 따르면, 우리나라 22세 청년 43.8퍼센트가 정자활력저하증인 것으로 나타났다. 혈기방장한 청년 절반이 예비 불임 환자라는 것이 우리 현실이다. 또한 현재 불임 부부 중 약 35퍼센트는 그 원인이 정자활력저하증이라고 한다.

이러한 현상은 배불리 먹기 시작하면서, 더 구체적으로는 1990년 이후 유전자 조작 식품을 포함하여 수입 농산물이 급증하고, 가공식품이 범람하는 데 정비례하여 야기된 것이다. 내가 볼 때는 이상한 일이 아니다. 비정상이 원인이면 그 결과도 비정상인 것이 정상이라 말했듯이, 이는 지극히 정상적인 결과일 뿐이다.

요즘 급증하고 있는 아토피도 대표적인 환경성 질환이다. 정확한 통계마저 없을 정도로 심각한데, 초등학생 3명 중 1명 이상이 아토피를 앓고 있는 것으로 파악된다. 국민 전체로 보자면 약 400만 명 이상이 고통을 받고 있는 것이다. 그렇다면 아토피의 원인은 무엇일까? 그 답은 '아토피'라는 이름 속에 있을지도 모른다. 아토피의 뜻은 '이상한', '원인을 알 수 없는'이라고 한다. 이름의 뜻을 알고 나면 아토피 질환이 얼마나 고질적인 것인지 더욱 실감이 난다.

이 외에도 천식과 장애아 출산율의 증가, 어린이들의 성조숙증 증가, 아동 정서불안 급증, 아동의 폭력적 과잉행동 장애 증가 등 사태가 더욱 심각해지고 있다. 단언컨대 이러한 수많은 환경성 질환의 근본 원인은 전적으로 안전하지 않은 먹거리에 있다.

극도로 정제될수록 자연과 멀어지고, 자연과 멀어질수록 부드러워지고 감칠맛을 낸다. 그리고 이런 맛에 익숙해진 현대인들은 쌀눈조차 제거된 백옥같이 흰 쌀, 비대 호르몬제 투여로 커진 과일류, 벌레가 먹지 않는 검푸른 배추와 시금치, 속성으로 키운 닭으로 튀긴 프라이드치킨을 좋아한다. 이렇듯 헤아릴 수 없을 정도로 다양한 물질로 덧칠하고 오묘한 생산 기술로 소비자가 선호하는 것을 따라간다. 그러는 사이 우리는 농약과 화학비료, 항생제와 성장촉진 호르몬제의 포로가 되고 있는 것이다.

요즘에는 과학의 발달로 농약과 화학비료 등의 성분이 신속하게 분해된다고 선전한다. 과연 그럴까? 천만의 말씀이다. 토양에 남아서 농산물에 축적된다. 요즈음 선전하는 황금쌀, 차가버섯쌀을 한 번 보자.

황금쌀(베타카로틴을 보강한 유전자조작 쌀, Golden Rice와는 다름)은 99.99퍼센트의 순금을 전기분해하여 2나노 이하로 작게 분해한 뒤 정제수에 섞어서 벼에 뿌린 것이다. 이렇게 생산된 쌀알에서는 금이 검출된다. 차가버섯쌀도 마찬가지다. 차가버섯의 항암 성분을 추출하여 벼에 뿌리면 쌀에서 동일한 성분이 추출된다. 황금쌀이나 차가버섯쌀을 먹는게 몸에 좋은지와는 다른 문제다. 일단 뿌려지면 땅속에 스며들고 농산물에 흡수된다. 그리고 그 종착지는 사람의 몸이다. 황금이나 항암 성분 자리에 농약, 화학비료를 대입해보자. 아무리 극소량이라 해도 우리 몸속에 쌓이면 대사 과정을 교란시킨다.

언젠가부터 우리가 늘상 듣는 '환경 호르몬'을 예로 보

자. 호르몬이란 말하자면 인체의 신호등이다. 대표적인 경우가 성 호르몬이다. 사춘기가 지나면서 남성 호르몬이 분비되고 신호등이 켜지면, 우리 몸속의 생명 활동이 남성으로서 갖추어야 할 성징을 만드는 데 주력하여 남자다운 몸을 만들어간다. 이때 남성 호르몬 분비 신호등이 꺼지거나 여성 호르몬 분비 신호등이 켜지면 어떤 일이 벌어질까? 남성의 여성화라는 현상이 이렇게 발생하는 것이다. 농약과 화학비료는 우리 몸속 신호등 체계를 망가뜨린다. 원인을 알 수 없는 현대병들은 고장 난 몸속 신호 체계에서 시작되는 것이다.

바람을 맞으며 건강하게 자란 제주도 감귤은 껍질에 상처난 흔적이 많다. 그렇지만 이렇게 상처를 품은 못난이 감귤은 하품으로 분류되고, 팔리지 않는다. 팔리지 않는 감귤을 생산하는 농가는 폐농의 수순을 밟아야 한다. 그러니 당연히 농가에서는 감귤에 상처가 생기지 않도록 주의를 기울여야 하고 상처가 났을 때 흔적이 남지 않도록 농업용 항생제를 뿌리지 않을 수가 없다. 귤을 먹으면 부스럼이 낫는다는 농담에는 그냥 웃어넘기기에 서글픈 우리 현실이 담겨 있다. 유기농이 일반화된 요즘도 자연 상태에서 유기농으로 재배한 상처투성이 감귤은 대접을 받기 어렵다.

애석하게도, 지금 진짜는 설 자리가 별로 없다. 소비자들이 가짜를 더 원하는 한 가짜 농축산물 생산은 줄어들지 않을 것이다. 이것이 수요와 공급의 법칙이다. 벌레가 먹고 살 수 있는 농산물이어야 사람도 먹을 수 있다. 벌레 먹고 못생긴 농산물이 반갑고 대접 받는 문화가 아쉬울 뿐이다.

이런 점에서 공익 매체들이 할 수 있는 최선의 애국은 국민들이 가지고 있는 먹거리에 대한 잘못된 인식을 바꿀 수 있도록 알리고 홍보하는 일이다. 이를 통하여 사람들의 먹거리가 개선된다면 현재 100조 원을 훨씬 넘는 우리나라 의료보험의 3분의 1을 줄일 수 있다고 믿는다. 그 돈이면 전 국민 복지는 저절로 이루어질 것이다. 열심히 돈 벌어서 각종 질환 치료에 소모해야 하는 사회나 국가는 결코 행복할 수 없다. 소련 붕괴 후 국제 사회 교류 차단으로 어쩔 수 없이 전체 농가가 유기농업을 해야 했던 쿠바 모델은 전 인민의 의료비 30퍼센트를 줄이는 결과를 우리에게 보여주었다.

사람은 밥심으로, 작물은 땅심으로

농약과 화학비료로 인한 가장 심각한 문제는 땅이 병들어간다는 것이다. 땅의 역사는 수십억 년이다. 농작물의 역사 또한 수억 년이다. 그 장구한 세월을 지나면서 농업이 진화하였고, 땅속 미생물도 농작물의 진화와 함께 진화해왔다.

미생물과 벌레는 땅속 유기물을 먹고 살아가면서 각종 분해 작용으로 농작물 성장에 필요한 무기물을 생산한다. 각설탕 하나 크기의 땅에는 무려 10억 마리의 미생물이 있다고 한다. 우리가 농작물에 퇴비 등 양분을 공급하는 것은 결국 이런 미생물과 벌레들에게 먹이를 주는 것이다.

그런데 제초제, 살충제, 살균제 등을 투입하는 것은 땅속 생명들에게 폭탄을 투하하는 것과 같다. 미생물들은 학살당하는 것이다. 잡초를 죽이고 해충을 죽이고 해로운 병균을 죽이고 자연계를 괴롭히는 것으로 끝나는 것이 아니다. 농작물에 필요한 무기물 생산이 더 이상 이루어지지 않는 것이다 우리는 '밥심'으로 살지만 농작물은 '땅심'으로 산다. 그러므로 병든 땅에서는 건강한 농산물을 기대할 수 없다.

이렇게 땅을 죽이고 나서 등장하는 것이 화학비료다. 비실대는 땅에 화학비료를 뿌려서 만회해보려는 것이다. 하지만 이것은 결과적으로 땅을 두 번 죽이는 결과를 가져올 뿐이다. 화학비료가 인류 생존에 기여한 바를 통째로 부정하려는 것은 아니다. 특히 질소 비료는 톡톡한 공을 세웠다. 아마도 질소 비료가 없었다면 지구상의 인구는 많아야 36억 명에 그쳤을 것이라는 연구 결과도 있을 정도니 말이다.

전쟁이 끝나면 무기를 만들던 쇠를 녹여 농기구를 만든다는 말이 있다. 제1차 세계대전이 끝나고 평화가 찾아오자 화약의 원료이자 질소 비료의 원료를 대량 생산하던 공장에서 화학 원료 생산을 중단하고 질소 비료를 대량으로 생산하기 시작했다. 그리고 이는 식량 증산에 엄청나게 기여하여 급증하는 인구를 먹여 살릴 수 있었다. 인간은 어리석게도 자연에 대한 작은 승리에 도취했고, 질소 비료를 한껏 사용하면서 증산이 최선이라는 기조를 유지했다.

이때부터 어리석은 인간의 행동은 자연과 인간을 함께 몰락시키는 길로 가게 되었다. 화학비료로 인해 자연의 공장은 점점 땅심을 잃고 파괴되었다. 땅을 제대로 세울 생각을 하는 것이 아니라 양적·질적으로 점점 더 화학비료에 의존하고자 한다는 것이다. 아무리 양질의 화학비료를 땅에 퍼부어도 한 번 파괴된 땅속 자연 공장은 건강하게 재건되지 않는다. 오히려 부작용이 더해질 뿐이다. 파괴된 자연 공장은 오직 자연만이 치유할 수 있다.

화학비료 과잉으로 우리는 질소 과잉 시대를 살고 있다. 대표적인 것이 강물의 녹조라테이고, 바다의 적조다. 이는 질소와 인 등 화학비료가 강과 바다에 흘러들어 생기는 현상이다. 푹신해야 할 땅은 질소 과잉으로 딱딱해지고 오히려 자연의 공장은 점점 더 망가져간다. 비료만 과잉 투하받고 필요한 무기물을 공급받지 못한 농작물은 허우대만 커질 뿐 사람에게 필요한 다양한 영양 물질을 제공하지 못한다.

순환 이야기

지구상에 살고 있는 식물과 동물의 역사는 10억 년이 넘는다. 그리고 이러한 식물과 동물이 번성할 수 있도록 한 땅과 물의 역사는 수십억 년이다. 이때 스스로 양분을 만들어서 살아가는 생명체는 식물이다. 동물은 식물을 먹거나 식물을 먹는 다른 동물을 먹는다. 또한 식물은 태양을 먹고 산다. 빛에 실려 오는 태양 에너지를 이용하여 잎으로는 공기 중의 이산화탄소를, 뿌리를 통해서는 물과 무기물을 빨아들여 영양분을 만들며 살아간다.

이러한 과정이 수십억 년 동안 지속되면서 지구상에는 매우 안정적인 순환 체계가 만들어졌다. 지구상의 그 엄청난 생명활동에도 불구하고 대기 중의 이산화탄소는 거의 일정하게 유지된다. 식물에게는 매우 중요한 일이다. 만일 이산화탄소량에 급격한 변화가 야기된다면 식물은 전멸하고 만다. 지구 역사에서 몇 번의 대멸종 시기가 있었다. 소행

성과의 충돌, 대규모 화산 폭발, 그로 인한 빙하기 도래 등이다. 그리고 이때 식물은 거의 전멸했다. 자연히 식물 없이 살 수 없는 동물도 전멸했다. 식물의 존재는 그만큼 지구 생명의 지표인 것이다.

그런데 최근 들어 이산화탄소 발생량이 급격히 늘어나면서 지구온난화의 경고가 계속되고 있다. 원시림을 대규모로 남벌하여 이산화탄소 소비량이 급격히 줄고 있는 데다, 땅속에 묻혀 있던 석유, 석탄, 가스 등 화석연료를 태우면서 대규모로 이산화탄소를 만들어 대기 중에 방출하기 때문이다. 매년 30억 기가 톤 이상의 이산화탄소가 배출되고 1기가톤 이상씩 늘어가고 있다. 기후 재앙도 시작되었다. 자연이 균형을 이루고 있을 때는 없었던 일이다. 모두 우리 인간이 만든 일이다.

이렇게 거시적인 면에서 자연의 순환을 살펴볼 수 있는데, 미시적인 순환 체계는 아직 연구해야 할 분야가 많이 남아 있다. 이를테면 탄소 순환에 대하여 어떤 사람들은 농토의 탄소가 이전에 비해 훨씬 적어서 농작물이 건강하게 자라지 못하고 병충해에 취약한 것이라고 주장한다. 자연농법, 탄소 순환 농법을 취하는 사람들의 주장인데 자연 상태의 숲이 매우 건강하다는 것에서 착안한 생각이다. 건강한 숲은 낙엽이 떨어지거나 나무가 수명을 다해서 죽으면 그대로 자연 상태로 방치된다. 이때 낙엽이나 죽은 나무에 고정된 탄소가 미생물의 먹이가 되어 탄소 순환이 잘 이루어진다는 것이다. 이를 역으로 적용하면 농토가 건강하지 않은 이유를 알 수 있다. 농작물을 수확할 때 농작물 열매만 거두는 것이 아니라 그 뼈대까지 걷어가서 볏짚 등은 사료로, 고춧대나 수숫대 등은 땔감으로 사용하는데 이 때문에 질소에 비해 탄소 함량이 적어 농토의 균형이 심각하게 깨진다는 것이다.

그래서 탄소 순환 농법으로 농사를 짓는 사람들은 땅에 풀이나 목재 부스러기를 많이 넣어주고 이것을 분해할 수 있는 사상균을 투입한다. 사상균이 1차로 분해하고 미생물이 2차 분해하여 작물에 필요한 탄소를 제대로 공급하는 것이 원리다. 아직은 실험적으로 이루어지고 있지만 병충해에도 강하고 건강한 농작물을 생산하고 있다. 요즘 각광받는 녹비 재배도 이런 원리에 기초하고 있다.

미생물이 일하는 자연 공장

앞서도 이야기했지만 미시적인 관점에서 무엇보다 중요한 것은 땅속 미생물이다. 안정적인 자연 순환 체계의 맨 아래에 있지만 미생물이 담당하는 역할은 매우 크다. 아마도 가장 많은 일을 하고 있을 것이다. 각설탕 한 개만 한 땅에 10억 마리가 사는 미생물은 식물이 자라는 데 필요한 각종 무기물을 부지런히 생산하고 있다. 식물은 질소, 인산, 칼륨만으로 자라는 것이 아니다. 수많은 미네랄 성분이 필요하고 이러한 미네랄은 그대로 사람에게도 필수적이다.

미생물 공장이 건재해야 땅이 건강하다. 그리고 이렇게 건강한 땅에서 자란 농작물은 그 자체가 건강해서 각종 병충해를 견디는 자체 면역력을 갖고 있다. 예를 들면 상추에는 상추 특유의 향이 있다. 예전에 상추를 뜯어본 사람은 하얀 진액이 흘러나오는 것을 볼 수 있었다. 이런 게 진짜 상추다. 상추의 향과 진액은 스스로를 보호하는 일종의 방어 체계이며 건강하다는 증거다.

하지만 요즘 이런 상추를 보기가 힘들다. 외관은 보기 좋아졌지만 허약하기 그지없다. 화학비료로 키워서 그렇다. 화학비료를 줄수록 허우대는 좋아지지만 영양분은 없다. 진정한 농부라면 미생물 공장을 돌보는 일을 우선적으로 해야 한다. 땅을 살리는 일이란 곧 자연 공장을 살리는 일이다.

과학의 발전은 인류 지혜의 산물로 진정 환영할 만하다. 그러나 과학 발달의 산물은 조심스럽게 다루어져야 한다. 자칫하면 과학의 발전이 인류 재앙으로 이어질 수 있기 때문이다. 자연 순환 체계 안에서 보면 과학 발전, 특히 화학의 발전은 재앙의 씨앗을 곳곳에 뿌리고 있다. 수십억 년의 세월 동안 안정된 순환 체계를 완성해온 자연은 이 화학농법으로 인하여 신음하고 있다.

유기농의 출발점은 바로 이 지점이다. 우선은 땅이다. 땅이 살아야 건강하고 안전한 농산물을 생산해낼 수 있는 것이다. 아울러 땅이 살면 사람도 건강해질 것이다. 그리고 땅이 살면 하천도 살아날 것이다. 지구를 정복하겠다는 인간의 오만한 발상은 소탐대실의 결과를 낳고, 어리석은 진보는 재앙을 낳는다. 자연의 순리를 돌아보고 배울 때다.

내가 하는 유기농업, 시작은 미생물

유기농 농사꾼으로 살아온 지 벌써 40년이 넘었다. 많은 사람이 나를 한국 농업의 달인이라며 과한 별명을 붙여주기도 하였다. 박원순 서울시장의 요청으로 특강을 하게 된 적이 있었는데, 그 또한 나를 세계 최고의 농업경쟁력을 가진 농부라 부르면서 오랫동안 따라다닌 '황당무계당 당수'라는 별명으로 소개하기도 하였다.

이런 과찬을 들을 때마다 나는 그 공을 미생물에게 돌리

농부는 자연을 다루는 과학자이기도 하다. 자신이 키우는 작물뿐 아니라 땅에 대해서도 끊임없이 연구하고 실험해야 한다.

곤 한다. 내 땅을 지켜준 것은 다름 아닌 150여 종의 미생물이다. 오늘까지 이루어진 모든 결실은 순전히 미생물이 쌓은 것이고, 나는 그저 심부름만 열심히 했을 뿐이다. 농약과 화학비료에 의존하지 않겠다고 작심한 이상 미생물이 살아가는 자연 공장을 돌보는 일은 무엇보다 중요하고, 그 일 말고는 사실 딱히 할 일이 많지 않다. 사실은 사람들이 '황당'하게 바라보는 것 안에 정답이 있다.

유기농의 첫걸음은 효소 만들기부터 시작된다. 땅의 일꾼인 미생물을 접종하고 양육하는 것이다. 물론 미생물이 왕성하게 활동하는 건강한 땅이라면 필요 없는 과정일 수도 없다. 하지만 대부분의 농토는 미생물 공장이 파괴되어 있기 쉽다. 그러니 우선 건강한 땅을 만드는 것이 중요하다. 오염되지 않는 원시 환경의 토양에 건강한 가축의 장에서 선별한 유익균, 혹은 삼림 부엽토에 존재하는 이른바 토착 미생물을 투입하는 것이 필수다.

유기농의 첫걸음, 건강한 효소 만들기

1. 산폐되지 않은 신선한 쌀겨를 준비한다.

2. 설탕물과 미생물 효소를 혼합한 다음 잘 저어서 효소균액을 만든다.

3. 쌀겨에 효소균액을 적당히 부어가면서 버무려 균강을 만든다.

4. 만들어진 균강은 따뜻한 상태로 잘 보온하여 배양한다.

5. 하룻밤 정도 발효 과정을 거치면 효소균이 수억 배로 증식한다.

6. 증식이 끝나면 새콤달콤한 막걸리 향이 나는 발효균강이 된다.

7. 이때 미생물이 증식하면서 내는 분열에너지는 균강 온도를 단숨에 40도까지 올린다. 시시로 달라지는 색상과 향은 경이롭고 신비하다.

8. 이후 진흙과 만들어진 토곡(흙누룩)을 상토나 토양에 넣어준다.

이때 만들어지는 균강을 펴서 말리면 요즘 만병통치약으로 각광받는 효소가 된다. 술에 취했을 때도, 배가 아플 때도, 소화가 안 될 때도, 설사가 날 때도, 변비가 심할 때도,

어지간한 증상은 두루 해결한다. 그러니 지금의 현대 과학은 이를 어떻게 해석할지 궁금하다. 설사와 변비에 함께 효과를 보는 약품이 세상에 존재하기나 할까? 현미와 쌀겨로 만든 효소는 사람에게도 신통한 효능을 발휘하는 약방의 감초와 같은 역할을 한다.

균강의 진짜 효능은 이제부터다. 토곡(흙누룩)을 상토나 토양에 넣어주면 우선 지하부 뿌리가 튼튼해지고 모잘록병도, 시들음병도, 급성위조증도 거의 생기지 않는다. 또한 바이러스로 인한 병도, 낮은 기온으로 인한 피해도, 가뭄의 피해도 거의 경미한 수준에서 그친다.

미생물이 하는 일은 여기에서 끝나지 않는다. 고추, 토마토 등의 수확 기간이 늘어나 일반 농가와 비교하면 20~30퍼센트 이상 수확량이 늘어난다. 내가 1985년에 전국 고추 증산왕으로 선정될 수 있었던 것도 다 이 덕분이었다. 유기농업과 미생물의 관계는 물과 물고기의 관계와 같다. 그래서 유기농업을 효소농업이라 부르는 농가도 있다.

유기농업의 첫걸음이 효소 만들기라면, 두 번째 걸음은 이들에게 먹이를 공급하는 일이다. 유기물이 바로 그들의 먹이다. 미생물이 유기질을 먹고 나서 분비하는 무기물이 농작물의 영양분이다. 열매를 제외한 농작물이 그대로 남아 다시 유기질로 순환되면 좋겠지만 볏짚은 사료로 사용되고 과채류 같은 경우는 몽땅 사람들의 먹을거리로 사라지기 때문에 유기질이 끊임없이 보충되어야 한다.

이렇게 유기질을 보충하는 대안으로 나는 육백마지기에서 노지나 하우스 할 것 없이 휴경기 등 틈만 나면 호밀을 재배하여 녹비로 활용한다. 뿌리가 땅속으로 2미터 가까이 파고드는 호밀은 그 자체가 유기질 비료로 쓰일 뿐 아니라 땅속 깊은 곳의 영양분을 경토층으로 옮겨주는 역할도 한다. 게다가 땅속 배수와 통기성을 향상시켜서 미생물들이 사는 집을 쾌적하게 만들어준다. 푹신하게 밟히는 땅을 바라보면서 그 속에 있는 미생물들이 즐거워할 것을 떠올리는 내가 사람들 눈에는 '황당무계'하게 보일지도 모르겠다.

유기물과 무기물이 잘 순환하면 땅이 살아난다. 그것도 아주 건강하게 살아난다. 안전하고 영양분이 충실한 농작물을 키우는 바탕은 이렇게 만들어진다. 미생물들이 잘 살게 만들 때 기본이 되는 것은 내가 쓰는 방법 말고 그 어떤 방법을 이용하든 이 두 가지다.

거대한 유기농 실험실, 쿠바

유기농이 좋은 줄은 알지만 그게 어디 우리 현실에서 가능하겠느냐고 이야기하는 사람이 많다. 농촌 인력은 고령화·부녀화되었고, 제초제와 살균·살충제, 화학비료로 농사를 지어도 힘든 판국에 노동력 많이 드는 유기농이 가당키나 한 일인가 반문하는 것이다.

그러나 이러한 생각 자체를 뒤집은 거대한 실험이 있었다. 바로 쿠바 이야기다. 1990년대 초반부터 시작된 쿠바의 실험은 약 10년 정도 고난의 기간을 거치면서 국가 전체가 유기농업화라는 놀라운 성과를 거두었다. 이 실험 전까지 쿠바 역시 관행농업이 일반화된 나라였다. 연간 2만 톤의 농약이 뿌려졌고, 100만 톤의 화학비료가 투입되었다.

하지만 쿠바는 화학산업이 발달해 있지 않았기 때문에 농약과 화학비료는 대부분 수입에 의존하고 있었다. 식량 자급률도 40퍼센트 정도에 머물렀다. 쌀은 43퍼센트, 기타 콩류와 곡물은 거의 전량을 수입하고 있었고, 고기 생산을 위해 수입하는 사료도 200만 톤이나 되었다. 이런 쿠바가 '전 농업의 유기농화'라는 길을 걷게 된 까닭은 자발적이라기보다 정치적 환경의 변화 때문이었다. 바로 1989년의 소련 붕괴다.

아메리카 대륙에서 유일한 사회주의 국가였던 쿠바는 미국의 봉쇄 정책에 직면하여 사회주의 국가들의 형제 교역과 소련의 원조로 지탱되는 나라였다. 소련은 쿠바에서 생산한 설탕을 국제 시장가격의 5배 이상으로 사주고, 석유를 공급해주는 등 매년 6억 달러에 이르는 각종 지원을 해왔다. 이런 상황에서 소련이 붕괴되자 쿠바에 있던 소련인은 전원 철수했고 지원도 중단되었다. 공장이 멈추었고, 자동차가 멈추었고, 일상생활용품 공급도 멈추었다. 무엇보다 식량 대란이 일어났다.

1991년 9월에 쿠바 정부는 '평화 시의 비상령'을 발표했다. 가장 시급한 문제는 식량 부족이었다. 농약도 화학비료도 조달할 길이 없었던 쿠바가 어쩔 수 없이 선택한 길은 자연물질을 이용한 농업 생산, 즉 유기농업이었다. 그들은 '우리는 다시 고향으로 돌아갈 수 있다.'는 기치 아래 농약도 화학비료도 없던 시절로 돌아가기 위한 거대한 실험을 시작했다.

쿠바 정부는 전국의 과학자들에게 이렇게 주문했다. "조상 대대로 내려오던 농사 기술을 발굴하라. 그것을 최신 기술과 접목하여 농민과 함께 실험하고 농민들로부터 검증받으라." 또한 여성들에게는 이렇게 호소했다. "쿠바 여성들이여, 당신들의 젖을 먹고 우리는 자랐다. 대지는 어머니와 같다. 여기서 난 농산물로 우리가 산다. 쿠바의 대지는 오염되었다. 그것은 어머니의 젖이 오염되었다는 것 아닌가! 그러니 당신들이 쿠바의 유기농업을 책임지라."

과학자들은 해충을 없애고 땅을 비옥하게 하는 연구에

몰두했고, 그 결과를 가지고 현장으로 갔다. 정부는 유기농업이 정착하기 위한 기반을 마련하기 위해 노력했다. 그 결과 사회주의식 국영 농장 체제를 과감히 포기하고, 사적 경영을 허용한 가족농 중심의 소규모 농업이 가능하도록 토지 개혁을 실시했다. 농민들이 시장에서 직거래 방식으로 농산물을 팔 수 있도록 시장 개혁도 단행했다.

무엇보다 돋보이는 것은 농민들이 자발적으로 참여하여 생존의 길을 찾아갈 수 있도록 환경을 조성해나간 것이었다. 소규모 농사를 짓는 농민들은 단독으로, 혹은 협동조합을 만들어 국가에서 임대한 자신들의 땅에 알맞은 유기농업을 시작했다. 도시와 도시 주변 사람들은 마을공동체를 만들어 도시농업을 일구며 당장 필요한 채소를 생산해냈다. 직거래 시장에서 생산자와 소비자가 만났고, 이러한 시도를 통하여 식량난을 해결해나갔다.

이렇게 10년이 흐르고 그 결과는 놀라웠다. 40퍼센트 남짓에 불과했던 식량 자급률은 104퍼센트를 기록하게 되었다. 유기농업을 하면 생산성이 떨어진다는 편견도 깼다. 물론 유기농업 초기 3~4년은 생산성이 떨어졌다. 하지만 청옥산 육백마지기에서든 쿠바의 농장에서든 땅은 거짓말을 하지 않는다. 4년째부터 땅이 되살아났고, 유기농법 기술이 발달하면서 관행농업에 의존할 때보다 생산성은 더 높아졌다. 10년이 지난 후엔 생산량이 30퍼센트 높아졌다.

우리가 쿠바 이야기에서 배울 수 있는 것은 이것만이 아니다. 더 놀랍고 중요한 것은 이렇게 유기농이 정착하자 병원 출입 환자의 수도 30퍼센트나 줄어들었다는 것이다. 국제 봉쇄 초기에는 의약품 수입마저 막히는 바람에 쿠바 정부는 국방비를 대폭 삭감하고 의료비를 늘려서 창궐하던 전염병에 대처해야만 했다. 그랬던 나라가 유기농업 10년 만에 전 국민이 건강한 나라로 바뀐 것이다.

현재 쿠바의 농업이 100퍼센트 유기농법으로 이루어지는 것은 아니다. 모든 종류에 대해 100퍼센트 자급을 달성하고 있는 것도 아니다. 쌀은 전체 소비량의 20~30퍼센트 정도를 수입하고, 밀과 옥수수도 소량 수입하고는 있다. 쿠바의 수출 작물인 담배와 설탕, 감자 농사에서는 일부 화학비료를 투입하기도 한다. 그럼에도 유기농의 지위는 확고하다.

쿠바는 전 세계 유기농업의 희망이고 메카다. 우리가 여기서 배울 점은 무엇보다 순환농업으로 건강한 땅을 되찾았다는 것이다. 건강한 땅에서 키운 건강한 농산물이 건강한 국민을 가능하게 했다는 것이다. 텔레비전에서, 여러 매체에서, 여행을 통해 현지에서 만나는 쿠바인은 평온한 미소와 함께다. 그들의 삶 속에서 인류 미래의 희망을 본다.

쿠바 이야기를 할 때마다 안타까운 것은 우리 현실에 대한 고민이다. 농촌에는 경작하지 않는 묵은 밭이 널려 있다. 폐농가도 점점 늘어가고 있다. 농약과 화학비료를 이용하여 대규모로 경작하는 땅을 제외하고는 농사짓지 않는 땅이 점점 더 넓어지고 있다. 알고 있는 것처럼, 농약과 화학 비료에 의존하는 농법을 관행농법이라 부른다. 가지 말아야 할 길이 관행이 되어버린 것이 우리 현실이다.

농촌은 이미 오래전부터 아기 울음소리 듣기가 하늘의 별 따기다. 60대가 청년 대접을 받는다. 70~80대가 된 고령세대는 농사일이 힘에 부쳐 손을 놓았다. 그다음 우리 농촌은 누가 지켜야 힐지 참으로 걱정이다.

사실 사람이 없는 것은 아니다. 도시에 가면 젊은 퇴직자들이 넘쳐난다. 퇴직자 천만 시대가 도래한다는 통계도 있다. 발상을 전환하면 농사지을 사람은 있다. 귀농 캠페인도 활성화되고 있다. 전국귀농운동본부와 각 지역 귀촌지원센터도 있다. 소농학교, 텃밭보급소, 귀농귀촌연구소 등의 조직도 무수히 존재한다.

쿠바 실험실에서도 확인한 것처럼 유기농은 소규모 농사에 더 적합하다. 묵히는 땅도 있고, 농사지을 사람도 있고,

이를 지원하는 조직도 있으니 우리나라 유기농업이 금방이라도 활성화될 수 있을 것만 같다. 하지만 현실은 '결단코 아니다.'라고 말한다. 전국귀농운동본부가 설립된 지 20년이 다 되어간다. 성과가 없지는 않겠지만 스무 살 청년이 되도록 아기 걸음마 수준을 벗어나지 못하고 있다. 이는 분명 시스템의 문제다.

한 퇴직자가 귀농운동본부 소농학교에서 교육도 받고 소규모 농지도 마련하여 유기농으로 농사를 지었다. 그렇다면 그가 수확한 농산물은 어떻게 소비될 것인가. 어려움은 여기에서 시작된다. 신출내기 농부가 애써 키운 농작물을 제대로 다 팔아서 먹고살 수 있을까? 어렵다. 40년 농사를 지으면서 나름 경쟁력 있게 농사를 짓고 있지만 나도 때로는 절절 매는 게 우리 농촌과 농업의 현실이다. 농지를 임대하여 유기농을 하겠다고 귀농한 사람은 나보다 더 어려운 환경에서 버텨야 하는데 현실은 생존 자체가 어렵다는 것이다. 그러니 귀농은 어렵고 엄두가 나지 않는 일이 되는 것이다. 세금을 반으로 깎아주고 전기를 무료로 준다고 해도 농촌에 올 사람이 없는 것은 그 때문이다.

우리 농업은 거대한 유통자본에 좌지우지되고 있다. 소매는 대형 마트와 그 체인점이, 도매는 대형 청과상들이 지배한다. 이들의 최대 관심사는 최대 이윤이다. 가장 싸게 사서 가장 비싸게 파는 것이 목표다. 해마다 거듭되는 농산물 가격 파동에 농민들은 점점 빚더미가 쌓여가지만, 이들에게는 오히려 더 많은 이윤을 챙기는 기회가 된다.

공급이 달려 가격이 오르면 해외에서 조달하여 비싸게 팔면 그만이다. 확대되는 자유무역협정은 이러한 기반을 더욱 공고히 한다. 생산자인 농사꾼은 이들의 '갑질'에 당하는 힘없는 '을'일 뿐이다. 이들의 요구에 맞추어 때깔 좋고 규격화된 농산물을 만들기 위해 농약도 치고 화학비료도 준다. 마치 공산품 찍어내듯 농산물을 만들어낸다.

그렇게 해도 농민들의 삶은 더욱 팍팍해지고 있다. 여기에 건강한 땅과 건강한 국민을 생각하는 안전 농산물이 설 자리는 없어 보인다.

유기농 국가 프로젝트를 제안한다

사정이 이렇게 어려울수록 나는 전혀 딴판인 세상을 꿈꾸며 산다.

소규모 유기농 농가가 전국에 그물망처럼 짜여져 있는 세상. 이들이 갑이 되어 안전한 농산물을 큰소리치며 공급하고 애국하는 세상.

이것은 허무맹랑한 꿈도 아니요, 몽상가나 꾸는 비현실적인 희망도 아니다. 다만, 우리가 그 길을 가지 않고 있을 뿐이다. 만일 이 꿈이 실현된다면, 우리 사회의 많은 문제를 해결할 수 있고 국민 건강 또한 증진될 것이다. 자유무역협정이 주도하는 때에 식량안보의 문제도 해결할 수 있을 것이다. 천만 퇴직자 시대에 고용 문제도 해결할 수 있을 것이다. 무엇보다, 우리가 잠시 빌려 쓰고 있는 이 땅과 자연을 온전하게 후세에게 물려줄 수 있을 것이다.

나는 이 꿈을 실현하기 위해 정말 고군분투하며 살아왔다. 농사꾼으로 살기 시작하면서부터 '건강한 땅에서 안전한 농산물을 키워내는 것이 농사꾼이 가야 할 애국의 길'임을 한시도 잊은 적 없다. 강연과 강의를 통하여 전국의 수많은 농부들에게 이러한 길이 가능하며, 그러니 함께 가자고 제안해왔다. 개인이 할 수 없는 일이라 판단되면 협회나 연합회 등을 만들어서 길을 모색하기도 했다. 그러나 이 모든 노력에도 불구하고 지금 드는 생각은 우리도 쿠바와 같은 모델을 가져야 한다는 것이다. 국가 차원의 유기농 프로젝트를 통하여 이룰 수 있다는 것이다.

이는 내 가슴속에만 묻어둔 이야기가 아니다. 2007년 당시 가나안농군학교에서 실시된 120여 명의 국회의원 연수에서 '고정관념 탈피와 창의력 개발'이라는 제목으로 강의

하면서 농촌 실정과 살길에 대한 이야기를 그대로 전했다. 반응은 뜨거웠다. 농업이 미래 산업이라고 했다. 하지만 그뿐이었다. 그들이 말하는 미래 산업의 의미는 수출농 육성이었다. 우리 농촌의 현실을 전혀 들여다보지 않는 발상이었다. 아직도 기업 위주의 생각에서 벗어나지 못하고 있다. 고정관념을 탈피하지 못하고 있는 것이다.

5년마다 정권이 바뀌어왔다. 정권이 바뀔 때마다 수십조 원에 달하는 농업 부문 예산이 발표되곤 한다. 그러나 여러 번 정권이 바뀌었는데도 농촌 현실은 개선되기는커녕 점점 더 어려워지고 있다. 시작부터 잘못되었다.

정부의 정책 수립 방향부터 다시 잡아야 할 것이다. 귀농·귀촌자에게 가장 어려운 것은 유기농업 기술이 아니다. 교육을 받고 배울 수 있는 기관은 무수히 많다. 재정적인 것도 아니다. 소규모 농지에 유기농을 하려고 한다면 어느 정도 투자할 수 있는 여력이 있다. 없다 해도 약간의 지원으로 해결할 수 있다. 문제는 이들이 농산물을 생산하는 시점에 터진다. 그걸 어디에서 팔 것이며 누가 살 수 있을까? 복잡한 유통망과 거대한 유통자본 앞에서 귀농자는 참으로 초라한 존재로 서게 되는 것이다.

귀농·귀촌자들이 정부로부터 가장 듣고 싶은 말은 이것이다. "그래, 당신들은 안전하고 건강한 농산물을 생산하는 일에 전력을 다 하십시오. 그것을 소비하는 길은 우리가 어떻게든 열겠소." 여기에 필요한 것이 국가적 프로젝트다. 이제는 애물단지가 되어버린 농협도 이러한 자세로 농촌 문제 해결에 나서야 한다. 구체적인 방법과 대안도 있다.

첫째는 유통 시스템을 구축하는 것이다. 거대 유통자본이 농산물 시장을 좌지우지하는 지금의 상황이 바뀌지 않는다면 작은 유기농 농사꾼들이 버틸 재간이 없다. 우선은 정부 조달부터 이 분야에 집중할 수 있다. 특히 군대 급식과 학교 급식에는 건강하고 안전한 농산물이 필수적이다. 건강한 다음 세대는 우리나라의 건강한 미래와도 직결된다. 유통을 민간 자율에만 맡긴다면 지금처럼 해마다 작목별로 폭락과 폭등이 되풀이되고 시장 자체가 무너지고 말 것이다. 인터넷과 물류 시스템 등 체계가 충분히 발전되어 있는 환경에서 이들을 위한 유기농산물 소비 체계를 만드는 것은 말 그대로 의지의 문제다. 꾸러미 유통이나 로컬푸드 운동 같은 단초는 이미 만들어졌다. 이러한 움직임이 널리 퍼지고, 지엽적인 운동으로 그치지 않으려면 대형 유통자본을 통해서가 아니라 나라가 주도하는 큰 틀의 유기농 프로젝트가 가동되어야 한다.

그다음으로, 농약과 화학비료에 의존하는 관행농법으로 농토가 병들어가고 있다면 그것을 소생시키는 일도 국가적 과제로 추진할 수 있다. 일례로 최근 간벌 사업, 가지치기 등 숲 가꾸기 운동이 본격화하면서 우리 산림에서 엄청난 양의 목재가 쏟아져 나오고 있다. 이것으로 톱밥을 만들어 처리 문제를 앓고 있는 축산 분뇨와 섞으면 더없이 좋은 유기질 비료가 된다. 목재 퇴비를 사용하는 일은 탄소 순환 등 자연의 순환에 도움을 주면서 생태계를 복원하고 더불어 건강한 농산물을 얻을 수 있는 더없이 좋은 방법이다.

이렇게 국가 단위의 유기농 프로젝트가 실현되면 상상 이상의 편익이 따라온다. 대표적인 것이 국민 건강 증진이다. 수익으로 따지자면 막대한 건강보험료 지출을 줄일 수 있을 것이다. 아마도 1조 원을 투자하면 3조 원은 남는 장사가 될 것으로 생각된다. 많이 남으면 남북 협력 사업에도 사용할 수 있을 것이다. 북한의 사정도 우리만큼 절실하게 유기질 비료를 필요로 하기 때문이다.

소규모 유기농 농가의 육성은 형편없는 식량 자급률을 높이는 데도 크게 기여할 것이다. 앞서도 말했듯이 현재 우리나라의 곡물 자급률은 사료용까지 포함하면 23퍼센트에 불과하다. 77퍼센트를 외국 농산물에 의존하고 있는 것이다. 이 말은 1년 중 9개월 이상을 남의 나라 농산물로 연명한다는 뜻이다. 식량안보, 식량주권이라는 말이 심심찮게 들려온다. 식량이 무기가 되는 때가 언제 어떻게 다가올지 모른다.

산림이 농지보다 많은 우리나라는 공산품을 수출하여 곡물을 수입할 수밖에 없다고 말하는 사람들이 있다. 하지만 그것은 세상을 잘 모르고 하는 말이다. 산악국가인 스위스의 곡물 자급률은 무려 205.6퍼센트다. 남아도 아주 많이 남아서 수출까지 한다는 의미다(《농업전망 2013》, 농촌경제연구원).

쿠바 사례에서도 보았듯이 자급률을 높이는 데에도 소규모 유기농 활성화가 답이다. 우리와 비슷하게 자급률이 낮은 나라가 일본이다. 일본에서는 콩이나 사료 작물로 유채, 사탕무 등을 재배하면 1,000제곱미터당 우리 돈 약 40만 원을 정부가 지원하고 있다. 왜 그럴까? 식량 자급률은 안보 차원의 문제이기 때문이다.

우리는 무역 개방 시대에 살고 있다. 대통령은 자유무역협정만이 살길이라며 우리 시장을 확보하기 위하여 전 세계를 뛰어다니고 있다. 그때 항상 나오는 말이 "농업의 피해를 최소화하기 위해 이러저러한 노력을 하고 있다."는 것이다. 그보다 수십 년 전인 우루과이라운드 시절에도 나는 "개방의 시대에 우리 농촌이 살 길은 유기농"이라고 역설해왔다.

중국산 농산물이 홍수처럼 밀려들어오고 있다. 2014년에 중국산 김치가 무려 21만 3,000톤이나 들어왔다. 5톤 트럭으로 치면 4만 2,600대 분량이고 차의 길이를 평균 7미터로

잡고 차를 늘어놓으면 서울-부산을 357회 왕복할 수 있는 길이다. 그런데도 식당에서 중국산 김치를 먹었다는 얘기는 듣지 못한다. 어떻게 키워진 배추로 어떤 양념을 섞어서 김치를 만들었는지 알지도 못한 채, 중국산 김치가 우리도 모르는 사이에 우리 입속으로 들어가는 것이다.

나는 다시 한 번 강조한다. 유기농업은 시장 개방 만능의 자유무역 시대에 안전한 고품질 농산물 생산으로 우리 농촌을 지켜낼 수 있을 것이다.

함께 잘 살기 1

한가지골 홉 농장 이야기

농부가 된 첫해부터 나는 이곳 제천의 한가지골에서 발명에 골몰했고, 새로운 농법들을 시도해왔다. 무엇보다 땅을 살리는 일에 정성을 쏟았고, 건강하게 살아난 땅은 어떤 작물이든지 잘 키울 준비가 되어 있다. 그러다 보니 새로운 작물에도 관심을 갖기 시작했는데, 그 무렵 장동희가 나를 찾아왔다. 그는 우리가 맥주 원료로만 알고 있는 홉 농사에 관심을 가지고 1년 정도 농사를 지으면서 우리 토양과 기후에 잘 맞는 홉을 찾고 있었다.

홉이라는 작물은 나의 관심사와도 맞아떨어졌다. 특히나 홉이 맥주 원료로서만이 아니라 약용 작물로서의 효과도 월등하다는 것을 알고 나니 더욱 관심이 커졌다. 홉의 암꽃

에서 발견한 '잔토휴몰'이 세계를 놀라게 만들면서 세계 3대 물질 중 하나로 떠올랐다. 수많은 과학자들이 100여 가지 이상의 실험을 통하여 종양세포 증식 억제로 인한 항암 효과뿐만 아니라 몸의 염증과 간질환 예방 및 뼈 건강, 세포산화 억제와 호르몬의 작용, 거기에 우울증과 치매 같은 정신적인 질환에도 효과를 보이면서 한 가지 분자가 이렇게 많은 일을 할 수 있다는 믿을 수 없는 결과를 얻었다고 한다.

우선 장동희에게 한가지골에 1,200평 규모의 경작지를 내주고 홉을 심어보라 했다. 그때만 해도 관행농법을 교과서로 알고 있었던 장동희는 유럽에서 유기농 맥주가 일반 맥주에 비해 월등히 높은 가격에 판매되는 것을 보고 유기농 홉 재배에 눈을 뜨기 시작했다. 나는 장동희가 새로운 것을 찾고 시도하는 모습이 아주 마음에 들었다. 그래서 '궁즉통'이라고 그가 하고 싶어하는 유기농 홉 농사를 도와주기로 마음먹었다.

장동희는 잡초와 작물이 함께 자란다는 것도, 헛골에 호밀을 심어 녹비를 하는 것도 신기해하면서 열심히 배워나갔다. 부지런한 농부에게 이길 장사가 없다. 그가 새벽마다 어김없이 밭에 나가 물을 대고 있는 모습을 볼 때면, 이곳에서 내가 그랬던 것처럼 많은 것을 시도하고 성장해나갔으면 하는 바람이 생긴다.

이제 장동희는 교과서로 배운 관행농법을 버리고, 한국의 기후와 토양에 맞는 유기농 홉 농사법을 새로이 만들어보겠다는 포부를 다지고 있다. 또한 생산한 홉으로 유기농 맥주뿐만 아니라 막걸리 등 전통 주류와의 접목을 시도하고 있다. 여기에 더하여, 홉이 가지는 약용 작물로서의 효능을 개발하여 새로운 분야로 확대해나갈 수 있다면 그 효용가치는 더욱 커질 것이다.

확신하건대, 유기농 홉 농사는 미래가 밝다. 젊은 귀농·귀촌 세대가 장동희와 같은 시도를 해나가면서 함께 잘 사는 쪽으로 상생하기를 바란다.

육백마지기 황태덕장 이야기

1990년에 처음 육백마지기에 올랐을 때, 이곳에 새로운 생명의 씨앗이 움틀 것이라는 생각을 했던 사람은 거의 없었다. 하지만 수년에 걸쳐 호밀 녹비, 잡초와의 공조를 통한 땅심 기르기를 지속했고, 그 결과 지금은 그 어느 곳보다 비옥한 유기농 청정 지역이 되었다.

하지만 이곳은 혹한과 거센 바람 때문에 여름 한철 농사를 짓고 나면 나머지 대부분의 기간은 호밀 씨앗을 품고 휴지기에 들어간다. 어느 날 이용재가 이곳에서 겨울 동안 황태덕장을 하면 어떻겠냐는 제안을 들고 육백마지기에 올라왔다.

이야기인즉, 30년 가까이 무농약 유기농업으로 깨끗한 토

양과 풍부한 바람과 많은 눈, 거기에다 겨울에는 일교차가 20도 이상 나는 이곳 육백마지기가 황태를 말리기엔 최적의 장소라는 것이었다. 그러니 명태가 얼고 녹고를 반복할 수 있으며, 높은 산 정상에서 생산된 황태에는 단백질과 아미노산 함량이 매우 높아서 간 해독 기능과 피로 회복에 그만이라는 것이었다. 거기에 30년 전에 느꼈던 황태 본연의 맛을 찾을 수 있으니 더없이 좋은 황태덕장의 입지를 육백마지기가 갖고 있다고 했다.

나는 밤낮없이 성실하게 일하는 이용재에게 마음이 움직였고, 이곳 육백마지기가 그에게 새로운 가능성이자 도전의 장이 될 수 있다면 무엇이든 도와주고 싶었다. 당장은 열악한 도로 사정으로 성사되기 어려운 사업이었으나 얼마간의 시간이 흐르고 청옥산 정상에 풍력발전단지가 들어오면서 육백마지기까지 올라오는 도로가 정비되자 한겨울에도 차량이 올라오는 것이 가능해졌다.

지금은 명실공이 대한민국 최고의 맛과 품질을 가진 황태를 내는 곳으로 육백마지기 황태덕장이 인정받고 있다. 첫해에 3,000마리를 시작으로 다음 해에 1만 마리, 그리고 현재 30만 마리를 생산하는 청정 황태덕장으로 자리 잡았다.

이용재 대표가 이곳 육백마지기에서 작물이 아닌 또 다

른 가능성을 찾아냈고, 우리는 함께 잘 살기를 꿈꾸며 어깨
를 맞대고 나아가고 있다. 그가 이곳에서 사람도 지구도 다
좋은 미래를 만들어나가길 기대한다.

1980년	가나안농군학교 강사
1983년	(사)유기농협회 이사
1983년	농업기술자협회 농업기술상 본상 수상
1983년~현재	전국농업기술자협회 이사
1985~1988년	전국고추평가회 개최
1986년	유기농업협회 공로패
1988~1990년	대만 농업기술교환연수농장 선정(농림부)
1993~2000년	농민발명가협회 회장
1996년~현재	한국농수산대학 현장교수
1997년	농민발명협회 5개소 측정 농업용 온도계
1997년	농협중앙회 으뜸발명왕
2000년	농협중앙회 새농민 본상 친환경농업기술상
	한국농업대학 강사
	한가지골 유기농마을 조성
2007년	한국유기농생산자연합회 회장
	유기농업 연수원 개관(농업인, 초·중·고 교장단, 귀농인, 외국인 연수)
2008년~현재	후계농업인, 농민, 농업대학 연수생 150여 명 배출
	현장평가회, 농장 견학, 체험 3만 5,000명 참여
2013년	농업 기술 부문 대산농촌문화상 수상